講談社文庫

氷の仮面

塩田武士

講談社

氷の仮面

プロローグ

ガラス戸の向こうに見える児童公園から、西日の色が抜けた。

宵に向かう景色を見るうちに、自分でも意外なほど感傷におぼれた。カウンター代わりのショーケースに肘をつき、座ったまま腰を伸ばした。

薄暗い中にある鉄製遊具が、罰として立たされているようにも映る。せめて子どもたちの姿などあれば、幾分気分も和らいだだろう。だが、年の瀬の夕暮れ、下町のせせこましい遊び場に人気《ひとけ》はない。ここ何年かでまた子どもが減った、と実感する。

先代から数えて五十二年、父の後を継いで三十年。バトンを渡す相手はいない。二人の息子はとっくの昔に独立し、それぞれ孫の顔を拝ませてくれた。思えば彼らもあの錆《さ》びついたブランコに揺られていたのだ。

公園で遊んでいた少年少女が親となり、彼らの子どもたちがまたここへ戻ってくる。一介の写真屋として、ファインダー越しに地元で暮らす人々を見てきたつもりだ。しかし、町を出る者が多くなった今、いつしかそのループは途切れがちになり、この店もまたロープを外《はず》されたボートのようにその輪から離れ漂っている。

今年の春、店の中から散りゆく桜を見て「ここらが潮時」と心に決めた。桜吹雪に感化されるなど我ながら単純な思考回路だと思う。だが、いざそう決めると案外さっぱりとし、この五坪に満たない写真屋でコツコツと幕引きへの準備を整えていった。例年なら何かと行事の多い秋と年賀状のプリントがある十二月は書き入れ時だが、それもセーブして常連客への挨拶回りや店舗の売却手続などに時間を割いてきた。

着々と進んだ仕事の整理と反比例し、気持ちの整理はお粗末だったようだ。この「待った」をかけたい気持ちは、名残惜しさに他ならない。還暦を過ぎてなお、己の未熟な一面を見せつけられたようで不甲斐ない。

椅子から立ち上がってカウンターを出た。ガラス戸の前で止まると、振り返って店を見渡した。ショーケースの上にデスクトップパソコンが二台並び、その隣に変色して古ぼけたレジがある。対照的な構図に思わず笑みがこぼれた。このレジも新品のまま現役を終えるだろうショーケースの中のカメラも、奥の部屋にある暗室も、図体ばかり大きい現像機も、それらを見つめる店主も、みんな時代遅れだ。

「写真はフィルム」と頑張っていた愛好家たちがいつの間にか、デジタルカメラの機能性に屈服し「激安プリント」の看板を掲げる店へ流れた。ある写真館では、就職活動用の撮影のためにメイク室を完備し、読者モデルを集めてフリーペーパーも発行している。そうして生き残る者を横目に、自分は嫉妬もできずにただ首を振る。「老兵は死なず、ただ消え去るのみ」と。

入り口近くの石油ストーブに背を向けてあたる。こうして体の動きを止めると、うまく編集された映像のように思い出が湧き続ける。写りが悪いと理不尽なクレームをつけてきた中年女、心霊写真が混ざっていたと真顔で訴えた少年、家族写真の撮影直前に殴り合いを始めた夫婦。地味ではあったが面白い商売だった。

なかなか感傷から逃れられないので、表へ出ることにした。木枠の引き戸をスライドさせた瞬間、冷気に包まれる。さすがにセーターだけでは寒い。辺りはすっかり暗くなり、公園の外灯がまぶしいほどだった。

今日は日没とともに店を閉めると決めていた。いよいよ最後のときがきたのだ。このシャッターを下ろすと同時に、街からまた古い写真屋が消える。街並みは人間生活の表情そのものだと、柄にもないことを思い、ショーウインドウに飾ってある額入りの写真の数々を眺めた。

店内に戻ったときにようやく日常の自分を取り戻し、使い捨てカメラを処理して余った大量の電池をどうしようかと考えた。

石油ストーブの前に立ち、ショーウインドウの写真を外し始めた。どれも自分で撮った思い入れのあるものだ。丁寧に一つひとつ手に取っていく。

ふと外へ目をやると、黒いコートの男が駆けて来るのが見えた。最後の客かもしれない。長年の習性で作り笑いを浮かべ、戸を開けた。

男は肩を上下させながら一礼した。

「今日で店を閉めるって、貼り紙に書いてあったので」

「ええ、そうなんです。お客さんはこの近くの人で？」

「はい。前の公園でよう遊んでました。このお店にも何回か来たことがあります」

「あぁ、それはおおきに。お世話になりました。今日は何かお求めですか？」

「その写真、見せてもらってもいいですかね？」

手にしていた額を指差され、慌てて視線を移した。古い写真だが自分でも気に入っているものだ。額から外して手渡すと、男はしばらくの間無言で眺めていた。ほんの少し頬に笑みが浮かんでいる。

「よく撮れてるでしょう？」

冗談めかして言うと、男は笑って写真を裏返した。

そのとき、強い風が吹いた。開け放していた戸から、店内に寒風が入り込んだ。

「よう冷えますなぁ」

身震いして話しかけたが、男の方はさほど寒さが気にならない様子で、じっと写真を見つめている。

「この写真、いただけませんか？」

店に来たことがあるとは言うものの、記憶がない以上初対面に等しかった。面識のない人間に手渡すのは若干の抵抗がある。にもかかわらず、男の真摯《しんし》な眼差しを見るうちに、先ほどまでの感傷が甦《よみがえ》ってきた。

この男は最後の客なのだ。

「どうぞ、持って行ってください」

男は白い歯をこぼし「いいんですか？」と、弾んだ声を出した。どんどん表情が明るくなっていく。

自分の作品を気に入ってくれる人がいた。それだけでこの三十年が報われたような気がした。

「長い間、お疲れさまでした」

名前も知らぬ男に労《ねぎら》ってもらい、年甲斐もなく胸が熱くなった。それからは互いに言葉がなく、照れて笑った。

店の前の道路に立って男を見送る。その背中が闇に溶けたのを確認すると、あらためて看板を見上げた。

白い息を吐いて「ありがとう」と口にする。あとは妻の写真が飾ってある仏壇に、手を合わせるだけでいい。

第一章

1

あっ、耕三《こうぞう》、と思ったときには股間を鷲《わし》づかみにされていた。

「ともだちんこ!」

不意をつかれたせいで、思いのほか痛みが強かった。白水翔太郎《しらみずしょうたろう》は我慢できずに股を押さえてうずくまった。一緒にしゃがみ込んだ耕三は、親友の苦悶に責任を感じる風でもなく「明日、おぼっちゃまくんあるで」と言って笑っている。まだ肌寒い四月だというのに長袖Tシャツ一枚だ。

「それ、おもろいん?」

痛みが引いていくと、怒る気も失せた。もともと争い事は好きではない。何とか立ち上がった翔太郎が訊くと、耕三は「本貸したろか?」と腰をさすってくれた。

二人は心身ともに正反対だった。大柄で気の強い耕三は、スポーツ刈りで浅黒い顔をしている。一方の翔太郎は色白で華奢《きゃしゃ》、髪も長く押しも弱い。

「今度家行ったとき読ませて」

耕三が薦めるその漫画は、今年からテレビ放送が始まり、クラスでもとりわけ男子に大人気だった。赤いほっぺにピンクのスーツを着た男の子、と翔太郎も主人公の絵は浮かぶ。財閥の跡取りで亀に乗って移動し、ダジャレを連発する、というのは今腰をさすってくれている耕三から教えてもらったのだ。読ませてとは言ったものの、まるで興味はなかった。ギャグがなんか、子どもっぽい。自分の好きな漫画は……誰にも言えない。

教室はざわついていた。後方では丸めた紙をボールにして手打ち野球をする男子の集団、前方ではあやとりでタワーを作る女子グループ。その他は意味もなく走り回ったり、図書室から借りてきた本を静かに読んでいたりと、全くまとまりがなかった。

まだ席順も決まっていない。翔太郎は空いている真ん中辺りの窓際の席に座った。外へ目をやり、先ほどまで始業式をしていた校庭を眺めた。

校舎の西側に満開の桜の木が七本ある。桜花《おうか》小学校という名に恥じないぐらい立派な木だ。薄いピンクの花びらが風に揺れていた。見ているだけで元気が出てくる。

その華やかな木々の近くには生き物小屋があり、今はウサギ二匹とニワトリ一羽、そして雑種の犬がいる。「エンペラー」と名付けられたこの犬は、校庭に迷い込んできた野良犬で、あまりに人懐っこいので飼うことになった。名前の由来は、流行っているミニ四駆の漫画から取ったという説とビートたけしのお笑い番組に出てくる入れ歯外し芸のおじいちゃん「エンペラー吉田」から頂戴したとの説があるが、定かではない。

翔太郎は再びあやとりをしている女子たちを見た。〝東京タワー〟を作っている斎《さい》藤瑞穂《とうみずほ》のスカートに目を奪われた。めくりたい、のではない。はきたいのだ。白と黒のギンガムチェック。裾のフリルがかわいくて仕方がない。

後ろの席に座っていた耕三に背中をつつかれた。

「三森《みつもり》先生、怖いらしいで」

「でも、女の先生やろ？」

「俺のお兄ちゃんの担任やったとき、ビンタしまくったらしい」

桜の花を見て膨らんだ新学期への期待が少し萎《しぼ》んだ。翔太郎は暴力が嫌いだ。「ともだちんこ」よりもっと。たたかれないようにしなきゃと気が張った。

コツコツと元気のいい靴音がして、勢いよく戸が開いた。

メガネをかけたショートカットの女の人がクラスのみんなを見て笑っている。三十過ぎぐらいだろうか。優しそうな笑顔だ。壇の上に立つと大声で「おはようございます！」と頭を下げた。返事が小さかったからか、耳に手を当てて、聞こえないという素振りをした。今度は教室中に大きな声が響いた。

「はい。結構です。みんな、今日から一年間よろしくお願いします」

一礼した後、黒板に大きく「三森塔子《とうこ》」と記した。トメやハネがしっかりとした正しい字だ。漢字の横に「みつもりとうこ」とふりがなをふった。

「優しそうやん」

耕三に小さな声で話しかけると「まだ信用ならん」と警戒している。

「おしゃべりしない！」

三森先生が翔太郎たちを睨んでいた。目がつり上がり、口元が引き締まっている。笑顔とのギャップが激しい。二人は慌てて謝った。やっぱり怖い。

「四年三組は三十一人のお友だちがいます。今から出席をとるので名前を呼ばれたら大きな声で返事をしてください。分かりましたか？」

先ほどの〝かまし〟が効いたのか、みんな「はい！」と元気がいい。

「秋本《あきもと》君」

あいうえお順で最初に呼ばれたのが耕三だ。彼は叫ぶほどの声で返事をして笑いをとった。先生も目を細めている。目尻の皺《しわ》が優しそうだ。やっぱり笑っているときの方がいい。

次は、井岡健二《いおかけんじ》が呼ばれた。健二も幼馴染で、小柄だが色黒なところは耕三に似ている。間に四人挟んで「し」が回ってきた。

「白水君」

翔太郎も声を張った。初日から目をつけられるわけにはいかない。ひと仕事を終えた気持ちになって、再び校庭の桜に目をやった。上から見ると七つのコブがあるようで、鮮やかなピンク色はアイスクリームにしたらおいしそうだと思った。

桜は始まりの花や――。

不意に父の言葉を思い出した。

校舎の西側は、翔太郎の癒しの場だった。桜にエンペラー、それに花壇もある。今は赤と白のチューリップ、ピンクと紫のアネモネが咲いている。あと少しするとスイートピーが色づく。花を見て土のにおいをかぐと、それだけでふさいだ気分が和らぐ。どうも耕三と健二にはこの感覚が分からないらしい。翔太郎が花壇で立ち止まると、いつも面倒くさそうな顔の二人に引っ張られる。

「真壁《まかべ》君」

後ろから返事が聞こえ、翔太郎は反射的に振り返った。

すぐに一人の男子が目に留まった。髪が長く、目と耳にかかっている。きりっとした二重瞼《ふたえまぶた》で顎のラインが細い。翔太郎は自分以外でこれほど髪の長い男の子を初めて見た。

頭がボーっとしてきた。

翔太郎の好きな、誰にも言えない漫画のヒーローに似ている。そのヒーローの名こそ真壁君なのだ。

強い視線に気付いた少年が、不機嫌そうに翔太郎を睨んだ。ふてぶてしい感じもそっくりだった。

慌てて前を向いて呼吸を整えた。それでも、乱れた鼓動は治まる気がしない。人を見ただけでこれほど緊張したのは初めてだった。

混乱している最中に背中をつつかれた。

「あいつ翔ちゃんのこと睨んでたで」

耕三が親指で後ろを指している。やめてほしかった。二人して真壁君の悪口を言っているように見えないだろうか。

何も答えない親友を見て勘違いしたのか、耕三は怒りをにじませて言った。

「よし、後であいつしばいたるからな」

何でそうなるの――。

「やめてよ」

素《す》の自分が出てしまった。しくじったと思ったときは遅く、女の子のように手を開いて口に当てていた。

耕三は笑いをかみ殺している。彼には翔太郎がふざけているようにしか見えないのだろう。

「翔ちゃん、何で今のタイミングでオカマのまねするん？」

ツボに入ったらしく、耕三の顔がどんどん赤くなっていく。お腹を押さえて我慢しているが、声が漏れている。まずいと直感が働き、前を見ると三森先生の怖い顔があった。

「あんたらこれで二回目やでぇ。前に来なさい！」

花壇にも寄らず、耕三と健二のキックベースボールの誘いも断り、翔太郎は走って帰った。〝真壁君〟に会いたかったからだ。

学校から正門を出て国道を渡ると、南北に約一キロの長いアーケードの商店街がある。途中、東西に横切る商店街と交差し、これも一キロほどアーケードが続く。さらに周辺の複数の市場を含めると、六百以上の店が集まり、朝から晩まで人の声が聞こえる。

阪神工業地帯をつくる街の一つとして、大きくなった都市だ。人口約五十万人。社会の時間には身近な公害について習う。翔太郎の住む南部地域は商業も盛んで、近所の人は皆顔見知りという下町だ。

翔太郎は商店街を南下し真ん中より少し手前で右折した。車両一方通行の道を逆走するように進むと、そこから五分ほどで彼の両親が営む店がある。

白壁に黒い瓦が特徴的な純和風の平屋建て。墨字で「雪乃阿免」と書かれた流木のような看板がかかっている。「ゆきのあめ」と読む。一応、百年以上続く老舗《しにせ》の水飴屋だ。もっとも暖簾《のれん》分けで開いたので、この店自体の歴史は十年ちょっとである。市内にある本店は母の兄が継いで、祖母もそこに住んでいる。つまり、父はお婿さんなのだ。

間口は狭く、奥行きも知れているこぢんまりとした建物だが、香《こう》のにおいが心地いい清潔な店だ。紫の暖簾をくぐれば、正面に木枠のショーケースが見える。瓶詰めの水飴が「雪乃」で、袋に入っている硬い飴が「琥珀《こはく》」。贈答用に大小約十種類の箱が並ぶが、みな詰め合わせを替えているだけだ。夫婦だけで切り盛りしているため、飴一本で勝負している。

「ただいまぁ」

店の中では母の淑子《よしこ》と女性客が話していた。近所に住んでいるおばちゃんだ。コーラスに参加しているらしく、喉にいいからとよく「雪乃」を買ってくれるお得意様である。

「いらっしゃいませ！」

ランドセルを背負ったままお辞儀する。商売人の子としてきれいな笑顔は自《おの》ずと身についていた。

「ありがと。翔ちゃんはほんまかわいらしい顔してるね」

目尻を下げるお客さんを見て、翔太郎はお世辞ではないな、と調子に乗った。申し訳ないが、目の前の二人を見比べると断然母の方がきれいだ。顔が小さいし、肌なんか杏仁豆腐《あんにんどうふ》のように白くてつるんつるんで、触ると心地いい。大きな目も小作りな鼻も大好きだった。

翔太郎の小さな顔とパッチリした目、白い肌は母譲りなのだ。

「今日始業式やったんでしょ?」

母は割り箸で瓶の水飴をぐるぐると巻いて渡してくれた。どろっとした黄金色のそれを口に含むと、自然な甘みが雪のように溶けていく。毎日食べているのにおいしい。奥の作業場でこれを作っている父は汗まみれだろう。火を使うから、と子どもは中に入れてくれない。いつも外から背中を見るだけだ。

「新しい先生はどんな感じ?」

翔太郎は怒られたことなどおくびにも出さず「優しそうな女の先生」とだけ答えておいた。お客さんの口からどんな噂が出回るか分かったものではない。

あの後、前に立たされた二人は、強く耳を引っ張られてみんなの笑い物になった。ごんたくれの耕三といるとたまにとばっちりを食らう。おかげで真壁君にも笑われてしまった。

母とお客さんが再び会話を始めたので、翔太郎はレジ奥のドアを開けて、作業場をのぞいた。

もわっとした熱気で息が詰まった。翔太郎が声をかけると、父の貴信《たかのぶ》が振り返った。ランニングシャツで首からタオルをかけている。顔全体を拭うと、ひょいっと右手を挙げた。角刈りと引き締まった輪郭に、父の職人気質がよく表れていると翔太郎は思う。

大量のもち米を洗って水を切り、釜に入れて蒸し上げる。麦芽で発酵させてから寝かせ、それをろ過した絞り汁を火にかけるのだが、このときの約二十段階にも及ぶ繊細な火加減の調節が門外不出の技なのだ。砂糖や添加物を一切加えず、三日間かけて米の甘みだけで飴にする。父はこの作業をほぼ一人でこなす。

芸人、歌手など喉を商売にする人たちのほか、結婚式の引き出物にも使ってもらう。地味な商売だが「雪乃阿免」は翔太郎の自慢だった。

冬場によく売れる分、夏はやや苦戦するので、翔太郎は毎年梅雨が過ぎるころになると、水飴をかき氷にかけて出そうと提案する。少しでも役に立ちたいと思ってあれこれ考えるのだが、父はわずらわしそうにするだけでまともに取り合ってくれない。

挨拶を終えてドアを閉めたとき、まだ母とお客さんは話していた。

「翔太郎も気ぃつけなあかんで」

意味が分からなかったので首をかしげて見せると、母は「消費税や」と言った。

「百円のもん買うときは余分に三円払わなあかんねん」

「何それ、めっちゃ小銭いるやん」

二人の大人は声を上げて笑った。

「ほんま会計がややこしいわ」

女たちの話はまだ続きそうだったので、翔太郎はとても付き合いきれないとばかりに出入り口へ向かった。そして、お客さんにお辞儀をした後、抜け目なく言うのだった。

「お母さん、お小遣いにも消費税つけてや」

店を出ると並びの角にある自宅へ走った。百メートルも離れていない。茶色い壁の二階建ての家だ。学校から帰ってくるとまず、店に顔を出して無事を伝えるのが白水家のルールだった。ちなみに店の向かいが耕三宅の電器屋だ。

玄関で靴を脱ぐと、翔太郎は真っ直ぐ階段を駆け上がった。右手の南向きの部屋が翔太郎の部屋で、向かいは姉の恵《めぐみ》が使っている。

自室にランドセルを放り投げると、姉の部屋の襖《ふすま》を開けた。今日は友だちと商店街に寄ると聞いているので、まだ帰っては来ないはずだ。

六畳の室内は学習机と洋服ダンス、大きめの本棚があるので圧迫感がある。活発で家事に興味を示さない姉だが、自分の部屋だけはきれいにしている。毎日掃除機で埃《ほこり》を取り、家具を雑巾がけしているのだ。当然、弟が勝手に部屋に入ると怒る。最近では気取って「プライバシー」という言葉をよく使う。

翔太郎は本棚から一冊の本を抜き出した。誰にも言えない、あの漫画である。吸血鬼の父と狼女の母を持つ魔界人の少女が、人間界で中学校に入り恋をする。その相手が真壁君だ。物語の序盤、主人公が本性を隠しながら健気に頑張るところが特に好きだった。

今日出会ったもう一人の真壁君の顔が浮かんだ。睨まれたときのきつい視線には戸惑ったが、自分を見てくれたことが嬉しかった。水飴を舐めてから治まっていた鼓動が、また乱れ始めた。

斎藤瑞穂のスカートを思い出した。確か姉も同じようなスカートを持っていたはずだ。少し逡巡した後、翔太郎はおもいきってタンスの引き出しを開けた。上から二段目にお目当てのものがあった。赤と黒のギンガムチェック。フリルはなかったが、トップについている黒いリボンがかわいかった。

前からスカートをはいてみたかったが、ばれてお父さんに告げ口されたら絶対に殴られる。

一旦襖を開けて外の様子をうかがった。人の気配はない。

翔太郎の頭の中に真壁君の不機嫌そうな表情が甦った。昂《たかぶ》りが抑えられなくなって、引き出しの中に手を伸ばした。

急いで半ズボンを脱いだとき、翔太郎は何に興奮しているのか分からなくなっていた。一日の間にこんなに何度もドキドキしたことはなかったかもしれない。やはり今日は、特別な日だ。

スカートの裏地が太ももを撫でる感触が心地よかった。ズボンのような締め付けがなく、スースーして涼しい。身に着けたことのない赤い色がまぶしかった。両手で裾をつまんでひらひらと波打たせると、自然と笑みがこぼれた。女の子はこんなにかわいらしい服を毎日着られるのだ。

うらやましい気持ちで姿見の前に立った。我ながら細い脚によく似合っている。その場で一周するとスカートがふわりと浮いて、胸がときめいた。スカートを脱ぎたくなくて、つらくなった。脚を片側にそろえてお姉さん座りをすると、ギンガムチェックの布地が広がって、お姫様みたいだった。

しかし、鏡に映った自分を見て気分がふさいだ。もっと髪が伸ばせたら、おしゃれなシャツを着ることができたなら。そのとき、頭の中をかすめていったのは、またしても真壁君の怖い顔だった。

会いたい、と思った。

2

四月中旬の冷える朝だった。

冷たくなった両肘をさすりながら、翔太郎はその場で足踏みをした。何しろパンツ一枚なのである。

ブリーフ一枚の男子児童が保健室の中で列を作っている。乳首への攻撃やパンツの引っ張り合いというい かにも子どもじみた争いには参加せず、翔太郎はただただ寒さに耐えていた。

身体測定は四年生から男女別々になった。体操着に着替えるときも同様で、周りの友人は「女の裸になど興味はない」と無理に硬派を気取るグループと「めっちゃ見たい」と軟派にのぞきに行こうとするグループに分かれた。

だが、翔太郎だけはどちらにも所属していなかった。女子の体の変化に、置いてけぼりをくっているようで何だか怖いのだ。もちろん、自分が男だとは認識している。かなわないと知っているからこそ、丸みを帯びていく体が羨《うらや》ましくて仕方ない。

出席番号一、二番コンビの耕三と健二は軟派の筆頭で、測定を済ますとそそくさと保健室を後にした。今朝、登校時にのぞきを成功させる、と宣言していたので、今ごろ仕事に精を出しているのだろう。

「斎藤、ブラジャーしてるらしいで」

後ろの瀬尾《せお》から話しかけられた。特に親しくはないが、嫌な奴でもない。

「そうなんや」

翔太郎はとぼけて見せたが、彼女がスポーツブラをしていることは知っていた。一度、シャツの襟もとから見えたことがある。「胸が出てきたな」という認識はあったが、まさかブラジャーまでつけているとは思わず、そのときショックを受けたのだった。考えれば、自分が感じる怖さと羨ましさの原点は、斎藤瑞穂のブラジャーだったかもしれない。

そんなことより、翔太郎が気になるのは後ろに並んでいる真壁君の存在だった。昨日配られたクラスの名簿で、彼の名前が拓海《たくみ》だと分かった。予想通り、名前もかっこいい。一方で同じ紙に印字された「翔太郎」という文字を見たとき、何と男くさいことかと愕然とした。

住所も載っていたので、一度行ってみたいと思った。チャイムを鳴らすのではない。家の前を素通りするだけだ。それでも、真壁君に関する情報が少しでも増えるのは喜ばしいことだった。

瀬尾とのブラ話は盛り上がることなく終わった。

名前を呼ばれて、身長測定器に足を乗せる。背筋を伸ばして前を見据えたとき、真壁君と目が合った。その瞬間、味わったことのない激しい感情が全身を駆け巡った。

恥ずかしい――。

翔太郎は慌てて目を逸らした。他の男子に見られても何ともないのに、真壁君に見られるのだけは嫌だった。その後体重や胸囲を測ったが、何も覚えていない。ただ真壁君に見られているという意識が、翔太郎から思考を奪った。

ひと通り測り終えると、彼はお腹をくだした子のように早足で保健室を出た。外には服を着た女子が並んでいた。

「白水君、服は？」

列にいる誰かから声をかけられ、翔太郎は急いで保健室に戻った。外から聞こえてきた笑い声が、無性に腹立たしかった。

それからというもの、体育の授業が苦痛になった。皆と一緒に着替えるのが嫌なのだ。頭の中で勝手に真壁君の視線を感じてしまい、恥ずかしくて仕方がない。実際に彼を見ると、まるで翔太郎のことなど見ていないのだが、神経は過敏になる一方だった。

午前中の二十分休みとお昼休みに男子を虜《とりこ》にしたのはドッジボールだ。五月になると体育の授業でもすることになり、各々ボールを投げたりよけたりするのが上手くなった。翔太郎は専《もっぱ》ら逃げてばかりいた。球技のセンスはゼロだが、なぜか足だけは速く、危険を察知する能力が高かったので、いつも最後までコートに残る。

翔太郎は読みに長《た》けていた。パス回しが終わる瞬間や相手が「横目」と呼ばれるノールック投球で狙ってくるときも勘が働く。無意識のうちに敵の表情を観察しているのだろうが、自分でもはっきりした理由は分からない。

そのうち、翔太郎を仕留めることが皆の目標になっていった。小柄で体が柔らかい翔太郎が体勢を変えて避球《ひきゅう》する様は、新体操のようなしなやかさがある。

初夏のその日も最後の一人となっていた。敵チームはこの〝懸賞首〟を誰が討ち取るかで、盛り上がっている。翔太郎は複雑な思いだった。相手コートにいる真壁君も容赦なく速球を投げてくるからだ。

逃げれば逃げるほど、真壁君が自分を見てくれるのでそれは嬉しい。でも、おもいきりボールをぶつけられるのは悲しい。

ボールが顔の横や股の下を通るたびに歓声が上がった。皆、自分がウイニングショットを放ちたいのだ。翔太郎はよけ終えると同時に体の向きを変え、次の攻撃に備える。

そして、授業の終了間際、息切れした翔太郎は足をもつれさせて転倒した。派手な土埃が舞ったが煙幕には足りない。すぐに立ち上がれないほど疲れ切っていたので、いつもの癖でお姉さん座りをしてしまった。

ボールは外野から内野に渡り、センターラインを挟んで二歩分の距離でいよいよ捕まった。見上げると真壁君がボールを持っていた。彼は二重の目を細めて悪巧みしているような表情を見せた。苦労して捕まえた獲物だ。積年の恨みを晴らすように強くぶつけられると覚悟した。

翔太郎はお姉さん座りのまま両手をつき、目をつむった。すると足にポンと軽い衝撃があって笑いが起こった。足元に青いボールが転がっている。

優しくぶつけてくれた……。

見上げると真壁君が笑っていた。

「逃げへんかったらやりにくいやろ」

手を差し伸べられた。全身の血液が心臓に集まったように、胸が躍動している。翔太郎は真壁君の目を見つめたまま手を握った。冷たい手だった。

強い力で引き上げられ、よろけた体を両手で支えてくれた。恥ずかしくて顔が見られない。

「おまえ、すごいな」

真壁君は翔太郎の肩を軽くたたいて、整列するために三森先生のもとへ走っていった。

「逃げへんかったらやりにくいやろ」「おまえ、すごいな」「逃げへんかったら……」。かけてもらった言葉を忘れないように翔太郎は心の中で復唱した。

初めてちゃんと自分を認識してくれた。それだけでも嬉しいのに、手を握って体を支えてもらった。幸せすぎて怖いぐらいだ。

「白水君！　整列！」

三森先生の大声で我に返った。翔太郎は走ってみんなのいる方へ向かった。

南中へ向かう太陽の日差しが厳しい。

もうすぐ夏やなぁ。

夢見心地でぼんやりと季節を感じた。

3

目の前を赤いランドセルが揺れていた。

四年生になっても時々甦る記憶。おばあちゃんがプレゼントしてくれたのは黒いランドセルだった。

お姉ちゃんの色と違う、と思った。赤い方がかわいいとも。でも、家族の嬉しそうな顔を見ていると、とても言えなかった。「ありがとう！」と言って背負ってみせた。そのままスキップを踏んではしゃいでみせた。

七五三のときもそうだ。五歳のとき、両親と二つ違いの姉とで近くの神社に詣でた。そのときの写真を見るのは今でも嫌だ。白とピンクのきれいなグラデーションに、かわいい梅の花や毬《まり》の絵柄が入った着物は、もちろん姉の衣装だ。一方の自分は黒い羽織にグレーの袴《はかま》。羽織の柄は勇ましい兜と刺々《とげとげ》しい松である。千歳飴の長い袋をぶら下げて姉弟並んでいる写真は、大人が見れば微笑ましいだろう。このときも翔太郎は満面の笑みで写っている。

当時から自分が男の子であるとは分かっていた。だから父とキャッチボールもしたし、戦隊もののおもちゃでも遊んだ。でも、やっぱり姉や姉の友だちとお人形遊びをしているときが一番楽しかった。ジャッキー・チェンより松田聖子が好きで、阪神タイガースより宝塚歌劇団が観たかった。

タカラヅカは母と姉も好きなので、最低でも二ヵ月に一度は必ず連れて行ってもらう。この夏は雪組が「ベルサイユのばら」を上演するのだ。お芝居を観るのも楽しかったが、翔太郎は特に後半のショーに心を奪われる。華麗な衣装や美しいラインダンスを観ていると、心と体が浮き立つ。自分もあの舞台に立ちたいと思うのだが、男子禁制の世界ではそれを目標にすることもできなかった。

「今日、どうする？」

耕三に話しかけられて我に返った。

「市民プール行こうぜ」

健二の提案に耕三が手を打った。

一学期の終業式が終わり、今から夏休みが始まる。年中遊ぶことばかりを考えている二人にとっては最高の気分だろう。前を行く女子の集団からもはしゃぐ声が聞こえる。少なくともこの幼馴染たちは、女子のランドセルを見て物思いにふけることはないだろう。

「よし、決まり。飯食った後で、十二時十分出発でどうや」

「それちょっと早ない？」

「大丈夫や。ダッシュで食ったら五分でいけるって」

翔太郎はあまり気が進まなかった。四年生の今でも二十五メートルを休まずに泳げたことがない。顔を水につけたときの音が遮断される感覚が不安で、早く顔を上げたくなって息継ぎのタイミングがうまくつかめない。体が冷えるのも、着替えで全裸になるのも嫌だ。つまり、翔太郎にとって楽しめる要素が何一つないのである。

「今日はちょっとやめと……」

「あっ、真壁！」

断りを入れようとしたとき、耕三が追い越していった男子二人を呼び止めた。翔太郎はハッとして立ち止まった。振り返ったのは確かに真壁君だった。胸に書いてある英語の意味は分からないが、黒色のかっこいいTシャツを着ている。彼は丸坊主メガネの木村《きむら》と一緒にいた。

「プール行かへんか？」

始業式の日こそ「しばいたる」などと物騒なことを言っていた耕三だが、真壁君が自分より運動神経がいいと知ると、途端に親しみを持ったようだ。真壁君が幼稚園のころからスイミングスクールに通っているのを知っていて誘ったのかもしれない。

「おう、ええな。市民プールか？」

「そうや。昼飯食ったらすぐ行くねん」

「ほんなら一時ぐらいに行くわ」

そう言うと真壁君はさっと背を向けた。無駄口をたたかないところがクールに思える。

「翔ちゃん、何て？」

真壁君に見とれているときに声をかけられ、翔太郎は慌てて表情を引き締めた。

「さっき何か言いかけてたやん」

学校の外で真壁君と遊べる機会など滅多にない。この好機を逃すわけにはいかなかった。

「今日、昼ご飯何かなぁと思って」

「俺んち、焼きそばやで」

耕三が言うと健二が「ええなぁ。俺んち絶対しょうもない小魚やで」と表情を曇らせた。健二の家は商店街にある魚屋だ。みんな商売人の子どもなので、よく気が合う。

翔太郎は単純な二人に救われる思いで、再び歩き始めた。

白水家の昼食はそうめんだった。まだ姉の話の途中だったにもかかわらず、翔太郎は慌てて麺をかき込むと水着やタオルが入ったビニール製の袋をつかんだ。

「行ってきます！」

玄関へ走っていく息子の背中へ「あんまり調子乗りなや！」と母の声が飛んだ。

市民プールは自宅から自転車で飛ばして十分の距離にあり、海原《うなばら》という大きな公園に併設されている。駐輪場は既にほぼ満車状態だったので、翔太郎たち三人は空いているところを探してはバラバラに停めた。ひび割れた白壁で覆われたチケット売り場には、麦わら帽子をかぶったじいさんが一人で座っていた。それぞれが五十円玉を置くと「いってらっしゃい」と言って笑ってくれた。

更衣室には板とカーテンで作った簡素なボックスが規則正しく整列している。カーテンを引いて中に入ると、耕三と健二はあっという間に全裸になった。学校の水着をはき終えるまで二十秒もかからなかった。

翔太郎はバスタオルを腰に巻いてから、のろのろとブリーフを脱いだ。

「早く！　翔ちゃんのちんちんなんか何回も見てるんやから！」

「俺が水着はかしたるわ！」

じれた二人に追い立てられるように、翔太郎は水着をはいた。プールが嫌いな原因の一つはこれだ。平気で裸になれる耕三たちが信じられない。

水着の内側にあるポケットに小銭を入れると、三人分の袋を集めて荷物の預かり所へ持って行った。引き換えのプラスチックの札を持つのは、この中では一番しっかりしている翔太郎の役目だ。

市民プールには五十メートル、二十五メートル、幼児用の三つのプールがある。このうち五十メートルプールは水深が三メートルあるため中学生以上しか利用できない。

緑色の床は陽を受けて熱かった。耕三と健二は塩素のにおいをかいだだけで興奮しているようだ。通路を突っ切ると、二人して二十五メートルプールに飛び込んだ。すぐに監視員の笛の音がした。飛び込み禁止は承知の上で、ずる賢い坊主たちは監視員が本気で怒るタイミングを知っている。彼らとて、いちいち台から降りて注意していては身が持たない。

プールサイドで準備体操している翔太郎の元へ二人が泳いで近づいてきた。

「あのお兄ちゃん、まだ見てるで」

翔太郎は顎をしゃくって、台の上に座っている若い男に注意を向けた。

「あんなもんアルバイトや。保健室の監視に比べたらマシ、マシ」

耕三は何でもないように手を振って答えた。一丁前に監視などと言っているが、四月の身体測定では女子が入室した瞬間に部屋のカーテンを閉められ、お手上げだったのだ。

快活に泳ぐ友人たちをよそに、翔太郎はプールの中に入ると端の方を歩き続けた。体が熱くなってくると肩までつかって陽をしのいだ。十歳にして年寄りのリハビリのような動きを続けている。

「おっ、真壁と木村や」

健二の声が聞こえて、翔太郎は彼の視線の先を追った。スリムな真壁君とさらに細い木村が走ってきた。

「俺、ちょっと向こうに行ってくるわ」

真壁君は三人の前に来るなり、ためらう様子もなく五十メートルプールに向かった。泳ぎたくて仕方なさそうだ。

クラスでは背の高い彼でも大人たちに紛れるとやはり小さかった。

「あいつ根性あるな」

耕三の感心したような口ぶりに、翔太郎は何度も頷いた。真壁君が褒められると無性に嬉しい。四人はプールから出て、その泳ぎを見学した。

真壁君は目立たぬようにそっと水に入ると、壁を蹴って勢いよく泳ぎ出した。美しいフォームのクロールだった。あまり水しぶきが上がらないのに速い。

陽を反射してきらきらと光る水面の向こうで、真壁君が泳いでいる。その姿はひと際輝いて見えた。ずっと見ていたかったが、五十メートルを泳ぎきったところで監視員の笛が鳴った。「そこの男の子、危ないから上がりなさい」と拡声器の声が響く。

真壁君はペコリと頭を下げると素直に従った。こういう品のあるところも好きだ。

四人は冒険を終えた友人を拍手で迎えた。真壁君は疲れも見せず、すぐに泳ぎ始めた。

相変わらず端っこを歩いていた翔太郎のもとに真壁君がクロールでやって来た。

「白水、練習するか？」

正面に立った真壁君に声をかけられ、翔太郎はどぎまぎして返事もできなかった。

「おまえ、ドッジやったらイタチみたいにすばしっこいのに、水の中やったら昆布やった。

「昆布？」

「じぃっとしてるやん」

昆布に見えていることは大いにショックだったが、かまってもらえるのが心地よか

な」

「手ぇ貸してみぃ」

真壁君が両手で翔太郎の手を取って後ろに下がり始めた。溺れそうになるとすぐに止まってくれた。

「そんな怖がらんでもええで。ただの水やねんから。まず体の力抜くだけで全然ちゃうから。足はな、平泳ぎみたいにしてみ」

一緒に深呼吸してから再び手を引いてもらった。確かに力を抜くだけで全然違う。ちゃんと前に進む。魔法をかけられたような気持ちになった。

「筋ええやんか」

褒められたとき、翔太郎は例の漫画を思い出した。同じようなシーンがあったからだ。あのヒロインも海で真壁君から水泳を教わるのだ。魔界人であることを隠して。

そんなことを思い出すと、ますます漫画の中の彼に見えてくる。

少し休憩していると、プールサイドを歩いている女の子が目についた。同い年ぐら

だが赤いワンピースの水着が色鮮やかで、少し大人っぽく見えた。

あの水着を着て真壁君と海に行けたら、と思うと胸が弾んだ。妄想が膨み、二人でスイカ割りをしてキャーキャーと騒いでいるシーンを思い浮かべたところで、話しかけられた。

「白水のタイプか？」

真壁君が笑って肩を組んできたので、翔太郎は驚いて気を付けの姿勢になった。棒のようになったまま、嬉しさとよく分からない不安と、誤解を解きたい気持ちが同時に湧いてきてさらに身を硬くした。

「そんなに気になるんか？」

「ちゃう、ちゃう、絶対ちゃう！」

声の大きさが調節できず、叫んでしまった。仕方ないことだけれど、〝男の友情〟がつらかった。

「まぁ、そんなムキにならんでもええやん。でも、よう見たらおまえの方が女みたいな顔してるな」

女みたいな顔――。突然吹いた幸せの風に頬が緩んだ。その風に揺れるのは昆布ではなく、一人の女の子。スイカ割りの場面が甦り、さらにニヤけているとすぐ近くで息を感じた。視線を上げると目の前に真壁君の顔があり、鼓動が早くなった。

「何で笑ってんねん」

組んでいた肩を外すと、真壁君は再び正面に立って翔太郎の手を取った。練習を再開するつもりらしい。体が離れるのは寂しかったが、ホッとする気持ちもあった。それに、手が触れ合っている。

ずっとこのまま手をつないでいたいと願った瞬間、耕三と健二が大きな水しぶきを上げて近づいてきた。

「翔ちゃん、変なおっさんがおる」

耕三がちらりと真ん中に視線をやった。せっかくのムードを壊され、ムッとした翔太郎だったが、真壁君が「ほんまや」と乗ってしまったので、二人きりの特訓はあきらめることにした。

みんなが集まったからか、木村もやって来た。

「あの真ん中におるおっさん、さっきからじろじろ見てくるねん。ほら、今は別の奴見てる」

耕三の言う通り、確かにプール中央に不審な男が一人立っている。七三の髪形でやけに青ひげが目立つ。

「保毛尾田保毛男《ほもおだほもお》やんけ」

健二が流行りのお笑い番組に出てくるキャラクターの名を挙げると、爆笑が起こった。確かにそっくりだった。それにずっと男の子の姿を目で追っているように見える。

遠目から観察していると、ふと男の動きが止まった。

「あっ、しょんべんしよった」

耕三が自信満々なので、もうそうとしか見えなかった。

「おい木村、確認して来い」

健二がむちゃな命令を下すと、真壁君も「行って来い」と目で合図した。案外悪ノリするところもある、と思ったが、そんな一面も翔太郎には魅力的に映った。

「大人がそんなことするわけないやん」

「アホ、あいつが普通の大人に見えるか？　監視員なんか子どもにしか注意できひん根性なしやねんから、俺らが行かな誰が行くねん」

「ほんなら秋本君が行ってや」

「俺は監督や。村山実がマウンド上がるか？　つべこべ言わんと行って来い！」

阪神タイガースのたとえ話が的を射ていたかどうかは分からないが、耕三の言葉には力があった。抵抗虚しくメガネの木村は顔上げ平泳ぎで男に近づいていく。残された四人は黙り込んで視線を坊主頭に集中させた。翔太郎の目には男の周辺がアマゾン川のように不気味に映った。

木村が男の右横を通過する。幸い男は他の少年に気を取られていた。と、そのとき、木村が不自然なUターンをしてすごい勢いで戻ってきた。

「あのおっさんの周りだけ異様にぬるい！」

衝撃の事実に悲鳴が上がった。そして、次の瞬間には耕三が木村の頭を押し退《の》けていた。

「こっち来んな！」

木村はこの世の終わりのような顔で耕三を見た。

「監督！」

「くび、くび、おまえ、くび！」

やけになった木村がなりふり構わず接近してくるので、四人の少年は陸へと避難した。

バスタオルで体についた水滴を拭き取り、五人でジュースを買いに行った。

二階建ての売店には壁がない。二階部分も転落防止用の柵があるだけなので開放感がある。それぞれジュースを買うと、小銭を出し合ってカップヌードルを二つ買った。五人の回し食いだったが、真壁君の後に食べると心が弾んだ。

「それにしても、きっしょいおっさんやったなぁ」

耕三が夏の思い出とばかりに感慨深げに言う。

「ええおっさんが小学生用のプールでしょんべんしてるねんで」

「どんな人生やねん」

今日も出席番号一、二番コンビの息はぴったりだ。

「やっぱりホモなんかなぁ？」

木村の問い掛けに、健二が頷いた。

「保毛尾田保毛男にそっくりやったやろ？　ホモに決まってる」

「でも、男のくせに男好きになるってどんな気持ちなんやろなぁ」

「そら銭湯行ったらパラダイスやで。俺らが透明人間になって女風呂に入るようなもんや」

「えげつないなぁ、それ」

男同士で盛り上がったが、翔太郎は何も言えなかった。

「さぁ、もうひと泳ぎしよか！」

耕三が立ち上がったとき、売店に例の男が入ってきた。彼は胸の大きいビキニの女と腕を組んでいる。見るからに恋人同士といった雰囲気だ。

翔太郎は友人たちを見た。

耕三がもう一度席に着き、健二が空《から》になったカップヌードルの容器を落とし、真壁君がぽかんと口を開け、木村がメガネをかけ直した。

それは翔太郎が初めて目《ま》の当たりにした、男たちの完全なる敗北であった。

4

黒板を打つチョークの音が小気味いい。

一日を締めくくる「終わりの会」で、三森先生が横一列に四人の名前を書いた。

真壁拓海、白水翔太郎、斎藤瑞穂、篠原知子《しのはらともこ》。

耕三が大きく手を打ったのを皮切りに拍手が起こった。

九月の第四週、ここ二、三日で半袖の数がぐっと減った。翔太郎は昨晩、夏が来てから初めて扇風機を回さずに寝た。みんなの意識はもう十月十日の運動会に向かっている。

「今日の五十メートル走の結果、ここに書いた四人に代表になってもらいます」

再び拍手が起こった。

代表とは運動会のクラス対抗四百メートルリレーのことだ。男女二人ずつが選ばれ、全四組で覇《は》を競う。その選考会とも言える記録会が体育の時間にあったのだ。

翔太郎は相変わらず原因不明の快足を飛ばし、隣の瀬尾をぐんぐん引き離してゴールした。結果、自己ベストをはるかに更新し、クラスの二位に入った。こうして大きな字で氏名を書かれるのは誇らしいことだったが、あらためて自分の名前が男らしいことを思い知らされる。

四人は今日から約半月にわたって、バトンパスの練習をする。放課後の自由な時間を割かれることは何でもなかった。むしろ、真壁君と過ごせるなら一年中練習をしてもいいとすら思う。

会が終わると、耕三と健二は「がんばれよ！」と翔太郎の肩をたたき、走って教室を出て行った。今、二人はファミコンの野球ゲームにはまっている。最近は女子の裸より「ファミスタ」一色である。翔太郎も何度か耕三の家で遊ばせてもらったが、もともと野球に興味がないのでそこまで燃えるものはなかった。

着替えは真壁君と二人きりだった。考えれば当たり前の状況だが、心の準備ができていなかった。そっと背を向けてシャツを脱いだ。真壁君は教室の後ろで準備体操をしている。二人になることを望んではいたが、このときばかりは一人にしてほしかった。

「白水」

唐突に声をかけられたので、翔太郎は「はい」と先生にするような返事をしてしまった。

「練習前にひとつ走りしたいから、先行ってええか？」

「どうぞ、どうぞ」

顔だけ振り向いて答えると、真壁君は軽く右手を挙げて教室を出て行った。ほっとしたのも束の間、すぐに戸が開いた。

「水筒忘れた。へへっ」

慌てた翔太郎は脱いだシャツをまた頭からかぶった。

「何してんの?」

「ちょっと……」

「早く来いよ。遅れると三森先生うるさいから」

訝《いぶか》しげな顔の真壁君が教室を後にした。

翔太郎はこれから毎日こんな緊張が続くのかと思うとちょっとしんどかった。

斎藤瑞穂は手足が細長く首筋もきれいなのでポニーテールがよく似合う。服もおしゃれで色気のある女性になりそうだ。一方の篠原知子はおかっぱでたらこ唇、肌は黒かった。商店街の中にあるカレー屋の娘であることと、見た目の印象で口の悪い男子からは「インド」と呼ばれている。

二人は真壁君と楽しそうに話していた。クラスの女子の半分以上は彼のことが気になっていると聞いたことがある。翔太郎はこの二人にも注意が必要だと思った。

青いジャージ姿の三森先生は気合い十分だった。

「先生ね、他の三クラスの先生に代表選手のタイムを教えてもらってん。一組とはええ勝負になると思うけど、十分優勝狙えるで」

一組は同じ紅組だが、三森先生は同志すらライバル視していた。第一、第三走者が女子、第二、第四走者が男子と決まっている。

斎藤、白水、篠原、真壁――の順で「真壁君まで二位でつなげば九割方勝つ」と、三森先生は言い切った。アンカーの真壁君は学年で唯一、五十メートル七秒台の足を持っている。一組とのタイム差を見れば、引き離されることは考えにくい。男女一位コンビを後方に据える追い込み型の布陣だ。

「心配なんはアンカーにつなぐまでのバトンのパスミスだけ。今日からみっちり練習するで」

特に翔太郎と知子は「受け取って」「渡す」という二つの課題をクリアしなければならない。実際にしてみると、想像していたより難しかった。受け取る走者は前を向いて手だけを後ろに突き出す。互いにスピードに乗った状態で、バトンをつかみ、離さなければならない。慎重になってしまい、どうしても速度が落ちてしまうのだ。

初日は三森先生が何度も声を張り上げることとなった。

午前中で授業が終わる土曜日を含めて、日曜日以外は特訓が続いた。十月に入るころにはミスも減り、スムーズなリレーができるようになっていた。代表メンバーの中にも余裕が出てきたからだろうか。運動会を五日後に控えた木曜日。登校するなり瑞穂と知子に教室の外へ呼び出された。

瑞穂は薄いピンクのプリーツスカートで相変わらずおしゃれだった。知子の方はジーンズのミニスカートだったが、脚が太めなので余計な迫力がある。最近は帰りが遅いため、秘密のファッションショーはお預けになっている。毎日かわいい服が着られるというだけでも女子は幸せだ、と翔太郎は思う。

「白水君さぁ、ちょっと教えてほしいねんけど……」

知子が身をくねらせるようにして切り出した。瑞穂は隣で笑っているだけである。

「真壁君って好きな子いるん？」

やはりきたか、と翔太郎は身構えた。四人だけの濃密な時間を過ごすうちに、二人の気持ちも高まっていったのだろう。その感覚は翔太郎にもあった。日に日に真壁君への想いが強まっている。

「さぁ、そんな話せぇへんから」

あえて素っ気なく答えた。面倒なことを頼まれそうな予感がしたからだ。女子二人は目を合わせてから、同時に上目遣いをした。知子がまた口を開いた。

「真壁君に聞いてくれへん？」

そらきた、と思ったがとぼけて「何を？」と返した。

「好きな子がおるかどうか。おったら誰かを聞いてほしいねん」

翔太郎は自分の領域に土足で踏み込まれたようで、色気づいた女子たちを鬱陶しく感じた。確かに真壁君の心の内は気になる。気になるが怖くて聞けないのだ。もう少し耳をふさいでいたい。その心持ちを他人の都合で壊されるのが癪《しゃく》だった。

「こんなこと頼んで悪いけど、もちろん、白水君のこと好きって言うてる女子もいるんやで」

インドの気遣いが却って腹立たしかった。純粋に真壁君に近づいてほしくないだけなのだ。

「そんなんに興味なさそうやから」

「それならそれでええねん。ねっ？　頼んだで」

廊下に三森先生の姿が見えたので三人はペコリと頭を下げて教室に入った。結局断ることができず、引き受けた形になってしまった。

翔太郎は一日中悶々として過ごした。ひょっとしたら、今日真壁君の意中の人が分かってしまうかもしれない。それが自分でないことは確かだろう。だから、ずっと聞かないでいたのだ。

その日の練習では、瑞穂と知子が合間に意味深な視線を送ってくるので集中できなかった。今一つスピードに乗れず、三森先生から体調を心配される始末だった。怖い思いはあったが、こんな生殺しのような毎日が続くのもつらい。練習を終えたとき、翔太郎は覚悟を決めた。

いつもは四人で帰るのだが、女子二人は「商店街に寄るから」と、不自然な様子で走り去った。その際も翔太郎に強い視線を送ることを忘れていなかった。

「今日、商店街で何かあったっけ？」

まるで警戒心のない真壁君の言葉を聞き、逆に緊張感が増した。リレーの話をしているうちに去年のソウルオリンピックの話題になったが、まるで会話に集中できなかった。どんどん脈が乱れていく。苦しくて仕方なかったので、翔太郎は正門を抜けたところで呼びかけた。彼が「うん？」と言って振り返る。

「真壁君って今、好きな子いるん？」

何の脈絡もなく口にしてしまったので言葉が浮いてしまった。真壁君はじっと翔太郎の目を見て、黙っている。ものすごい速度で後悔の波が押し寄せ、翔太郎の体は硬直していった。

とにかく謝ろうと口を開きかけたとき、真壁君が遮《さえぎ》るように言った。

「白水って、俺のことだけ君付けするよな？」

答えになっていなかったが、真壁君への想いを見透かされたみたいで無性に恥ずかしかった。変なことを訊いてしまったとの悔いがなかなか消えない。とにかく早く家に帰ってお茶を飲み、頭からふとんをかぶりたかった。

「斎藤たちに頼まれたんか？」

真壁君はお見通しとばかりに流し目で翔太郎を見た。翔太郎が頷くと、彼は笑って
「おるで」と言った。その場にしゃがみ込みそうになるのをぐっと堪《こら》えて、作り笑いをした。

「クラスにおるん？」

情けないことに声が震えていた。

「俺、Ｗｉｎｋが好きやねん」

真顔でアイドルの名を言われたので、翔太郎は拍子抜けして笑ってしまった。

「僕も好きやねん。真壁君はどっちがええの？」

「どっちも好きやけど……、今は翔子かな」

「僕はさっちん！『淋しい熱帯魚』のＣＤ持ってるで」

「白水、ＣＤ聴けるやつ持ってるん？」

「お姉ちゃんのやつやけど」

「俺んちまだないねん。ええかげんやばいよな」

「テープに落とそうか？」

「ほんま？」

うまくはぐらかされたような気がしたが、知っている女子の名前が出なかったのでホッとした。そればかりか共通の話題も見つかり、瑞穂たちには感謝したいぐらいだった。明日、二人に会ったら教えてやろう。ライバルはＷｉｎｋやで、と。

十月十日は冴えない天気だった。雨こそ落ちてこないが、どんよりと曇っていた。昨晩、翔太郎は緊張で眠れず朝早くに近くの公園まで行って走ってきた。寝不足のせいで体が怠い。二位以内で真壁君へ、という作戦を重圧に感じた。

四年生は午前中に棒引きと徒競走に出場した。翔太郎は徒競走で一位になったものの、足の運びが悪いと自覚した。真壁君もその後の組でちゃんと一位を獲っている。

翔太郎の家からは母と祖母が応援に来てくれた。お昼休みには六年生の姉も一緒に弁当を食べたが、あまり食が進まなかった。

「食べないざというときに力出ぇへんで」

と、母に言われて強引におにぎりを腹に収めた。「あんた顔色悪いで」と姉にからかわれても言い返すのも面倒なほど固まっていた。

クラス対抗リレーは運動会の華である。プログラムの最後に四〜六年のリレーが一気に行われる。

各クラスの声援を受けて代表選手たちがグラウンドに入った。百メートルの小さなトラックを一周ずつ走る。翔太郎たちはその真ん中に入って体育座りをした。後ろの真壁君は屈伸をして体をほぐしている。いよいよだと思うと息をするのも苦しくなる。

第一走者がスタートラインについた。赤いハチマキをしている瑞穂は凛々《りり》しかった。この日のために何度もバトンの練習をしてきた。

「位置について」

学年主任の先生がスターターピストルを垂直に上げた。校庭が一瞬にして静まり返った。

「よぉい」

ピストルが鳴った。同時に定番の「クシコス・ポスト」が大音量で流れた。観客席が歓声で沸く。瑞穂は少し出遅れた。

「斎藤、行けぇ！」

真壁君が大声で叫んだ。瑞穂はその声が聞こえたのか第二コーナーを回って一番直線距離が長い地点で一人抜き、二位に浮上した。翔太郎は立ち上がり、内から二番目の枠に入った。全身が強張《こわば》っておかしくなりそうだった。すがるような気持ちで真壁君を見ると、力強く右の拳《こぶし》を上げて励ましてくれた。

第四コーナーを回った瑞穂が迫ってくる。二位ではあるが混戦だ。翔太郎はスタートを切った。右手を後ろに差し出し、瑞穂を信じて走った。右手に確かな衝撃。スピードに乗ったままバトンを左手に持ち替えた。

うまくいった——。

耕三の声が聞こえたように思ったが、後は風の音しか耳に入らない。直線で一気に加速する。先頭の男子を抜いたとき、運動場がどよめいた気がした。

後はパスだけだ。

第三コーナーを曲がると同時に頭の中で練習した手順を思い浮かべた、その瞬間だった。

足がもつれた、と思ったときには転倒し、顔に土煙を浴びた。運の悪いことにバトンが手からすり抜けて、前方へ飛んで行った。

一部で歓声が悲鳴に変わる。

スピードがあった分、バトンは遠くに転がっていた。すぐさま二人に抜かれ、拾ったときには最下位になっていた。焦った目の知子にバトンを渡すと、その場に倒れ込んだ。

無様《ぶざま》だった。

「はやくどいて！」

学年主任の先生に怒られてトラックの中に入った。チームメイトの顔を見られなかった。

知子は三位との距離を詰めたものの、順位を上げることはできなかった。

「任せとけ」

真壁君が後ろから肩をたたいてくれた。優しくされると余計に目を合わすことができない。

知子からバトンを受けた真壁君は第一コーナーで一人抜き、直線でさらに一人抜いた。土を蹴るたびに加速していく。先ほど悲鳴が上がった場所から今度は大声援が飛んだ。

クロールのときと同じだ、と翔太郎は思った。真壁君は何をしてもフォームが美しい。それぞれ直角に曲がる四肢がリズムよく回転し、形なき風の姿を見せた。瑞穂と知子が大声を出してぐるぐる腕を回している。翔太郎も応援したかったが、気が引けて何もできなかった。

第三コーナーで並びかけたが、前の選手が肘を使ってうまくブロックし先頭を譲らなかった。最終コーナーでも順位が変わらず直線勝負になった。真壁君が一段とスピードを上げる。

並んだかに見えたが、最後に胸の差でゴールテープを切ったのは一組の男子だった。逆転にはほんの少しだけ距離が足りなかったのだ。

真壁君は仰向けになって倒れ、しばらく荒い呼吸を繰り返した。敗れてもそうして喝采を聞く彼は誰よりも輝いていた。翔太郎は申し訳なさと感動で胸が圧《お》し潰されそうになり、涙がこぼれ落ちるのを必死に我慢した。

雨が降ってほしい……。全てを洗い流してほしかったが、鈍色《にびいろ》の空は風景画のように静止していた。

帰宅後、翔太郎は晩ご飯も食べずに自室にこもって泣き続けた。三森先生も代表チームも耕三たちも、誰一人責めた者はいない。しかし、大切な人たちの期待を裏切ってしまったことが悔しくてならなかった。自分があそこで転ばなければ、間違いなく優勝していただろう。涙が一段落すると転倒したシーンが機械仕掛けのように甦り、また涙が溢れるのだった。

階段のきしむ音で母が二階に上がってきたのが分かった。ご飯を食べろと言いに来たのだろうが、どうしても食欲がなかった。

「翔太郎、お客さんやで」

遠慮なく襖が開いた。

「誰？」

「真壁君が来てくれた」

母の後ろにパーカーを着た真壁君が立っていた。翔太郎は慌ててふとんから出て、手櫛で前髪を整えた。

「今お菓子持ってくるからね」

紐を引っ張って照明をつけ、急いでふとんをたたんで押入れにしまった。

「おまえきれい好きやなぁ」

六畳の和室だが姉の部屋と違い、学習机しかなかった。物がないので片付いているように見えるだけである。

母が日本茶とポテトチップスやチョコレートが入った皿を持ってきた。「真壁君、足速いねぇ」などと二言三言褒めると、部屋を出て行った。

「今日、ごめんね」

翔太郎は謝ってうなだれた。

「泣いてたんか？」

ごまかしようがないので素直に頷いた。

「こけたけど、やっぱり白水は足速いよ」

ぎこちなかったが、元気づけてくれているのは伝わってきた。翔太郎にやっと笑みがこぼれた。

「これ、暇やから作ってん」

そう言うと真壁君はパーカーのポケットから何やら得体の知れない物を取り出し

た。彼が目の前でぶら下げて、初めて正体が分かった。先端の円形にはアルミホイルが貼ってあって、そこからビニール紐が伸びている。手作りの銀メダルだった。

真壁君は無意識にお姉さん座りをしている翔太郎の首にメダルをかけた。顔の距離が近づいてドキッとしたが、目を上げることはできなかった。

「やっぱり安もんくさいな」

そう言って笑っている顔を見ると、何も言えなくなって嗚咽《おえつ》を漏らした。

「こんなしょうもないもんで泣くなよ」

嬉しくて、悔しくて、申し訳なくて泣いていたのに、いつの間にか好きな人を想う気持ちで胸がいっぱいになってしまった。今までも真壁君への気持ちを自覚していたつもりだったが、運動場で見たどんよりとした雲が晴れていくように、今はっきりと悟った。

翔太郎は目を伏せたまま微笑んだ。

やっぱり、真壁君のことが好きだ。

5

二月の第三週の月曜日は振替休日だった。

自室でだらだらと過ごしていた翔太郎はポテトチップスをかじりながら、漫画を読んでいた。畳に寝転がって物語の世界に没頭するのは、秘密のファッションショーと並ぶストレス発散法だった。水をかぶると女の子になり、お湯を浴びると男に戻るという設定がいい。女の子になれるなら真冬の今でも水風呂に入ることを苦にしないだろう。でも、温泉へ行くたびに女風呂で男に戻るのもやっかいだな、などと想像していると、あっという間に時間が経つ。

時折、笑い声を漏らしながらまたお菓子に手を伸ばす。足元の電気ストーブの金具部分に親指が当たり、熱さのあまり体が縮まったときだった。

ノックの音がするや否や襖が開いた。

「翔太郎、手伝いな」

恵があごをしゃくって下へ降りるよう指示した。「プライバシーはどこに行ったのか」などと抗議する余地もなさそうだ。快活な姉のエプロン姿を見た翔太郎は眉間《みけん》に皺を寄せた。男勝りの性格なので、よく母から「男女逆やったらよかったのに」とこぼされる。そう言われるたびに、実際そうだったらどんなに幸せかと思う。水をかぶらなくていいのなら、それに越したことはない。

一階の台所へ行くと、テーブルの上にボウルや皿が並んでいた。恵はあまり料理が得意ではない。洗い物や洗濯も嫌々手伝っている。自分の部屋をまめに掃除するのは、遊びに来る友だちにあれこれ文句を言わせないためらしい。

翔太郎は板チョコを砕く係だった。この姉ならそのまま渡しそうなものだが、小学校最後のバレンタインなので手作りのものをあげたいそうだ。

「でも、渡すタイミングが難しいねん」

恵は弟が砕いたチョコレートを鍋に入れ、ブランデーと牛乳を加えた。その間、翔太郎は言われた通り皿の上にアーモンドを並べて電子レンジへ入れた。

「純也《じゅんや》君に渡すんやろ？」

姉が想いを寄せている純也君は、地元の少年サッカークラブでキャプテンを務めている。短髪でもの静かな雰囲気は父に似てなくもない。ポジションはフォワードで、運動会の後に一度、足の速い翔太郎を誘いに来たことがある。わざわざ家に来てくれたので、姉は随分とはしゃいでいた。一緒になって勧められたが、弟をダシに使おうとしているのが見え見えだったので、はっきりと断った。

お湯を沸かしていた別の鍋に、調理している鍋を浮かせてガラス蓋で閉じた。

「受け取ってくれるといいね」

「うん。でも、いっぱいもらうやろからなぁ。男の子ってどんなチョコが嬉しいん？」

姉に意見を求められることなど滅多にないので、翔太郎は戸惑った。自分が男の子を代表できるだろうかという不安もある。

「やっぱり、手紙が入ってたら嬉しいやろなぁ。カードじゃなくてちゃんとした手紙」

「それってラブレターやんな？」

「本命チョコ渡してる時点で告白してるようなもんやん。あれは義理チョコやろ？」

スーパーのビニール袋に大量の板チョコが入っている。

「向こうに気付かれずに気持ちを確認する方法ってない？」

翔太郎は瑞穂と知子のことを思い出した。人づてに聞くより直接確認した方がいいような気がした。

「六年やろ？　思いきってラブレター書きぃや」

恵は不安そうな顔をして、鍋にアーモンドとコーンフレークを入れて混ぜ合わせた。悩める横顔は乙女そのものであった。やはり姉も女なのだ。女として迷えることが羨ましかった。

クッキングシートに乗せると、後は冷やして固まるのを待つだけだ。大量にできたので、翔太郎もおこぼれをもらった。テーブルの半分ぐらいを占領している。

余った箱と包装紙、リボンをこっそり持って自室に引き上げた。ここで翔太郎は知恵を絞った。どうやって真壁君に渡そうか、と。自分の前にあるハードルは姉のそれと比べものにならないほど高い。

女は女というだけでスタートラインに立てるのだ。翔太郎の場合はまずそこに立つことすら難しい。端《はな》からハンデ戦であった。

裏面に印刷のない折り込みチラシを大量に持って上がって、学習机の上に置いた。アイデアを書き殴っていこうと思ったが、なかなか妙案が浮かばなかった。正体を知られずにチョコレートを渡す、というのは案外難しい。せっかく持ってきた裏紙は、手持ち無沙汰のせいで漫画に出てくる真壁君の似顔絵で埋まっていく。

どこかに隠すしかないというのは何となく見えているのだが、チョコレートを持ってうろうろするとそれだけで見破られてしまう。机の前で頭をかかえていると、後方ですっと襖が開いた。

「文房具屋に行こう」

恵はとうとうラブレターを書く決意をしたようだ。そのとき、とても単純な方法があることに気付いた。

「うん、行こう!」

翔太郎は椅子から飛び降りた。

商店街にある文具店でレターセットを買った。恵のようにピーターラビットを選びたかったが、姉の目がある手前、青空と雲が背景になったかわいくも何ともない便箋と無地の洋封筒という組み合わせになった。

もちろん、文面まで弟に相談することはない。自宅に帰ると姉は階段を駆け上がって自室へ戻った。

再び学習机に戻った翔太郎は、頭の中で学校の見取り図を広げた。自ずと華やかな校舎西側がズームアップされていく。そして、花壇の横に設置されているボックスだと閃《ひらめ》いた。もともとは花の種や園芸用具を入れるボックスなのだが、冬の間は何も植えないので盗難防止のため空になる。

色鉛筆を取り出し、チョコレートの在《あ》り処《か》を記した。便箋が味気ないので自分でうさぎの絵を描いて色をつけてみた。悪くない出来だ。

翌十三日、クラスの女子たちは明らかに浮足立っていた。休み時間になるたびに固まって教室の外へ出て行く。男子たちも気のない素振りだがそわそわしているのが分かる。だが、それも翔太郎の緊張感の比ではなかった。

五時間目終了のチャイムが鳴り、三森先生が国語の教科書を閉じると、一段と落着かない雰囲気になった。後は「終わりの会」を残すのみである。三学期から「嬉しかったこと」や「反省すべきこと」を発表するようになったのだが、今日は誰の手も挙がらなかった。

いつもなら先生が「みんなはロボットですか？　何か感じたことがあるでしょう」

と水を向けるのだが、この日は教室の空気を感じ取ったのか、さらっと「さようなら」の挨拶をした。もしかしたら先生自身も明日の準備があるのかもしれない、と翔太郎はおませな見立てをしてみる。

お決まりの三人で帰っていたが、忘れ物をしたふりをして一人で学校に戻った。既に日直当番が鍵を閉めていたのは計算通りで、職員室で三森先生に頭を下げ、無人の教室に入り込んだ。脇目も振らずに真壁君の席へ向かい、机の中に洋封筒を入れた。後は運を天に任せるだけだが、課題をクリアしたことに満足感があった。自分もバレンタインデーに参加したのだ。

浅い眠りとともに夜が明け、とうとう勝負の日がきた。翔太郎は朝早くに登校し、計画通り例のボックスにラッピングしたチョコレートの箱を入れた。まだ花の咲かない桜の木や土だけの花壇を見に来る物好きはいない。目撃者は「エンペラー」と乱暴な字で書かれた札の奥で、尻尾を振っている雑種犬が一匹。黄土色の中型犬だが右目の周りだけが眼帯をしているように黒い。翔太郎は唇に人差し指を当て、朝食の食卓からくすねてきたベーコンを口止め料にした。

予想通り真壁君にチョコレートが集中した。特に瑞穂が渡した半透明なビニール製の袋は高級感があり、ひと際目立っていた。実際に女子たちのパワーを見せつけられると、翔太郎の胸に敗北感が募った。ここそこと隠さなければならないのは、やはり悲しい。今さらながらあの手紙を破りたくなった。

真壁君より前の席に座っているため、翔太郎は彼が仕掛けに気付いたかどうか分からなかった。疑心暗鬼は当然、想像を暗い方へ導く。帰るころには雨まで降り出し、息苦しさは限界近くまで達していた。

耕三の家に寄ってファミコンをして気分を紛らわせた。元よりバレンタインなどに縁がないトリオだったので気が楽だ。あれほどの冒険をしたのに、結局、いつもと変わらぬ日となった。

翌朝、また早くに登校した翔太郎は花壇へ向かった。恐る恐るボックスを開けてみると、チョコレートの箱が消えていた。一瞬、頭が真っ白になる。

真壁君が持って行ってくれたのか、それとも他の誰かが……。

翔太郎はエンペラーを強く見つめたが、愛想のいい犬は尻尾を振るだけで何も教えてくれなかった。


初めて人を好きになった一年間は、充実していたからこそ過ぎ去るのが早かった。

三月に入ると、翔太郎はクラス替えが不安だった。来年度、真壁君と同じクラスになるとは限らないのだ。一学年四クラスなので外れくじを引く確率の方が高い。最近では市民プールで水泳を教えてもらったことや、運動会の後に家で励ましてくれたことなどを授業中に思い出すこともある。

そうした思いの中では、期待するだけ損をするだろうホワイトデーが霞んで見えた。

三月十四日の朝は晴れた分だけ冷えた。半ズボンのせいでむき出しになった膝小僧が冷風にさらされる。花壇に着いたとき、翔太郎の体は凍えるようであった。ボックスの前でしゃがみ込むとまず両膝をさすった。その間ずっと中が空であるとイメージした。傷を最小限にすること。それが今できる唯一のことだと翔太郎は思った。

牽制球を投げるように、エンペラーを見た。巻き尾を小刻みに振っている。相変わらずご機嫌な犬を見て少しだけ落ち着いた。深呼吸をしてから蓋に手をかける。その際もう一度空のボックスを想像した。

ゆっくりと目を開けると、そこにグレーの手提げ袋が入っていた。めまいがしたので、きつく額を押さえた。考えられないことが起きている。翔太郎は布地の袋を取り上げ、中身を確認した。

マシュマロやスナック菓子の詰め合わせであった。中には白いカードが入っていて、真ん中に丁寧な字で書かれていた。

「ありがとう。一番おいしかったです　真壁拓海」

涙がこぼれそうになったので、慌てて上を向いた。空はあの便箋のように青かった。真壁君からもらった「一番」。震える心を言葉にしたかった。しかし正体が明かせない以上、このまま教室へ持っていくわけにはいかない。黒いランドセルの中から教科書を抜き取って袋を中に入れた。

誰も知らない真壁君からの言葉。じっとしていられず、翔太郎は教科書を抱えたまま走り出した。

辺りに静寂が訪れる。すると、エンペラーが桜の木を見て尻尾を振り始めた。

翔太郎は知らなかった。花壇から死角になるその大木の陰に、人がいたということを。

第二章

1

涼しく香る雨の匂いが好きだ。

周りに人がいなければ、傘の下でうんとそれを吸い込む。薄荷《はっか》の飴を食べたようにスッとさわやかな心地になる。だから雨は、薄荷の飴。湿度が不快な梅雨《つゆ》の時季も、そうして気持ちを新たにする。

でも、人がいると「匂い」は「臭い」へ変わる。生乾きの異臭が湿気に乗って漂う。中学に入って特にそう思うようになった。

男の先生の低い声が眠気を誘う。それもさっぱり意味が分からない英語なので、なおさらだ。リーダーの教科書を開いてはいるものの、今教師がどこを読んでいるのか見当もつかない。

窓際の席で小さくため息をついた翔太郎は、腕を組むようにして冷えた肘をさすった。月曜の憂鬱が幾分和らいだ火曜日の朝。それでも、休日までの道のりは長い。

ツンと鼻をつく臭いに顔をしかめたとき、後ろからトントンと肩をたたかれた。先生に気付かれぬようそっと振り向くと、町田清彦《まちだきよひこ》が歯茎を見せて笑っていた。半袖カッターシャツの両脇に汗の広がりが見える。原因はこれか、と思ったが、一切表情には出さなかった。

すえた臭いとともに渡されたのは紙切れだった。町田は声を潜めて「回せ」と言った後、また歯茎を見せた。この間、息を止めていたことは気付かれなかったようだ。

向き直った翔太郎は、ルーズリーフの切れ端を開いた。

——田村美香子《たむらみかこ》の死因を考えよう——

誰の字なのか分からなかったが、悪意に胸が悪くなった。

翔太郎は切れ端をたたんで握り締めた。最前列、教卓の前の席で背を丸める小太りの女子に目をやった。湿気のせいで天然パーマの短い髪はいつもより縮れて膨らんでいる。後ろからは見えなくても、特徴的な顔ははっきりと思い出すことができる。

一重瞼の細い目にニキビが多い幅広な顔。いつも下を向いている印象がある。入学してひと月も経たないうちに、西原康介《にしはらこうすけ》を中心とする男子グループにからかわれ始め、五月に入ってからは女子もそれに加わり、一気にいじめへと発展した。翔太郎自身、積極的に仲良くなりたいタイプではなかったが、だからと言って集団に参加する気もなかった。

美香子に「ミックス」というあだ名をつけたのは、女子の間で幅を利かせている三《み》木真理恵《きまりえ》だ。美香子の弁当を勝手に取り出し、ご飯とおかずをかき回して「鏡よ」と言って弁当箱を渡したことがきっかけだった。それから「混ぜご飯」と名付けられ、いつとはなく「ミックス」という呼び名に落ち着いたのだ。

四十二人のクラスのうち、男子は西原、女子は真理恵が派閥をつくり、緩やかに付き合いのある生徒を含めると、勢力は約半数を占める。美香子を擁護する者はなく、翔太郎はグループには入らず傍観者を決め込んでいた。

市立霧島中学校はお世辞にも品のいい学校とは言えない。大量の窓ガラスが割られて地方紙に載ることも珍しくないし、万引きで捕まる同級生も多い。

翔太郎は入学以来、一人でいることが多くなった。仲間内で騒ぐのが何となく気恥ずかしく、煩わしい。耕三や健二とも別々のクラスになり、気楽に話せる友だちがいなくなったせいもある。しかし最大の原因は、周囲の男子と話が合わないことだった。スーパーファミコンにもアダルトビデオにも興味が持てない。

考えてみれば、その兆《きざ》しは小学校高学年のときからあった。五年のとき、放課後に女子だけが呼ばれた日を今でも覚えている。耕三から「あれは生理の説明や」と言われてもピンとこず「生理って何や」と聞き返すと、男子の誰もが答えられなかった。帰宅して姉に聞くと頭をはたかれた。国語辞典で「月経」という言葉を知って調べ直したが、卵巣や子宮という言葉が出てきた時点でチンプンカンプンだった。

「赤ちゃんを授かるための準備」

教えてくれたのは、姉が持っていたアイドル雑誌のお悩み相談コーナーだ。赤ちゃんは女が産むものとは、頭では理解していた。あの日、自分が別室に呼ばれなかったことで、強い疎外感を味わった。これからいくら願っても、努力しても女になれない。そう思うとどうしようもなく胸が苦しくなって、迷子になったときのように焦りが込み上げた。

六年も二学期を過ぎると、女子の体は明らかに丸みを帯びてきた。ショッピングセンターで見たピンクと黒のブラジャーがかわいく見え、衝動的に買おうとしたこともある。それをあきらめるために買ったガンダムのプラモデルは、一度も箱を開けることなく耕三にあげた。そうして一つひとつ自分への嘘を積み重ねていくうち、傷つく前に予防線を張ることがうまくなった。

制服のズボンだって、本当はスカートがいい。ネクタイよりリボンがいい。しかし、考えたところで答えは決まっている。あきらめるしかないのだ。「関心を持たない」「期待しない」という後ろ向きの姿勢は、確かに楽だったが翔太郎を孤立させた。

中学生になってからは、男子の体にも急激な変化が現れる。だが、翔太郎は相変わらず背が低く華奢で、体毛もほとんどなかった。

体育や水泳の着替えが年々苦手になっていく。先日も町田から「おまえ、まだ生えてないんちゃうん？」とからかわれたばかりだ。二手に分かれていく性の真ん中で、自分がひどく中途半端な存在に思える。全てに目をつむり、早く声変わりがきてほしい、体が大きくなってほしいと願った。

この約三ヵ月の間、極力目立たないようにしてきたつもりだ。隣に座る存在感の薄い女子だって黙ってルーズリーフの切れ端を回したに違いない。それはいじめに加担したというほどのことではない。機械的に前の男子の背中をつつけばいい。分かってはいても、翔太郎はどうしても体が動かなかった。

——田村美香子の死因を考えよう——

小学校のときに読んだ天草四郎《あまくさしろう》の伝記を思い出した。

これは踏み絵。西原と真理恵は支配者が誰であるかを分からせようとしている。同時に新たな標的も探している。沈黙は罪になるのだ。

催促するような手つきで町田から肩をたたかれた。怖くて振り向けなかった。もう一度教卓の前を見る。美香子は微かに震えていた。恐らく自分にとっての良くないことを感じ取っているのだろう。彼女もまた、恐怖で振り返れないのだ。

翔太郎はビルの屋上から遥か下をのぞき込む思いだった。机の中に墨をぶちまけられ、スカートのすそを目立たないように切られ、弁当箱に消しゴムのカスを入れられる。支配者へ協力する姿勢を示さなければ、屋上から落ちる。

無意識のうちに右手が動いた。前にある背中へ腕を伸ばそうとしたそのとき、チャイムが鳴った。緊張が緩みざわつき始める教室で、翔太郎は一人、固まった。

頭がカッと熱くなる。後ろから大きなため息が聞こえ、振り返ると町田が西原の方へ向かっていた。最後列の真ん中の席でふんぞり返っている西原の周りには、グループの男子がじゃれ合っている。腰をかがめて町田が一言伝えると、西原を中心に笑い声が起こった。蔑みを含んだ目にさらされる。

粘り気のある視線に耐えられなくなった翔太郎は、走って教室を出た。三階から一階まで一気に駆け降りる。下駄箱まで来ると急に体から力が抜け、その場にしゃがみ込んだ。

波打つ鼓動は、危険信号そのものだった。これから自分の身に降りかかろうとする不幸が目に見えるようで、自然と背筋が冷たくなった。手の中の紙切れは、汗でボロボロになっていた。

教室からゴン、ゴンという音が響く。廊下から走って戻った翔太郎は、クラスの雰囲気が一変していることに気付いた。窓際で町田が翔太郎の椅子を蹴っていた。

放課後、ホームルームが終わると、町田に両肩をつかまれた。

「ちょっと残っとけや」

クラブに入っていない翔太郎は、とっさの言い逃れが思い浮かばず、返事ができなかった。当番が掃除を始めたので、町田に引きずられるようにして廊下に出た。西原が取り巻きの三人の腕を的にしてパンチしていた。翔太郎は見ないように努めたが「痛い、痛い」と大げさにへつらう声がいやに耳につく。西原は一七〇センチ近くあり、横幅も大きい。丸坊主だが、とても中一には見えなかった。

「入れ」

掃除当番が見て見ぬふりをして帰ると、西原に背中を押された。町田がドアを閉めると五対一で向き合う形となり、いよいよ追い詰められた。

西原たちが何も言わないので、翔太郎はボロボロになった紙切れをブレザーのポケットから取り出した。

「これ、回そうと思ってたけど……」

「はぁ？　パチこけや！」

町田に怒鳴られ、体がギュッと萎縮した。西原は怖がる翔太郎を観察するように見ている。

「おまえ、肩たたいても回さんかったやろが！」

「ごめん。ちょっと考え事してたから、遅れて……」

五人に笑われ、翔太郎の脈は激しく乱れた。家に帰りたかったが、この状況から逃げ出す方法は何一つ浮かばない。

「ミックスのこと好きなんか？」

既に声変わりした西原の低い声に、翔太郎の胃が鷲づかみにされたように痛んだ。

「好きなわけないやんか」

「嘘つけ、好きなんやろ」

「違う。嫌いや」

「考え事ってミックスのことちゃうんか」

「なんでや。僕、あんなブス、タイプとちゃうわ」

翔太郎は助かりたい一心で媚びた。とにかくこの教室を抜け出したかった。

「ほんなら何で紙回せへんかってん。ミックスおかずにして家でシコってんねやろ」

お付きの三人が笑うと、町田が割って入った。

「西原、こいつオカマやからできひんって」

「それやったら、俺らがおかずってことか？」

恐怖と悔しさで堪えきれなくなり、翔太郎は声を漏らして泣いた。そのか細い泣き声は、集団に同情より刺激をもたらした。

「おい、図星やんけ！」

「違う、絶対ちゃう！」

「ほんなら、ここでチンポ見せてみぃや。勃《た》ってるんやろが！」

突然、町田とお付きの三人に押し倒され、翔太郎はパニックに陥った。必死に手足を動かしたが、何度かおもいきり腹を蹴られ息が詰まった。ベルトが外され、ズボンのチャックが下ろされる。

「いやっ、いやや！　いやや！」

必死の抵抗に四人の力が緩んだ。

「きっしょ。こいつほんまにオカマとちゃうんか」

町田が言うと、他の男子が翔太郎から飛び退いた。

「オカマやったら、こいつが喜ぶだけや」

西原が吐いた唾が顔にかかると、グループが手をたたいて喜んだ。体の節々に余計な力が入り、ベルトを押さえている翔太郎の両手は痙攣《けいれん》していた。

「うつったら嫌やから行こうぜ」

西原たちの気配がなくなってから、むき出しの腕で顔の唾液を拭った。唇から震えた声が漏れる。横向きに縮こまって、涙と鼻水でぐちゃぐちゃになった顔が床に触れた。まともに西日が入る教室で、埃っぽい木のにおいを吸い込んだ。

その日、家で何事もなかったように振る舞うのがしんどかった。特に母親の顔を見ていると泣けてきそうだったので、夕飯を済ますと「風邪っぽい」と言って自室に引き上げた。実際体が怠く、教室での出来事を思い出すたびに息切れするほど呼吸が乱れた。オカマでも何でもいいから、自分への関心を無くしてほしい。頭からかぶったふとんの中で切実に願った。

翌朝、母親に体の不調を訴えたが、体温計が示した数字は微熱にもほど遠かった。開店準備で忙しそうな母は商品の水飴の瓶を開封すると、割り箸でぐるぐると巻いて渡してくれた。小学生のころは毎日食べていたが、このところはほとんど食べていない。久しぶりに感じたもち米の甘みは優しかった。

家を出ると「雪乃阿免」に寄り、作業場の父に「行ってきます！」と大声で挨拶して駆け出した。これから営業を始める商店街の空気は新鮮で、慣れ親しんだ景色を見るうちに少し落ち着いてきた。

たぶん、大丈夫。そう言い聞かせて正門をくぐった。しかし――。

教室に入った瞬間、翔太郎はクラス中の好奇の目にさらされた。原因はすぐに分かった。後ろの黒板いっぱいに巨大な相合傘の落書きがあり「白水・オカマ・翔太郎」「田村・ミックス・美香子」と書かれている。

「ヒューヒュー」

西原と真理恵のグループが冷やかしの声を上げた。翔太郎は反応できず、その場に立ち尽くした。視線を感じたので目を向けると、席に着いている美香子が申し訳なさそうな顔をしていた。

「おっ、早速アイコンタクトですか！」

町田がふざけると、再び「ヒューヒュー」という声が教室を包んだが、翔太郎は黙って自分の席へ向かった。椅子の上にはマヨネーズが盛られていた。

その日から本格的ないじめが始まった。パシリは一人になれるからまだいい。だが、校外のコンビニにパンを買いに行かされたときは、生活指導の教諭にバレておもいきり張り倒された。毎日胸筋を強調する服を着ているこの教諭は、頭ごなしに怒鳴るだけで言い訳するタイミングすら与えない。翔太郎は切れた口の中で、錆びた鉄のような味を噛《か》み締めるしかなかった。

体育の授業前は必ず体操服を奪われた。西原たちがその体操服を丸めてキャッチボールするのを、パンツ一枚の姿で追い掛けなくてはならない。ただ座っているだけでは、窓の外に放り投げられる。細い体で慌てふためく姿を見るのがグループの楽しみだった。蒸し暑い教室で、授業が始まる前に既に汗だくになっていた。

七月に入ると、数学の教師が体調を崩し、自習になることが多くなった。翔太郎にとっては、この自習時間が一番つらい。町田に無理やり教室の前へ連れて行かれ、一発芸を命じられる。モノマネや歌、ダンスなどを強要されるが、翔太郎は何もできずにただ立っているだけだった。

同級生の目つきの大半はサディスティックなものだが、中には憐れみの視線もあった。だが、翔太郎が最も傷付くのは美香子の安堵の瞳だ。それはこのままいじめの対象から逃れられるかもしれないという期待の眼差しでもあった。

——誰のせいで……。

美香子を見るたびに翔太郎は心中で歯噛みする。責任が〝支配者〟たちにあるのは百も承知だ。だが、あの紙切れを回さなかったがために受ける仕打ちなら、美香子は決して無関係ではない。翔太郎は自らの怒りが理不尽であることすら分からなくなっていた。

自宅で過ごす時間が唯一の安らぎとなった。毎晩、ふとんに入るころに憂鬱になるので、翔太郎はせめてもと寝る前の楽しみをつくった。それが漫画と雑誌だ。特に宝塚歌劇団の団員を紹介する月刊誌がお気に入りで、翔太郎に「生理」を教えてくれたアイドル雑誌も愛読していた。

そのお悩み相談コーナーで、いじめに関して助言を求める回があった。

——明るく振る舞ってみよう——

見出しの文字に目を奪われた。

〝積極的に話しかけていくといじめっ子も調子が狂うから、いつの間にか仲良くなれてるかもよ！〟

た。「頼れるお兄さん　ドクター・レオン」の答えに、パッと視界が開ける感覚があっ
た。そうだ、先手を打ってやればいい。文句を言われても、少しぐらい殴られたっ
て、明るくしていればそのうち相手もあきらめる。つらそうな顔を見せるから面白が
られるのだ。

翌朝、翔太郎は教室に入るなりクラスメイトに挨拶して回った。西原に睨みつけら
れたが、笑顔を絶やさなかった。気味が悪そうにしている町田を見て、翔太郎は自分
のペースだと思い込んだ。

その日、期末テスト直前の数学の授業も自習となった。翔太郎は町田に腕を取られ
る前に立ち上がり、早鐘を打つ胸を押さえて教壇へ上がった。困惑の視線は覚悟の
上。クールな傍観者から新しい標的となった翔太郎に、明るい要素は何一つなかっ
た。だからみんな戸惑っている。だが、この沼の底のような状況から抜け出せるなら
何だってできる。

翔太郎は後に引けなくなった。小さく深呼吸すると、大声を張り上げた。

「はい、半音上がってドーン！　ビブラートッ」

教室に冷たい沈黙が流れた。音楽の女性教師のモノマネをしたが、誰からも反応が
なかった。冷笑を浮かべる者もいたが、ほとんどの視線が鋭かった。「きしょ」「ダッ
サ」「痛々しすぎひん？」――。ドミノ倒しのように小声が連なっていく。その一つ

ひとつが耳に突き刺さり、翔太郎は教壇の上に立ち尽くした。

「おい、やってくれたな、ボケ。責任とれや」

町田が立ち上がり、西原が最後列の席から大きく舌打ちした。額に冷や汗が浮かび、こめかみへ筋を作っていく。明るくしなければと思っても言葉が出てこない。手足の冷えを感じ取った瞬間、体が震え始めた。

真理恵が美香子を名指しした。

「奥さんが黙ってたらあかんやろ。助けてあげや」

突然火の粉が降りかかった美香子は、ただ顔を伏せていた。町田が翔太郎の椅子を勢いよく蹴った。倒れる際に派手な音が響いた。

「おい、ミックス。このおもんないオカマとキスしろや」

ポケットに手を入れたままふんぞり返っている西原がドスの利いた声を出した。美香子はうつむいたまま首を振った。その仕草に教室が沸いた。

「ミックスにキス拒否られたぁ！」

「あり得んやろ！」

「かっこわるっ！」

西原のお付きが思い思いに叫んでいく。

翔太郎は恥辱に耐えられず教壇を下りた。そのとき、視界の端に美香子の視線を感じた。その目は明確な意思を持って睨んでいる。

身の置き場がなかった。

自分の席へ戻って椅子を起こすと、町田に腹を殴られた。息が詰まり目頭が熱くなる。誰にも助けてもらえないまま、乾いた笑いだけを浴びせられた。惨めだった。

2

うわぁ、お空の色だ——。

スタジオの照明の下で、その明るい水色のドレスはひと際輝いていた。後にトルソーという名前を知った、胴体部分のみのマネキンをすっぽりと覆うワンピース。お腹の前の大きなリボンにはかわいいレースがついていた。

「息子がこれを着るんですか？」

写真屋のおじさんはすまなそうに何度もお母さんに頭を下げていた。早く着てみたくてすぐ下着になった。スタジオにいたお姉さんが白いふわふわのスカートを持って来て「パニエっていうの。ワンピースの下に着るのよ」と教えてくれた。

「着てみたい！」

困った顔をしているお母さんの太ももにしがみついた。うんと言うまで脚から離れなかった。降参のポーズを見て、飛び跳ねて喜んだ。

白く透き通った半袖に腕を通したとき、嬉しくて仕方なかった。お姉さんに背中のファスナーを上げてもらって鏡の前に立った。パニエのおかげでふんわりとスカートが広がっている。クルッとひと回りすると、浮き上がったすそがまた元の形に戻る。それが楽しくて何度もターンした。白いタイツと先の丸い黒のシューズも気に入った。

それからスタジオの隅にあった三面鏡で眉毛を整えてもらった。続いてピンクの口紅とつけまつ毛。毛先がカールした長いカツラをつけると、自分でも女の子に見えた。その上にお腹のものと同じぐらいの大きなリボンのついたカチューシャをつけたとき、幸せ過ぎて涙が出てきた。

ポーチにブーケ、熊のぬいぐるみ。いろんな物を持って写真を撮られた。でも、一番好きなのは、スカートの両端を持って首をかしげているポーズ。ドレスがきれいに見えるし、最高の笑顔ができた。今の姿をたくさんの人に見てもらいたかった。カメラを持っているおじさんも照明を当てているお姉さんも「天使や」とか「お姫様っ」とか言って褒めてくれた。

これから毎日、ドレスを着たい。心の底からそう思ったから、ファスナーを下ろすとき、今度は悲しくて泣きそうになった。

半ズボンで帰るのは嫌だったけど、駄々をこねるともうドレスを着せてもらえない気がして黙っていた。

「楽しかった？」

お母さんに向かって大きく頷くと、優しく笑ってくれた。だからもう一度、あの夢のような世界へ戻れると思っていた。もっともっとかわいいドレスと出会えるかもしれない。やっぱりお姉ちゃんと同じなんだ。

でも、次の日からまた〝僕〟になった。ミニカーで遊んでもお父さんとキャッチボールをしても、ちっとも楽しくなかった。

夏休みに入って三日目の朝。

クーラーの効いた部屋で、翔太郎は漫然と過ごしていた。手にしていた小さな額を学習机の引き出しにしまうと、ため息をつき両手で頭を抱えた。

神様が許してくれるなら、あの日に帰りたい。生涯でたった一度、愛らしいドレスに身を包んだ四歳のあの日に。

引き出しを開け、しまったばかりの写真を見る。もうこんな笑顔になることはないだろう。

教壇でクラス中の冷たい視線を浴びた日以来、グループからの風当たりは益々強くなった。期末テストの期間中は、朝担任が来る前に儀式が始まった。翔太郎を前に立たせてあの音楽教師のモノマネを強要し、黙っていると「オカマ」と書かれた画用紙を首にかけられた。

制裁はそれだけに止《とど》まらない。最も嫌だったのは、美香子と取らされる相撲だ。抱き合う形になるまで蹴られ続けるので、仕方なく密着すると美香子に睨みつけられる。西原と真理恵のグループはその様子が面白いらしく、教室の前で抱き合う二人を一層はやし立てた。

美香子は睨むことで自分への攻撃が和らぐことを知っている。下手に抵抗したり悲しんだりすれば、さらに残酷な仕打ちを受ける。本当は憎くもない相手を睨むことで、底辺としての存在を許されるのだ。

だが、翔太郎はそういった自己保身のパフォーマンスさえ虚しくなっていた。この三日、何をするにも気力が湧かず、ただ寝食を繰り返した。

「翔太郎、お友だちよぉ！　お母さんお店に戻るから！」

一階から母の声が聞こえた。昼ご飯の支度のために店を空けられる時間は限られている。子どもが休みに入ると親の面倒は増えるようで、母はいつも「早《は》よ学校始まってほしいわ」とこぼしている。そんなとき、翔太郎は何も言えずただ微笑んだ。

階段を降りて玄関のドアを開けると、町田が立っていた。夏休みの間は顔を見なくて済むと思っていただけに、ショックが大きかった。

「いつまで寝てんねん、ボケッ」

パジャマのズボンをはいている翔太郎を見て、町田はいたぶるように笑った。翔太郎は家族に見られはしないかと心配だった。いじめに遭っていることは絶対に知られたくない。

「金貸してくれや」

町田は当たり前のように翔太郎の太ももを蹴った。痛くはないが、心が重たくなる。目を伏せて黙っていると、町田に胸倉をつかまれて揺さぶられた。

「逃げれると思ってんのか！　あっ？」

頬をビンタされ、恐怖心で満たされた。翔太郎は小声で謝ると、町田に財布を持って来るように命じられた。抗うという選択肢はなく、ただ解放されたい一心で従った。

「はぁ？　何で二千円やねん」

翔太郎から黒いナイロン製の折りたたみ財布をひったくった町田は、中から千円札二枚を抜き取って顔をしかめた。

「ごめん」

「店にあるやろが」

「それは無理や。勘弁してよ」

「調子乗んな！」

腹をおもいきり殴られた。町田の細い腕にはさほどの力はなかったが、翔太郎は大げさに腹を押さえしゃがみ込んだ。それを自らのパンチ力と錯覚したのか、見上げると得意げな顔があった。

「ええか。明後日《あさって》は西原の誕生日や。分かってるやろな？」

しゃがんだまま「店のお金は無理や」と弱々しく訴えると、靴底で顔を蹴られた。

「明後日までに五万持って来い。言うとくけど、西原のバックやくざやからな。親にチクっても無駄やぞ」

横座りのままうなだれる翔太郎を見て町田は嘲るように笑った。

「ほんまにオカマなんちゃうんか？　きっしょいのぉ」

それでもまだ言い足りないのか、町田は帰ろうとはせず道路に唾を吐いた。

「おまえんとこ姉貴おるやろ？　ブラジャーとパンツ持って来いや」

姉に危害が及ぶことを考えて、翔太郎は寒気立った。しかし、言い返そうにも言葉が出てこなかった。再び脚を蹴られたとき、近くで声がした。

「何してんねん」

野球部の練習用ユニホームを着た耕三が自転車にまたがっていた。大きなバッグを荷台に積み、バットケースを肩に引っ掛けている。

「おっ、秋本やんけ」

町田が虚勢を張るように腕を組んだ。久しぶりに顔を合わせる親友に情けない姿を見られ、翔太郎は気まずかった。素早く立ち上がって笑顔を見せたとき、耕三が自転車から降りて近づいてきた。

「おまえ、今翔ちゃんの顔蹴ったやろ？」

「はぁ？　おまえに関係ないやろ」

町田がいきがって両手をポケットに入れた瞬間、耕三は片手でケースに入ったバットを振った。鈍い音がした後、町田が尻を押さえて倒れ込んだ。翔太郎は驚いて声も出なかった。

「早よ立てや、もやし」

耕三はスニーカーのつま先で町田の腹を蹴った。うめき声を聞いたところで、ようやく翔太郎は耕三の腕をつかんだ。

「耕ちゃん、止めて。何でもないから」

必死に止める声も聞かず、耕三は足を動かし続けた。その度に苦しげな声が漏れる。

「何してんねんって聞いてるんや。答えんかい」

町田はつらそうに顔を歪めていても、最後の意地なのか「西原連れて来るからな」と敵意のこもった目を向けた。それを聞いた耕三は、倒れている相手の胸倉をつかんで立たせ、顔面に拳を入れた。

「何ぼでも連れて来いや！　雑魚《ざこ》がっ。おまえらなんか野球部全員で潰したるわ！」

それで戦意を喪失したらしく、涙目の町田は鼻を押さえたまま何度も頷いた。なかなか血が止まらない。

「その前に半殺しにしたる」

耕三はケースからバットを取り出した。

「ちょっと……ごめん。今、気ぃ立ってたから……」

相手の気迫に押し出されるようにして二、三歩後ずさると、背を向けた町田は、足早に離れて行った。

「翔ちゃん、大変なんか？」

バットをケースに戻しながら、耕三が優しく語りかけてきた。安堵の気持ちと不甲斐なさとで翔太郎は堪えきれずに鼻をすすった。

「ごめんね、耕ちゃん。もし西原が来たら、僕から話すから」

「いらん心配せんでええねん。来たらそんときはそんときや。翔ちゃんもあんな奴らに負けたらあかんで」

明るい表情で翔太郎の肩をポンとたたいた耕三が自転車にまたがった。

「夏休みの間に絶対市民プール行こな。おっぱい見まくったんねん」

翔太郎は笑顔で頷くと、親友を見送った。その後ろ姿が見えなくなると、急に不安がこみ上げた。このままいじめが終わるとは到底思えない。

日が暮れると、押入れからふとんを出した。翔太郎は先ほどからただ天井を見て、とりとめのないことを考えている。家では明るく振る舞っているので、食欲がなくても無理に箸を動かし、問わず語りに学校で流行っていることを話す。姉がいないときに部屋に忍び込んで開く秘密の〝ファッションショー〟も、随分ご無沙汰している。

こうして部屋で一人になると少し楽になる。いろんな空想をして現実逃避をしているときだけ、穏やかでいられる。しかし、夜が深まっても一向に睡魔が訪れず、ふとんの中で悶々としているときは苦しかった。頭の中がひどい現実と悪い想像で毒され、パニックに近い状態になる。かといって日中、太陽に励まされることもない。翔太郎は八方塞がりの日常を過ごしていた。

だから、夢の世界に浸る。

友だちのお誕生日会に誘われて、一人外の空気を吸っているとき、片想いの彼から声をかけられる。ふわふわのパーマを褒められて、好きなタイプを言い合ううちにお互い意識していることを知る――。翔太郎が思い描くストーリーにはいつも具体性があった。気がつくと肌触りのいいタオルケットを抱きしめていた。

「翔太郎、電話！」

階下から母の声が聞こえた。これから待ち合わせのシーンを考えようと思っていた矢先、現実に引き戻された。翔太郎は渋々タオルケットから身を離して部屋を出た。

白水家では子どもたちに長電話をさせないように、玄関からほど近い廊下に電話台がある。ここは気候の厳しい夏と冬がつらい。姉の恵が二階にもう一台設置するよう求めているが、両親が認める様子はない。母から受話器を受け取ったとき、翔太郎は嫌な予感がした。

「町田や」

のっけから威圧するような声音だった。耕三に痛めつけられて、しばらく連絡がないかもしれないと期待していたが甘かったようだ。翔太郎は返事をする前に「今日はごめん」と謝っていた。

「十万や」

わざと絞り出すようにして出す声が不気味だった。翔太郎の耳が周りの雑音を拾う。公衆電話からかけているのが分かった。

「聞こえてんのか、十万用意しろって言うてんねや」

「そんなん絶対無理やって」

十万円というのは気の遠くなるような金額だった。店のレジを開けたところでそれほどのお金が入っているかも分からない。翔太郎はこのまま電話を切りたかったが、報復を恐れる気持ちがブレーキをかけた。

「とりあえず明後日の西原の誕生日までに五万。後の五万は二学期が始まるまでに用意せぇ」

「なんで十万なん?」

「はぁ? しばくぞ! そんなもんおまえに関係ないやろが!」

まざまざと町田の顔が浮かび、受話器を握る手が汗ばんだ。翔太郎は差し出す金をせめて五万円にできないかと必死に考えたが、答えが出なかった。

「ええか、秋本に言うたらほんまに西原連れてそっちに行くからな。そんときは俺もキレるからよろしく。俺がキレたら西原でも止められへんからな」

耕三相手になす術《すべ》もなかった町田だが、翔太郎には恐怖の対象だった。何も言えないでいると「逃げんなよ」という捨て台詞《ぜりふ》を残して電話が切れた。

自力では何ともならない枷《かせ》をかけられ、翔太郎は覚束《おぼつか》ない足取りで部屋に戻った。ふとんに寝転がったが、とても先ほどの続きを楽しむ気になれない。二日後の期限までにひとまず五万円を準備し、さらに五万円を調達する。盗みでもしない限り不可能だった。

翔太郎は本気で店からくすねようかと考えたが、どうしても家族を裏切ることができない。十万円を稼ごうと思えば、どれだけの飴を売らなければならないかを知っている。売上げがなくなったときの母の悲しむ顔や父の怒る様は、想像するだけでつらい。

耕三に相談すれば話をつけてくれるかもしれない。しかし、万が一西原たちに傷つけられる事態になれば、翔太郎は自分を許せないと思った。親友だからこそ巻き込みたくない。それに、野球に打ち込んでいる耕三はまぶしく、邪魔したくなかった。

同じ幼馴染の健二の顔もかすめたが、今はあまり会う気がしない。中学生になってから、健二は地元のいわゆる暴走族に出入りし始めた。原付を乗り回しているやら、電線や銅板の盗みを繰り返しているやら、まるでいい話を聞かない。翔太郎とも二人で会っているときは親しく接するが、先輩や仲間が一緒だとよそよそしい。暴走族仲間が守ってくれたとしても、その後も彼らと付き合いを続けなければならないのだ。結局、ヘッドが変わるだけで意味がない。

たとえ金が用意できたとしても、ゆすりが続くのは目に見えている。ひょっとすると不幸せには限りなどないのかもしれない。暗い未来を思うと、心が砂で埋められていく。

宝塚歌劇を観に行ったり、テレビの歌番組でアイドル歌手を見たりすると確かに心が浮き立つ。だが、その後にいつも虚しさが募る。所詮、女の園に降り立つ資格はない。この先もずっと、本当の自分を押し殺して生きていかなければならない。

天井を見ながら思考を続けた翔太郎は、自らの抱える闇に出口などないと結論付けた。そして、心の中にスッと誰かが入ってきたような感覚に陥り「楽になりたい」と願った。

学習机に座り、便箋を取り出した。青空と雲を背景にした地味なものだ。翔太郎は便箋の表面を優しく撫でて、小学四年生のバレンタインデーを思い出した。一番下にある大きな引き出しから、人気洋菓子店の赤い缶を取り出した。色鮮やかな宝物箱。その中にある手作りの銀メダルと白いカードを手に取る。

アルミホイルで作られた銀メダルを見ていると、愛おしくて泣けてきた。白いカードを開く。

——ありがとう。一番おいしかったです　真壁拓海——

同じ学校なのにクラスが違うのでほとんど見かけない。いや、実際はちょっと避けている。胸が苦しくなるから。

真壁君に会いたい。

圧されるような胸の痛みをごまかそうと、便箋を一枚乱暴に破った。お世話になった人、一人ひとりにメッセージを残すと決心が鈍りそうだ。ペン立てから鉛筆を抜き取ると、真ん中に小さな文字で「ごめんなさい」と記した。溢れる想いは全て持って行こうと思った。鉛筆を戻すと同時に、ペン立てからカッターナイフを抜き出した。

刃を出す際に鳴るギーという音に鼓動が乱れ打つ。細い刃を左手首に当てると、震えが止まらなくなった。死ぬことへの恐れなのか涙で視界がぼやけた。目をつむってカッターを皮膚に押し当てる。なかなか刃を引くことができず、涙を拭った。白い手首にためらい傷にもならない赤い線の痕が浮かんでいる。嗚咽を漏らし、再びカッターを構えた瞬間、襖が開いた。

恵だった。

「あんた、何してんの！」

畳を踏み込む音が聞こえたと思うと、あっという間にカッターを取り上げられた。すぐに頭をはたかれ、翔太郎は呆然として闖入者《ちんにゅうしゃ》を眺めた。何とかごまかそうとしたが、とっさの言い訳が浮かばずため息をついた。

「冗談でもこんなことしたらあかんのっ」

心の中に土足で踏み込まれたような気がして、翔太郎はムッとした。

「冗談やないもん。本気やもん！」

理不尽なことは分かっていても叫ばずにはいられなかった。またたたかれるかと思ったが、真摯な眼差しを向ける恵は「こっちに来なさい」と言って弟の手を取った。

自室に入ると、姉はタンスの中からスカートやシャツ、ワンピースを次々に出して絨毯の上に置いていった。中には翔太郎が黙って着たものもある。〝ファッションショー〟がバレていたと感づき、気持ちが塞いだ。

「翔太郎が好きなやつあげる」

怒られるとばかり思っていたので、翔太郎は目を丸くした。

「あんた、女の子の服が好きなんやろ？」

顔から火が出るほど恥ずかしかった。自分の気持ちを説明しても理解されるはずがない。身内から「オカマ」や「変態」と言われ蔑まれたら、それこそ生きていけない。

「いいから、選びなさい。着せたるから」

姉の真意が分からず、翔太郎は「怒ってんの？」と恐る恐る尋ねた。

「お姉ちゃんが怒ってるのは、カッターナイフ持って変なことしてたから」

「僕がお姉ちゃんの服着てたことは知ってたん？」

「たたみ方がちゃうからね」

姉は黙っていてくれたのだ。翔太郎は恥ずかしくもあったが、それ以上に嬉しかった。すぐ近くに味方がいることに気付かなかった。

レースがかわいい白のワンピースを選ぶと、艶《つや》やかな口紅とアイラインを引いてくれた。

「お母さんからウィッグ借りて来るからちょっと待っとき」

恵は弟の頭を撫でると部屋を出た。走って階段を降りる音が聞こえる。姿見の前でくるりと一周した。スカートがふわりと舞う、この瞬間が好きだ。

緩やかなパーマがかかったウィッグをつける。毛先が胸の前辺りまである。髪のボリュームが増すと、がらりと印象が変わった。自分でもかわいいと思えた。

「あんたほんまお母さんに似たなぁ」

嬉しそうでいて、少しだけ妬《ねた》んでいる。そんな姉の反応が楽しかった。前髪を少し整えて、もう一度回った。

「お姉ちゃん。僕、今すごい幸せや」

笑顔を取り戻した弟に、恵は「今日は一緒に寝よか」と言ってくれた。

パジャマを借りて、姉の部屋にふとんを二枚並べた。同じ部屋で寝るのは何年ぶりだろうか。久しく記憶になかった。

電気を消すと、翔太郎は六月から受けてきたいじめについて話した。全て語り終えると、薬を飲んだように楽になった。

「そんなお金なんか絶対に払わんでええで」

「でも、何されるか分からんし」

「大丈夫。お父さんが何とかしてくれるから。ああ見えてボクシングしててんから」

姉の言葉に、漫画の真壁君がボクシングジムに通っていたのを思い出し、翔太郎はキュンとした。

恵は部屋の中から漏れ聞こえた泣き声で異変を察知したという。「結構大きい声で泣いてたで」と指摘され面目なかったが、気付いてくれたことに感謝した。

お小遣いが入ったら一緒に買い物に行くことを約束すると、胸がときめいた。安らぎを感じて久々に心地よい睡魔に導かれた。

お父さんが守ってくれる。なぜこんな簡単な答えにたどり着けなかったのか。西原と比べれば、どう見てもお父さんの方が怖い。

町田の言っていた期限は何事もなく過ぎた。その翌日の夜に電話が鳴ったとき、翔太郎は覚悟を決めた。いじめグループと決別する。だが、受話器を手にした母が口にしたのは意外な言葉だった。

「翔太郎、田村美香子ちゃんって親しいの？」

何と答えていいか分からず、曖昧に首をかしげた。

「連絡網やねんけど、お家《うち》に帰って来ないみたい……」

翔太郎は美香子が自殺したかもしれないと不安になった。あの教室で同じ薄氷の上を歩いていたのだ。自分だって姉が助けてくれなければ、どうなっていたか定かではない。

再び連絡網が回ってきたのはそれから二日後のことだった。「美香子が無事に帰宅した」。電話回線を伝って同級生に知らされたのはただそれだけだったが、後日無線で飛ばしたように噂が乱れ飛んだ。情報は日を追うごとに淘汰《とうた》され、生々しい事実が浮き彫りになった。

美香子は風俗店の面接に行ったところを従業員に通報され、補導されたという。翔太郎はそこに真理恵たちの存在と金のにおいをかぎ取った。

二学期が始まると教室の光景はまるで違ったものになっていた。

始業式の日の朝、担任のしわがれた声が告げたのは、三木真理恵の転校だった。ざわついた教室で、初耳の翔太郎も同じように落ち着きをなくした。視線が自ずと教卓の前の席に集まる。そこに美香子の姿はなかった。

「急な話ですが……」

担任からこれといった説明もなく、夏休み中に流れた噂は肯定も否定もされない状態で美香子の欠席が続いた。九月の半ばに真理恵のグループの女子が、一人ずつ生活指導の「胸筋」に呼ばれたと漏れ伝わり、教室にはいじめのときとは別の類の陰気な空気が流れた。

美香子の不登校と真理恵の転校。クラスの誰もがこの二つの点を線で結んだ。

二学期の中間テスト後の席替えで町田から離れたこともあり、西原たちの翔太郎への露骨な干渉はなくなった。いじめは無視という形に姿を変えたが、もう動じることはなかった。

トンネルの入り口が不意に出現したのと等しく、出口が現れたのもまた唐突だった。つらく痛い日々だったが、強くなれたとの自覚がある。

翔太郎は、もう少しだけ自分に正直に生きてみようと思った。

3

なぜこうも窓際の席が多いんだろう。

決して嫌いなわけではない。校庭が見下ろせるので授業中にボーっとするには最適だ。でも、今回ばかりは廊下側の席でもよかった。

黒板には配線と豆電球の雑な絵が描かれ、先ほどから電流やら電圧やら興味のないお経のような授業が続いている。

翔太郎は教室の反対側へ目をやった。同じ列の一番端で早弁している男子がいる。間に六人もいるため凝視できないが、先生が黒板に向いた瞬間、パッとおにぎりを頬張る姿がかわいかった。まだ二時間目なのに我慢できないほど空腹なのが、いかにも男子という感じがして頼もしい。

　視線を感じたのか、急に目が合った。翔太郎がドキドキして強張ったまま笑うと、向こうはバツが悪そうに微笑んだ。凜々しい二重瞼の目が細くなる。このまま見つめ合うと赤くなりそうだったので目を逸らした。

　よしっ、今日も真壁君はいい男だ。

　二年生になって一番のニュースは、やっぱり憧れの人と一緒のクラスになれたことだ。この一ヵ月、翔太郎は毎日学校に通うのが楽しくて仕方なかった。心配していたいじめは、西原、町田が別のクラスになったこともあり、跡形もなく消え去った。

　耕三とも机を並べることになり、小学生のとき比較的仲がよかった木村もおまけのようについてきた。何の信念か丸坊主メガネという見てくれを変えないこの男は、真壁君と同じバスケ部で、しかも学級委員長だ。

　小学校四年のときに行った市民プールの〝事件〟は、今でもよく覚えている。ホモだと思っていたおっさんが、実は美女連れだったというあの事件だ。健二を除いて、市民プールの仲間がそろったことになる。

　翔太郎はクラブに入っていないので、バスケ部の真壁君と下校することはない。授業が終わるまでの付き合いだが、同じ場所にいられる喜びは、日常生活の張りとなっている。

五月半ばの水曜日。来月の文化祭に向け、二年三組ではクラスの出し物を決める会議があった。焼きそばやたこ焼きといった定番の粉もん屋からお悩み相談、クイズ大会など様々なアイデアが出たが、今一つ盛り上がりに欠けた。話し合いに中だるみの気配が漂ったとき「オカマバー」という意見が出て場が沸いた。ただ一人、翔太郎だけは嫌な予感に手のひらが汗ばんだ。案の定、すぐに「ママは白水！」「ボトル入れて〜」などとませた男子の声が飛び交い、そのまま白水コールが起こった。よからぬことで注目を集めると、いじめを思い出して混乱する。誰も翔太郎の引きつった顔に気付かず「オカマバー」開店への気運はさらに盛り上がった。

「白水だけが女装するんか？」

同じ列の一番端から声が聞こえた。真壁君だった。

「そっか。バーやったら、俺らもせなあかんのか」

司会役の木村が今さらといった感じで言った。

「一人だけ女装してても訳分からんからな」

真壁君の発言に座が白けた。目は合わせてくれないが、守ってくれたのが分かる。嬉しくて、でも迷惑をかけたことが申し訳なくて、翔太郎は笑顔で立ち上がった。

「僕、ママやるっ」

男の悲鳴が上がった。「俺がスカートはくんか！」という耕三の声に爆笑が起こった。この電器屋の息子は育ちざかりで、身長は日々一八〇センチの大台へ向かって伸び続け、横幅もキャッチャー以外は務まらないほどの恰幅であった。

「女子はどうしたらいい？」

木下愛子《きのしたあいこ》が翔太郎を見て問い掛けた。

愛子は目が小さく、笑うと線のように細くなって、いかにも善人という表情をつくる。肩まで伸びたストレートの髪が艶やかでうらやましくもあり、翔太郎はいつも朗らかな彼女に好感を持っていた。

「女子は全員男装っていうのはどう？」

今度は女子全員から「え〜」という声が聞こえた。翔太郎は自分の一言に皆が反応する様子がおかしく、続けて発言した。

「性別が鏡の中みたいに逆転してるから、店の名前は『ミラーハウス』」

ネーミングの妙が気に入られたのか、教室に「お〜」という評価の声が上がり、拍手が起こった。空想する癖がここで役立った。「ミラーハウス」もふとんの上でゴロゴロしているときに思いついたものだ。

翔太郎はこれまで、集団の中で自分の意見を発表したことがなかった。やってみると案外気持ちがいい。真壁君が翔太郎を見て笑っていたので、微笑み返した。

勇気をくれたのは真壁君だ。

それから昼休みや放課後を使って、徐々に店の準備を始めていった。ワンドリンク制で特等席にはシープスキンを敷く、というのは翔太郎のアイデアだ。さすがにショータイムのダンスは「無理がある」と却下されたが、クラスメイトと折り紙や画用紙で飾りを作っているときは幸せだった。

文化祭は金、土の二日間開催され、第二週で休日の土曜日は保護者や地域住民に学校を開放する。教師が順位付けを煽《あお》ることはないが、生徒間では自然に売上金額を競う雰囲気ができ上がっていた。

本番を三日後に控えた会議で「ただ接客するだけではインパクトがない」という意見が出ると、場が静まり返った。皆があえて目をつむっていた点で、翔太郎の懸念も全く同じところにあった。しかし、あと三日でできることと言ってもたかが知れている。お金をかけずに簡単に楽しめるもの。教室に唸り声やため息が続く中、何でもない様子で一人の男子が提案した。

「あっち向いてホイでええやん」

真壁君だった。両手をポケットに突っ込んで面倒くさそうにしている。

「確かに盛り上がるかもな」

教壇に立って進行する木村が同意すると、皆が頷いた。

「二回勝ったらおつまみ増量、三回勝ち抜きでワンドリンクサービス、でどうや？

にんじんぶら下げた方が燃えるからな」

商魂のたくましさがかっこよく映り、翔太郎の目には真壁君の周りにオーラが見えた。「賛成！」と元気よく手を挙げると、あっという間に賛同の輪が広がった。

金曜日はあいにくの雨だった。教室の前には男子が勢いで作った「ミラーハウス」の大きな看板が置いてある。店名の他、女装した青ひげのおっさんが描かれている段ボール製の粗末な代物だ。室内には折り紙を丸めた輪っかの飾りが、あっちこっちにぶら下がっている。全ての椅子に座布団を乗せ、机は塊にして上から毛布とシーツを掛けて「あっち向いてホイ」の舞台に。黒い布をカーテン替わりにし、蛍光灯の本数を減らして、紫のカラーテープをかぶせて妖しい雰囲気を演出した。皆がアイデアを出し合ってようやく完成した店は、翔太郎にとって愛着ある作品となった。

先に女子が着替え終えると、笑いが起こった。父親や兄から借りてきたであろう背広や学ランは、サイズが大きすぎて全然似合っていない。その滑稽さが店の売りなので、翔太郎はこの時点で半ば成功を確信した。

女子が教室を出ると、翔太郎は窓際の隅に行って紙袋を開いた。姉から借りたピンクのワンピース。ブラジャーも持たされたが、男友だちの前でつける勇気はなかった。ワンピースの色に合わせた淡いピンクの口紅とアイラインを引き、まつ毛をつけた。最後に母のウィッグをかぶると手鏡を見て前髪を整えた。

自然と笑みがこぼれる。

何の後ろめたさもなしに女の子の格好ができるのは、人生でこれが最後かもしれない。そう思うと一抹の寂しさはあるものの、この二日を目いっぱい楽しもうと胸を弾ませた。

「翔ちゃん、めっちゃかわいいやんけ！」

はちきれそうなボディコンに、落ち武者のようなワンレンを合わせた耕三が翔太郎を指差した。

「うわぁ、ほんまや！」

「やばいやんけ！」

女装した男どもに取り囲まれると、独特の威圧感がある。彼らは自らの格好を顧みず、翔太郎の体をベタベタと触り始めた。

「あかんって」

男たちは冗談のつもりだろうが、翔太郎は触られるのが気持ち悪かった。嫌がって身をくねらせると男の本能に火がつくのか、抱き締められたり、スカートをまくられたり大変だった。うじゃうじゃと動く腕の中から、スッと白い腕が見えたと思うと翔太郎は強い力で引っ張られた。

「女子どもに見せてやろうぜ」

白いブラウスにミニスカート姿の真壁君だった。長い生脚が何ともセクシーで、小学生がするようなお花のカチューシャも感じがいい。集団の中から抜け出してもずっと手を握ってくれているのが嬉しかった。

真壁君に導かれるがままドアを開けると、女子たちも一様に驚いた。真壁拓海親衛隊と称される面々からは「化粧すんのは反則やで」などと半ば本気の野次が飛んだ。翔太郎は嫉妬の対象になったことが誇らしく、胸の前にあった髪を後ろへ払った。

「白水は昔から女みたいな顔してるもんな」

小学校四年のとき、市民プールで同じようなことを言われた。ぼんやりしていると、真壁君にくしゃくしゃと頭を乱暴に触られてドキッとした。文化祭ということもあって、彼もテンションが上がっているらしい。

店は大盛況だった。真壁君提案のあっち向いてホイで、暗い部屋では絶えずドリンク注文の声が飛び交った。しかし「ミラーハウス」最大の売りは、翔太郎ママの存在である。「写ルンです」を持って来る客の生徒が後を絶たず、一生分の写真を撮られたような気になった。ドリンクも用意していた分では足りず、慌てて買い出しに行ったほどだ。初日の売り上げは、学年どころか学校でトップになった。

二年三組は最高潮のまま一般開放日を迎えた。晴れの休日とあって校外からの来客も多く、客足は前日の倍以上。午前中に入場規制をかけた。翔太郎は写真撮影に、接客にと大忙しで、昼ご飯を食べる暇もなかった。

午後、来ないと言っていた母と姉が訪ねて来て、翔太郎は危うく持っていたお盆を落としそうになった。

「あっ、翔太郎！」

恵の声で気付いた母は、息子を見て絶句した。気まずそうに右手を挙げる翔太郎をよそに、姉は嬉しそうに近づいて来た。

「よう似合《にお》てるやん」

ワンピースの裾を触る恵の後ろで、母が怪訝な顔をしていた。事前に女装することは伝えてあったが、息子の歪《いびつ》な〝晴れ姿〟に戸惑いを隠しきれないようだ。

「翔太郎……、やんね？」

母に名前を呼ばれると、一気に非日常の雰囲気が霧散した。丸坊主メガネのままドレス姿をさらしている木村に頼み、家族写真のシャッターを押してもらったが、母のぎこちない笑みが視界の端に見えた。

「ジュースとかお菓子、余ってないん？」

狡猾そうな視線を泳がせる姉のことが恥ずかしく、翔太郎は部屋の隅を指差した。昨日買い足した分が多すぎて余りそうなので、各々がお土産として持って帰ることになっていた。

「僕の鞄の横に紙袋があるから」

「サンキュー」

母と姉が去ってからも「ミラーハウス」は多忙を極めた。最後まで客足が途切れることはなく、終わってみれば圧勝で全校一位。閉店後にそのままの衣装で祝杯をあげ、皆で記念写真のフレームに納まった。

男子たちが着替えている際、真壁君のあっち向いてホイ無敗伝説の話題で持ちきりとなった。友だちにヨイショされて気分がよくなったのか、彼は「相手の心理を読めばいい」などと珍しく雄弁に語っていた。

「そう言えば、翔ちゃんが負けたとこも見てないな」

ワンレンボディコンの耕三が余計なことを言う。翔太郎はただ、写真撮影で忙しかったため、それほど回数をこなしていないだけだ。せっかく気持ちよくなっている真壁君に水を差したくなかった。

「よし、ほんなら頂上決戦といこか」

さっさと制服に着替えていた真壁君は面倒くさそうに手を振ったが、周りにはやし立てられて手作りの舞台へ担ぎ上げられた。ワンピース姿の翔太郎にも拒否権はなく、毛布のせいで不安定な足場の舞台に立たされ、向かい合う形となった。

「真壁が負けるところが見たい！」

耕三の叫びに「俺が負けるわけないやろ」と余裕の表情だ。

「そこまで言うんやったら、賭けようぜ。おまえが勝ったらクラスの男全員分の土産をやるわ」

勝手な提案だったが異議の声は上がらなかった。

「その代わり、もし翔ちゃんに負けるようなことがあれば……、そうやなぁ。何がええかな？」

ピチピチのボディコンが周りを見て意見を求めた。

「男同士のキスはどうや」

「おぉ、それはきつい！」

「よっしゃ、それでいこう！」

薄暗い中で中学男子が暴走し始めた。「白水のメリットは？」という常識的な声は上がらず、心の準備ができないまま大きな拍手が鳴り響いた。

「ちょっと耕ちゃん！」

翔太郎が抗議したが、耕三はギャンブル好きの父親の血を受け継いだのか「絶対負けんなよ！」と鼻息が荒い。

「勝ちゃあええんやろ。勝ちゃあ」

真壁君の瞳にも闘争心が宿った。心の準備ができないまま、翔太郎の耳に「最初はグー！」の咆哮《ほうこう》が聞こえた。

「いんじゃんホイ！」

無意識のままチョキを出した翔太郎は、勝ったと思った瞬間「あっち向いてホイ」と人差し指を上に向けた。前を見ると、真壁君が天井を見上げている。

沈黙の後、大歓声と手をたたく音で教室が割れそうなほど盛り上がった。「キッスしろ」コールの中で、真壁君が頭を抱えてしゃがみ込んだ。

そんなに嫌がらなくても、と思うと同時に逃げ出したい気持ちがむくむくと湧いてきた。翔太郎が舞台から降りようとすると、また幾本もの腕が絡みついてきて邪魔をする。

「観念せぇ、白水！」

右側のレンズを曇らせた木村が、先頭に立って体を押し上げてくる。手足をバタバタさせて暴れてみたものの、なかなか降りられそうにない。

「すまん、白水」

振り返るとしょげ返った真壁君が力なく首を振っていた。

「えっ、真壁君、ほんまにするの？」

「目つむれ」

「へっ？　あかん、あかん」

後ずさった翔太郎の肩を真壁君が両手でがっしりとつかんだ。

「深呼吸しろ」

言われるがままに大きく息を吸って、長く吐いた。その間、お互い顔を見られなかった。

こんな状況でファーストキス？

逃げ出したかった。伏せていた目を上げると、一瞬、真壁君と視線が絡んだ。凛々しい表情を目の当たりにすると、一転ときめいた。別人格を持ったように激しく心臓が動いているのに、なぜか翔太郎の体からすとんと緊張が抜けた。それが合図となったのか、好きな人の顔がどんどん近づいてくる。目を閉じて、背伸びをした。

強く唇を塞がれた。柔らかくて湿り気のある唇。少しだけ烏龍茶の風味がした。

「きっついなー！」

余韻に浸る間もなく、教室は爆笑の渦と化した。

「悪かったな」

「大丈夫、うん……大丈夫」

恥ずかしくて真壁君の顔を見られず、翔太郎は逃げるようにして舞台から降りた。鼓動が全く治まらない。こそこそと隅へ行き、着替えを入れている紙袋を開けた。

お菓子とペットボトルが見えた。

お姉ちゃんだ――。土産と着替えの袋を間違えて持って帰っていた。ため息をついて窓側を見ると、真壁君が男たちに囲まれてからかわれていた。笑顔でいてくれるのでひとまずホッとする。この世の終わりのような顔をされると、生きていけない。

翔太郎は烏龍茶の味を思い出し、自然と顔が綻《ほころ》んだ。男子たちとじゃれ合っているその横顔を見て、胸の中でそっとつぶやいた。

真壁君もファーストキスですか？

4

結局、ワンピースのまま下校することになった。

散々冷やかしを受けた後、一人で家路についた。正門から一歩出ると、解放感で胸が弾んだ。夕陽を浴びて、女物のサンダルの音を響かせる。ヒールの分だけ視線が高くなった。道行く人も翔太郎のことをじろじろ見ることはない。

――今、女の子として歩いてる。

新鮮な気持ちで満たされた。気温は高く汗ばむぐらいだったが、目の前の光景はさわやかだった。

お姉ちゃんはわざと間違えてくれたのかな。

「翔ちゃん！」

振り返ると、耕三が巨体を揺らして近づいてくるところだった。ワンレンボディコンの女装道具が入っているはずの紙袋も上下している。

「ビッグニュースや」

そう言って呼吸を整えると、耕三は忙《せわ》しなく翔太郎の手を取り、来た道を引き返そうとする。

「ちょ、ちょっと、どないしたん？」

「佐々木舞《ささきまい》知ってるか？」

バスケ部所属の女子だ。小麦色の肌とクリッとした大きな目が特徴的で、ショートカットがよく似合う美少女。違うクラスだが、学年問わず男子からの人気が高い。

「バスケ部の……」

「うん。今から真壁に告るらしい」

「えっ！」

心臓が胸をひと打ちし、それを合図に血流が止まってしまったように体が固まった。束の間の思考停止の後に湧き上がってきたのは、大きな不安だった。二人は誰もが認める美男美女だ。おそろいのシルエットは確かに絵になる。

「総合公園にいるらしい。見に行こうぜ！」

耕三と木村、真壁君の三人で帰っているとき、木下愛子に呼び出されたらしい。翔太郎はこれまでも大きな学校行事の後に告白する友人たちの話を聞いたことがある。日常とは異なる気持ちの盛り上がりがそうさせるのかもしれないが、まさか意中の人が対象になるとは思わなかった。

真壁君は高嶺の花と勝手に決めつけていたが、想いを打ち明ける女子がいたとしてもおかしくはない。冷静に考えれば、いい男が安全圏にいるはずがないのだ。

総合公園は体育館、野球場、テニスコート、陸上競技場を併設する広大な面積を持つ。市民祭りのときはここに本部が置かれ、選挙時には開票所になるなど町の中心的役割を果たしている。

南のゲートから敷地に入ると、耕三が勝手知ったる様子で先導する。テニスコートと野球場の間にある広場で木村の姿を認めた。テニスコート近くに設置してあるバスケットゴールを挟んで四人の女子グループがいた。ゴールの前には真壁君と舞。当事者の二人は男女の野次馬に挟まれる形だ。

女子グループの中にいた愛子が翔太郎と耕三に気付き、笑いかけてきた。どこかに隠れたかったが、そんな好都合の植え込みなどない。見る方、見られる方、ともに丸出しの状況だった。

「佐々木は練習中も真壁のことばっかり見てるからなぁ」

「それはおまえがずっと佐々木を見てるってことやないか」

耕三の的確なツッコミに、木村は「イヒヒ」と気持ち悪い笑いで応えた。ゴールの前で向き合う二人を見て、翔太郎は自分の両手が汗ばんでいることに気付いた。

「ええなぁ、真壁は。佐々木なんかめっちゃかわいいやんけ」

耕三が無念の声を漏らすと、木村も偉そうに腕を組んで頷いた。向かい合う真壁君と舞を見て、翔太郎は足元がフワフワとして落ち着かなかった。さっきまで自分が向かい合っていたことが嘘みたいだ。真壁君の決断が怖かった。

「邪魔せぇ、邪魔せぇ」

丸裸の嫉妬心を燃やすコンビが、周りをうろつくハトに念力を送り始めた。翔太郎も心の中で同じ呪文を唱えたが、ハトは首を前後に動かすだけで食べ物を持たない人間には近づかない。

バスケットボールを腕に抱えた舞が、一語一語丁寧に話しているのがよく分かる。

「おい、お前ハトのふりしてぶち壊して来い」

耕三が無理難題を吹っかけ、木村が「メガネのハト見たことないやろ」と押し返したとき、舞がフリースローほどの距離をとってシュートの体勢に入った。

「何やあれ？　ここまできて、ただの練習ちゃうやろな」

「ちゃう、ちゃう。あれ、うちのバスケ部伝統の告り方や」

「どういうこと？」

翔太郎の問い掛けに、木村がゴールの方に顎をしゃくった。

「フリースローで成功したら付き合ってくれってやつや。毎年、あれで結ばれるカップルがおる」

「博打やんけっ」

また耕三の血が騒いでいるようだが、翔太郎はそんなむちゃくちゃな、とあきれる思いだった。

「つまり入ったらカップル成立で、外《はず》れたらサヨナラってわけか？」

「そういうこと」

短い息を吐くと、舞が膝を曲げた。引き締まった顔が自信に満ち溢れていた。翔太郎はその清々しさに、ただ気圧《けお》された。野次馬が固唾を呑んで見守る。真壁君にこれといった表情はない。

両手投げのフォームからボールが離れる。

外れて、と願った。卑しいという自責よりも、真壁君を奪われる恐怖が勝った。

ボールは弧を描き、リングに当たってこぼれ落ちた。

女子グループから悲鳴が上がる。耕三と木村は何の遠慮もなくニヤけていたが、翔太郎は安堵の気持ちを心の奥に隠した。

呆然と立つ舞の前で、スッと影が動いた。バウンドするボールを手にした真壁君が、流れるような動作でジャンプシュートの体勢に入った。垂直跳びの最高点で一瞬、静止したように見える。スナップを利かせた右手から放たれたボールが、ネットのないリングの真ん中を通った。

「あっ」

木村が何かを思い出したように、すっとんきょうな声を出した。

「どないしたんや？」

耕三が苛立った様子で尋ねると、木村はメガネを押し上げて言った。

「外れたリバウンドボールを告られた側が決めてもカップル成立」

「何や、その軟弱なルールは！　博打に保険かけんのか！」

先ほどとは打って変わり、女子の歓声が響いた。両手を胸の前で合わせて目を輝かせている舞に右手を挙げると、真壁君は鞄と紙袋を持って男たちの方へ近づいて来た。

照れるような顔を見て、翔太郎は全てを悟った。

鼻の奥がツンとして顔が熱くなる。気付かれないように、慌てて目を拭った。愛子たちのもとへ走って行った舞が、女子同士で手を握り合っている。

た。

「おい真壁、おまえひょっとして重大な裏切り行為に走ったんちゃうやろな？」

耕三がドスを利かせて脅すと、木村が「試合中よりキレよかったやんけ」と追随した。

真壁君はふっと息を漏らすと、翔太郎の方を見て言った。

「彼女できた」

何でこっち見るの——。

目が潤みそうになるのを必死に堪え、翔太郎は笑顔を見せた。涙声になりそうだったので言葉を発せなかった。

「おい真壁！」

ハトの念力コンビが真壁君に抱きついた。友人の手荒い祝福に、彼が嬉しそうに笑っている。今度は堪えきれなくなって、翔太郎は後ろを向いた。何でもいいから一人になりたかった。

帰宅すると、すぐに自室に入った。

頭がボーっとし、悪寒もする。

真壁君のきれいなシュートフォームが脳裡に焼きついている。「彼女できた」と言ったときの声、その後耕三たちに抱きつかれたときに見せた笑顔。一つひとつの記憶が鋭利になって、翔太郎の心を突き刺していく。

そして、真壁君の幸せを素直に祝福できない自分にうんざりし、舞の整った面立ちを思い浮かべては嘆息する。普段の空想癖のせいか、二人のデート現場もリアルに想像できる。

きっとこれから彼女にしか見せない表情が少しずつ増えていく。二人の間でしか通じない言葉ができていく。そうして真壁君は手の届かないところへ行ってしまう。

姉に借りた姿見に全身が映る。文化祭が終わるまでは、自分のことが輝いて見えた。しかし、今はただ惨めだった。ウィッグをむしり取り、ワンピースを乱暴に脱いだ。みんな偽物。どんなにあがいたって本物の女には敵わない。

舞の生き生きした瞳を思い出すと、涙が出てきた。ティッシュで目元を拭くと愛嬌のないパンダみたいになった。そのまま強く唇をこする。不自然に伸びた紅が、赤黒くなって口元を汚した。

今日、この唇でキスをした。ファーストキス、だったのに。

舞の放ったシュートの軌道。外れることを願った自分へ、今になって嫌悪感が募る。

へたり込むように座ると、また悪寒が走り身震いした。おかしくもないのに、笑みがこぼれる。高熱が出てほしいと願った。そのまま記憶が蒸発すればいい。

男も女も、もうたくさんだ。

5

ビーという大きな電子音が鳴り響き、オフィシャルタイマーが前半終了を告げた。コートを見下ろす二階通路で、翔太郎は観衆とともに息を吐いた。空のペットボトルを打ち鳴らす音が体育館を満たす。隣にいる舞と愛子も緊張を解いた表情を見せた。

三年生にとって最後となる中学総体。昨日から開かれている地区大会で、霧島中の男子バスケ部は準決勝まで駒を進めていた。あと一つ勝てば県大会出場の切符を手にする。今大会最初の山場を迎えていた。

二〇対二四。四点をリードされて前半を折り返した。二階はランニング用の通路が一周しているだけで、中央は吹き抜けの構造だ。通路の手すりにかじりついているのはバスケ部の後輩と友人たちで、向こう正面の通路には同じように相手チームの生徒たちが陣取っている。

「まだ四点。いける、いける」

舞が我が事のように鼓舞している。彼女もこの後に準決勝を控えているので、何としてでもそろって県大会に出たいのだろう。

あの告白から一年ちょっと。同じクラスになった二人の仲は良好のようだ。一方で教室が離れた翔太郎は、寂しい反面少し気持ちが楽になった。もう自室で泣くこともなくなった。

ハーフタイムは十分。それが終わると十五分の後半戦が始まる。「7」の背番号をつけた真壁君は、コートの端でストレッチをしている。「5」番の木村は壁にもたれてだらしなく脚を投げ出している。

普段は頼りない木村だが、コートの上では別人のように機敏に動いた。司令塔のガードで常に全体を見渡し、指示を出していた。相手ディフェンス陣の中に空間を見つけ出すのがうまく、ピンと糸を張るような鋭いパスを何度も決めた。特にフォワードの真壁君との息はぴったりだ。真壁君が挙げた十二得点のうち、ほとんどがガードからのアシストだった。

背番号「7」は光り輝いていた。特にドリブルのスピードが速く、リング下まで切れ込んで放つレイアップシュートは華麗の一語だ。ゴールから離れて打つジャンプシュートの精度も高く、相手チームは真壁君に二人のマークをつけることもあった。

センターの吉岡《よしおか》も一八三センチの長身を活かし、リバウンドの競り合いをよく制していた。攻撃型のチームなので、流れをつかめば一気にゲームを支配できる。毎年一回戦負けの霧島中が県大会まであと一歩の位置まで漕ぎつけたのは、決してまぐれではない。

真壁君と同じクラスになった二年生のときから、翔太郎は教材や漫画でバスケットボールについて独学を重ねた。それも彼との会話を楽しみたかったからだ。しかし、勉強していくうちに、競技そのものに興味が持てるようになった。

ハーフタイム終了を告げるブザーが鳴った。いよいよ後半戦が始まる。選手たちがベンチの前で円陣を組む。キャプテンの吉岡の掛け声に、チーム全員で「おぉ！」と叫んだ。

「拓海くーん、ファイト！」

体育館の中で舞の声援が鮮明に聞こえた。

ファーストネームで呼ばれ、チクッと胸が痛んだ。真壁君も同じなのだろうかと考えると、気持ちが萎えそうになる。彼の幸せを第一に願おうと自分に誓ったはずなのに、本人たちを目の前にするとどうも気持ちがブレてしまう。

「ジャーンプいっぽんヨシオカ！」

掛け声の後にリズムよくペットボトルを打ち鳴らす音が響く。各チームのセンターが中央のサークル内に入ると、周囲で場所取りの小競り合いが始まった。「4」番をつけた吉岡の方が頭一つ大きい。一瞬のうちに会場が静まり返る。

センター二人の間に立つ審判が垂直にボールを放り投げる。長身が宙に舞い、吉岡が勢いよく球を弾いた。飛び上がってそれを受け取った真壁君がドリブルで進み、あっという間にレイアップシュートを決め二点差に詰め寄った。あまりに鮮やかで、瞬きする間もなかった。

幸先のいいスタートに、味方サイドが歓声で沸く。

霧島中の五人は敏速に動き、オフェンスへ圧力をかけていった。通路からの声援と両チームを率いる監督の怒鳴り声、バスケットシューズが床をこするたびに鳴るキュッ、キュッという音が混ざり合って、場内は騒然としている。翔太郎も精いっぱいペットボトルをたたいた。

ボールを持った木村が緩急自在のドリブルでディフェンスの選手を抜き去り、ノールックパスを放つ。絶妙のタイミングで空いているスペースへ走り込んだ真壁君にボールが渡り、難なく同点のシュートがネットを揺らした。しかし、その直後に相手のカウンター攻撃を受けてまた追い掛ける展開になった。

ゲームは一進一退を繰り返し、追いついたと思うとリードを許すという形で流れた。相手は攻守のバランスがとれたチームで、試合運びに落ち着きが感じられる。派手さはないがミスが少ないのだ。認めたくはないが、翔太郎には地力に若干の差があるように思えた。

後半の試合時間を折り返すころになって、霧島中の面々の動きが鈍くなってきた。

相手のパスが簡単に通るようになり、ボール支配率も目に見えて下がり始めた。

「ここ踏ん張ろう！」

ガードの木村がしきりに声を出してチームを励ますものの、じわじわと点差が開いていく。残り五分を切った段階で、九点リードされる苦しい流れとなった。

点差が二けたになるか否か。

重大な局面で翔太郎は祈るようにしてペットボトルを打ち鳴らした。半円形のゾーンから飛び出した真壁君が木村からパスを受け取る。そして全く躊躇することなく３Ｐ《スリーポイント》シュートを放った。ボールはきれいな弧を描き、ネットを「く」の字に揺らした。

霧島中側の二階通路が沸いた。

「オールコートプレス！」

木村の号令にメンバーがコート全体でマンツーマンの守備隊形をとる。相手にしがみついて攻撃を潰す。敵へのプレッシャーは相当なものだが、体力の消耗も激しくなる。

パスカットから攻守が入れ替わり、真壁君が再び3Pを狙った。

「外れる、外れる！」

向こうのキャプテンが祈るように野次を飛ばしたが、回転するボールはまたもネットに吸い込まれた。

歓声と悲鳴が翔太郎の鼓膜を震わせる。

真壁君は集中した表情を崩さず、左腕のリストバンドで顎の汗を拭った。今まで見たどんな彼よりも輝いていた。かっこよすぎて泣きそうになる。

プレスをかけ続ける霧島中の面々は、もはや気力だけで走っているのが分かる。ひたむきな姿に、翔太郎も声を振り絞った。

木村が鋭く敵陣に切り込み、ジャンプシュートを決めた。これであと一点。

「よぉぉおし！」

霧島中の監督、数学の毛利《もうり》先生が拳を突き上げて絶叫した。

残り一分を切った。

「ディフェンスファイトいっぽん、いっぽん！」

両チームのベンチ、応援団、それぞれの声援が最高潮に達していた。脚をもつれさせながらも食らいついていく木村を、ドリブラーが我慢できずに手で押し退けた。審判の笛が鳴る。

「オフェンス、チャージング！」

毛利先生が雄叫びを上げた。これで相手チームのファウル数が規定を超えたため、霧島中に二投のフリースローが与えられる。二つ決まれば逆転、一つでも同点。土壇場で勝利の女神の背が見えた。

残り二十三秒。フリースローレーンに沿って吉岡と真壁君、敵チームの三人が並んだ。軽く屈伸運動をした木村がボールをバウンドさせる。徐々に雑音が引いていく。

一投目、アーチをかけるようなきれいな球筋だったが、リングに当たった。ガンという音とともに両チームのベンチは対照的な反応を示す。木村は天井を見上げ、大きく息を吐いた。真壁君が近寄り、笑顔でポンと尻をたたいた。翔太郎はペットボトルを脇に挟み、両手を組み合わせて成功を祈った。

運命の二投目。木村の放ったボールは虹のような軌道を描き、リングの中でクシュッという音を立てた。

とうとう追いついた。

会場がどよめく中、相手は素早いパスで攻めのリズムを作っていく。ゴール下の攻防で、敵のフォワードがセンターに入れたボールを吉岡がうまくカットした。タイマーを見た彼は、誰もいない前方のコートへ向かって一か八かのロングパスを出した。俊足を飛ばす真壁君がワンバウンドしたボールをキャッチしようとしたそのとき、汗でも踏んだのかスリップして転倒した。勢いがあった分簡単に体が止まらず、味方チームのベンチに突っ込んだ。会場にパイプ椅子をなぎ倒す派手な音が響いた。

舞と愛子がひきつれた叫びを上げた。翔太郎も手すりから身を乗り出すようにしてコートを見た。審判が飛んで行って状態を確認する。真壁君は二、三度頷いた後に立ち上がると、準備体操もせずにコートへ戻った。敵味方関係なくそのガッツを讃えた。

だが、翔太郎にはそれが焦りに映った。どこか怪我をしているのかもしれない。そう思うと、居ても立ってもいられない気持ちになった。

残り十二秒で霧島中は再びディフェンスに回った。バスケットボールはほんの刹那《せつな》で攻守が替わる。互いに残っているのはワンチャンス。県大会への切符は、十二秒後の未来で揺れている。

相手のオフェンスゾーン。大歓声の中、真壁君の前の選手がボールを受け取った。彼はもう一度ガードへ返す素振りを見せた瞬間、逆方向に体重をかけてドリブルで進んだ。真壁君はその動きを予期していたかのように顔を動かしたが、脚の移動が遅れた。抜き去られていく様子が、翔太郎にはやけにはっきり見えた気がした。

タイマーのデジタル表示が「3」を示す。ゴール近くで放たれたシュート。焦げ茶色のボールは、居場所を見つけたように輪の中へ納まった。

大音量のブザーが鳴った。

向こう正面から地響きのような歓声が聞こえる。舞と愛子が同時にしゃがみ込んだ。翔太郎も全身の力が抜けたようで、手すりに寄りかかった。

吉岡とチームメイトの二人は呆然と立ち尽くし、木村はシューズをはいたまま正座していた。大の字で倒れ込んだ真壁君は、肩で息をしている。天井の一点を強く見つめた後、目を閉じた。決勝点を与えてしまったことを悔いているのか、これが最後であることを静かに受け入れているのか。

敗れはしたが、その姿は美しく、この上なく愛おしかった。

翔太郎は心から感謝していた。真壁君の頑張りは、そのまま自らの青春と言えるからだ。

両チームの選手が去った後も、翔太郎はしばらくその場で余韻に浸った。目が潤んだかと思うと、すぐに涙の筋ができた。「お疲れさま」を言いたかったが、後に続く言葉が見つからない。

体育館を出たとき、小学校の運動会を思い出した。リレーで転倒したあの日、真壁君は手作りのプレゼントとともに家に来て励ましてくれた。

何かできることはないか。

好きな人のためだと考えれば、自ずと気持ちが上向く。足取りを軽くした翔太郎は正門近くまで来ると、外壁の役割を果たしているフェンスの向こうに男女の姿を見つけた。歩道のガードレールの上に座っている少年が、女の子の胸に頭を預けている。

真壁君と舞だった。

翔太郎は歩みを止め、網目越しに二人を見つめた。舞の手が真壁君の黒髪を撫でる。その優しい手つきに愛情を感じた。真壁君は信頼しきった様子で目を閉じている。

同じ競技を通して知り合い、同じ練習場で汗を流して、同じ目標を目指してきた絆。片想いから伸びるレールは、どんなに長くてもいつかは途切れる運命にある。でも、互いのもとへ向かって走るレールは、必ずどこかでつながるはずだ。

支え合おうとする想いの強さに打ちのめされた。

思えば中学の三年間は怯えてばかりいた。いじめられることに、好きな人が遠くへ行ってしまうことに。結局、何もできなかった。何もしようとしなかった。翔太郎は持たざる自分に心底嫌気が差した。

真壁君や舞、木村に耕三。〝向こう側〟にいるみんなのことがまぶしく、取り残された気になった。

孤独の訳なら知っている。一人だけ別世界に住んでいるからだ。ミラーハウスという名の反転の世界に。

翔太郎は曇り空を見て、どうせなら降ればいいと思った。

無性に雨の匂いをかぎたくなった。

第三章

1

開け放たれた戸の向こうに、陽炎《かげろう》の揺らめきがあった。

無色透明の波打つカーテン越しに見える景色は、ピンボケして現実味がない。「秋本デンキ」の看板が歪んで映り、距離感が鈍る。耕三は部活だろうか、と翔太郎はぼんやり考えた。

目を閉じてアブラゼミの鳴き声を聞いてみる。ジーという音が面前の陽炎のように揺れて耳に伝わる。頭から湧き水のように噴き出る汗がいくつか支流を作り、顔へ流れていく。手持ちのタオルでさっと拭った後、目を開いた。

すぐ前に木枠のショーケース。出入り口の戸から見て、右側の壁面にある棚は昨年設けたものだ。水飴と固形飴、それぞれの贈答用の箱と、伯父夫婦が切り盛りする本店からもらった、風呂敷やとんぼ玉などの彩り豊かな和風小物を置いている。小物の方は売り物ではないが、値段によっては交渉に応じるというのが白水家の方針だ。

水飴屋は夏になると売上げが落ちる。こざっぱりした店を見渡した翔太郎は、よく飴一本で生活してきたものだと、あらためて感心した。最近、ほんの少し、育ててもらったありがたみを感じるときがある。

この春から隣町の私立高校に入学した。姉の恵も東京の私大を第一志望にして受験勉強に励んでいる。子どものいない伯父夫婦の資金援助はあるらしいが、やりくりが大変なことは翔太郎にも想像できた。

小学校四年生のときに、担任の三森先生が「日本はもうすぐ世界一位の経済大国になります」と胸を張っていたことが強く印象に残っている。日本人はお金持ちなんだ、と思うと純粋に嬉しかった。商店街の人たちも、いつも機嫌がよかったように思う。

でも、今はそんな浮ついた雰囲気がない。不景気、倒産、住専……。近ごろニュース番組で、よく聞く言葉だ。テレビの向こうも自分たちの周辺も、曇り空の下にいるような薄暗さを感じる。

そして、今年の一月に大きな震災があった。翔太郎の住む街は、幸いにしてさほどの被害はなかったが、軒並み民家が全壊している近隣の街の様子を映像で見るたびに、息苦しくなって気落ちする。水道もガスも通らないため、近くの銭湯に人が溢れていた。

「命が助かっただけでも」

　震災直後によく母が言っていた。しかし、翔太郎が高校に入学するころになると、ため息をつくことが多くなり、もともと無口な父の口数はさらに減った。常連客にも被災者が少なくない。住所の分かる人には水飴を無償で贈ったが、客として帰ってきてくれるのはごく僅かだった。

　翔太郎の日常の心象風景は、そんな時代の閉塞感と通じるものがあった。一年前の夏に真壁君への想いを吹っ切り、父が薦めるままに男子校へ通い始めた。女として生きていくのが現実的でないのは、翔太郎自身、分かっているつもりだ。男子校に通うことで、女の子への見方が変わるかもしれない。そんな期待もあった。だが、夏休みを迎え、こうして一人で店番をしていると、いじめに遭っていたときのような孤独を感じる。毎日、偽らざる心に、必死に蓋をしていた。

　両親が無理して教育にお金をかけてくれている。口には出せないが、それすら重荷に思うときがある。できる限り勉強をして、今日のように母の体調が悪いときは、店も手伝う。それが自分の役割なのだ。

　でも、苦しい。

　ついに暑さに耐えかねて、戸を閉めてクーラーを入れることにした。ショーケースの奥にある椅子から立ち上がると、翔太郎は出入り口に向かった。

足元に影が見えた。

「相変わらずええ匂いするなぁ」

見上げると、真壁君が立っていた。

Tシャツに七分丈のズボン、サンダル履きという気取らない格好だが、それも様になっていた。また背が伸びたようだ。翔太郎が呆気にとられていると、彼は笑って中に入って来た。

「店、お香たいてるんやろ?」

ぶつかりそうになって、慌てて身を引いた。もう鼓動が早まっている。

「あっ、うん。殺風景な店やから……」

心の準備ができていなかったので、しどろもどろになった。

「白水は相変わらず、チビやな」

目が合うと、真壁君がすっと笑顔になった。翔太郎は恥ずかしくなって、うつむいてしまった。

「それにしても、暑い」

「ごめん!」

レジ横の柱に引っ掛けてあるリモコンを取って、クーラーを入れる。次いで出入り口の戸を閉めると、やっと頭が回ってきた。

「水飴、舐める？」

「おう。もらうわ」

店の奥にある台から新品の水飴の瓶を取って蓋を開けた。割り箸でぐるぐる巻いてから、真壁君に渡した。おいしそうに頬をすぼめる顔を見て、かわいいな、と思う。

「髪切った？」

有名な昼番組の司会者のような軽い口調で問われ、翔太郎は曖昧に頷いた。前髪は眉に、横髪は耳にかからず。校則が厳しいため、許されるぎりぎりの長さを保っているが、本音を言うともっと伸ばしたい。

「白水は男のくせに長髪の方が似合うよな」

きれいな自分を見せられないことが歯がゆかったが、髪型を気にかけてくれたのは嬉しかった。

真壁君が割り箸を返してきた。水飴がついていた割り箸の先端が、唾液で濡れている。翔太郎は受け取ったときに、少し品のない想像をした。そういう自分自身をごまかしたくなって、冷気が当たる所を指差した。

「あっちの方が涼しいよ」

クーラーの風に当たると、首を鳴らす真壁君から「夏休みは暇か？」と聞かれた。誘われるかもしれない、と思い胸が弾む。

「うん。毎日店か部屋でぼけっとしてる」

「そうか。ほんなら、明後日《あさって》は時間ある？」

歓声を上げたくなるのを堪えて、目を伏せたまま頷いた。

「映画のチケットが四枚あるから」

「四枚？」

「そう。だから俺の彼女と愛子……、木下愛子な。二人も加えて、どうかなって思って」

二人きりじゃないのか。

真壁君が彼女と続いていることもちょっと悔しい。それでも、一緒に出かけられるだけで十分だった。翔太郎は「絶対行くっ」と、心のままに明るく返事をした。

待ち合わせの時間と場所を確認すると、真壁君は店の時計を見て顔をしかめた。

「これから部活やねん。早よ家帰って飯食わな」

戸を開けて振り返ると、彼は翔太郎が持つ割り箸を見た。

「それ、ごちそうさん」

視界から消えてしまうまで、ずっと後ろ姿を見ていた。久々に幸せな気持ちになった。元いた椅子に戻ると、一気に脱力した。

吹っ切れたつもりやったのにな。

光る割り箸を両手に持ち、黙って見つめた。何のことはない棒切れが、愛しい。あのファーストキスを思い出した。

何を着て行こうか迷ったが、結局、グレーの襟付きシャツとジーンズにした。どうせ大したオシャレはできない。自ずと無難な格好になる。シャツを長袖にしたのも、単に日焼けしたくないからだ。

阪神梅田駅に着くと、改札の向こうに既に三人の姿があった。まだ約束の十分ほど前だ。よく考えれば、みんな市内の県立高校なので、自分一人だけ違う学校に通っている。たった半年のことなのに何だか仲間外れのようで、翔太郎は寂しくなった。

中学のときはそれぞれよく顔を合わせていたが、こうして四人で集まるのは初めてだ。改札を抜けて声をかけると、三人はそろって笑顔を見せた。先ほどの寂しさが少し紛れた。

真壁君は黒のポロシャツにジーンズ姿。鮮やかな水色のTシャツとハーフパンツという舞の装いは、見るからに涼しげだ。二人は自然体のまま並んでいて、親密な間柄が目に見えるようだった。羨ましく思うものの、日にち薬《ぐすり》かあきらめなのか、翔太郎の心が中学生のときのように波立つことはなかった。

「元気にしてた？」

愛子が翔太郎の肩をちょこんとつついた。ストレートの長い髪は相変わらず艶がある。白のワンピースがまぶしく、裾が青のグラデーションになっているのが美しかった。

「そのワンピース、きれいやね」

翔太郎が服を褒めると、愛子は頰を緩めた。笑うと目がなくなるところは変わっていないが、その目にはアイラインが引かれていた。ほんの少しファンデーションと口紅も塗っている。久しぶりに自分もメイクをしたくなった。

映画館ではまず、ジュースとポップコーンを買った。夏休みとあって、劇場は満員に近く窮屈だ。四人で横一列に座る。翔太郎は舞と愛子に挟まれる形になったが、真壁君とこうして同じスクリーンを眺めることに満足していた。

バイオリン職人になる、という夢を持つ少年に、同級生の女の子が恋をするアニメ映画だった。街並みの描写が美しく、翔太郎も劇中に登場する不思議な猫に誘われるようにして、物語の世界に引き込まれた。

中学生の恋模様を見ていると、どうしても真壁君を意識してしまう。上映中、舞の隣に座っている彼をそっと盗み見たが、気持ちよさそうに眠っていた。翔太郎はずっと見つめていたかったが、さすがに彼女越しに凝視するわけにはいかない。

映画館を出たときの賛否は三対一に分かれた。真壁君はしきりに愚痴をこぼしたが、眠っていてろくに内容を覚えていないので「退屈だった」としか言えない。翔太郎と女子二人が、実際にはなかった展開や登場人物の話をすると、必死に話を合わせようとする様子がおかしかった。

真壁君の希望でゲームセンターに入った。

翔太郎はゲームセンターが苦手だった。四方から鳴る大きな電子音とあちこちにある点《つ》けっぱなしの画面が落ち着かないし、柄の悪そうなグループがたむろしているイメージがあって怖い。

しかし、みんなで一緒になってカーレースをしたり、ＵＦＯキャッチャーをしたりしているうちに、翔太郎の胸は浮き立っていた。ここ最近、一人でいることが多かったが、今日はずっと笑っている。これからも定期的にこのメンバーで集まりたい、とすら思い始めていた。

愛子と二人でモグラたたきをしていたとき、翔太郎はふと背後に視線を感じた。シューティングゲームをしているはずの真壁君と舞が、少し離れた両替機の前にいた。いかにも意味ありげに目を細めて、翔太郎たちを見ている。二人の意図、いや、今日の趣旨にピンときた。

「白水君、たたかないと！」

愛子が肩をぶつけてきた。とっさのことで対応できず、よろめいてしまった。差し出された彼女の両手を握って、何とか転ばずに済んだ。のけ反った姿勢を元に戻そうとした反動と愛子が両手を引っ張るタイミングが重なり、二人は至近距離で顔を合わせた。ファンデーションの匂いが鼻腔《びこう》をくすぐる。

「ごめん、ごめん」

翔太郎は楽しそうに笑う愛子から目を逸らした。化粧で色づいた顔も大人びたワンピースも、彼女の気持ちの表れだったのだ。手を放すと、自然と作り笑いをしていた。

これは、ダブルデートだ。

今になって気付いた自分の迂闊《うかつ》さにあきれる思いだった。どんどん心が塞いでいく。

「プリクラ撮ろうよ！」

舞が翔太郎と愛子の腕を取って、真壁君のもとへ連れて行った。

狭いプリクラ機の中で、四人が折り重なって思いおもいのポーズをとった。翔太郎は画面を睨みつけたり、口を大きくしたりして無理に変な顔を作っていたが、真壁君が舞と一緒に外へ出てしまうと、力が抜けそうになった。

愛子と顔を寄せ合って笑う。自ずと頬が強張る。愛子の生え際にたくさん産毛が生えているのを見て、女の子だなぁと思うと悲しくなった。自分の額には、あんな細かい毛はない。

　ゲームセンターを出ると、地元に帰ってファミリーレストランに入った。舞と愛子がそれぞれ奥の窓際に座り、真壁君と翔太郎は通路側で向かい合せになった。食欲はなかったが、真壁君と同じチーズハンバーグのセットを頼んだ。

　中学時代の思い出話に花を咲かせた。翔太郎も、女装した耕三のボディコンが餅のように伸びてしまった話をして、笑いを誘った。大きな窓の向こうを歩く人々からは、ありふれた高校生のダブルデートに見えるだろう。ただ一人、複雑な想いを秘めて座っていることなど誰も知らない。

　何かに期待をするのは、とっくの昔に止めたはずだ。でも、何も望んでいなくても、こうして傷つけられることもある。真壁君に愛子を紹介されたことで、封をしていたはずの想いが胸の奥底で動き始めた。

　こんなことはしてほしくなかった。

　恨めしげに、そっと前を見る。お冷《ひや》が入ったグラスを手に取る、真壁君の細長い指が一瞬、光ったように思えた。

　美しい指――。女の目でそれに見とれる自分に動揺した。あの指にこの指を絡ませたい、と思うと翔太郎は震えそうになった。ジーンズの中が張って苦しい。こんなことは初めてだった。

レストランを出ると、女子二人が前を歩いた。愛子の腰回りには、中学のときにはなかった丸みがある。こうして女の性を感じるたびに、愛子への親しみがどんどん薄れていく。翔太郎はそんな自分が嫌だった。

先を行く二人と距離ができると、真壁君がボソッと言った。

「木下、おまえのことが好きなんやって」

何も答えられなかった。翔太郎はただ頼りなく頷いて、答えを避けた。

前方で甲高い声が聞こえた。舞が男子二人に向かって両手を振っている。それに応えようと、真壁君がズボンのポケットから右手を出した。

目の前で長い指が揺れた。

2

リモコンの「演奏停止」ボタンを押すと、瞬時に音が消えた。

隣に座る愛子がテーブルの上にグラスを置く。コン、という小さな音が、静まり返った部屋に響いた。

「白水君って本当、声高いよね。男の子で安室《あむろ》ちゃん歌える子っておらへんのちゃう?」

「声変わりしたんかどうかも、分からへんねん」

「してないっぽい感じ。ほらっ、喉仏なんか全然出てへんもん」

愛子が喉に触れようとしたので、翔太郎はとっさに身を引いた。

「オレンジジュースでいい？」

ごまかすように言うと、愛子は少し寂しそうに笑って頷いた。

自分のグラスを持ち上げた拍子に、翔太郎のズボンに水滴が落ちた。ポーチからハンカチを出そうとした愛子に「大丈夫やから」と声をかけ、彼女の分のグラスも持って部屋を出た。

他の客の歌声が混ざり合う廊下で、長い息を吐く。黄ばんだ壁紙は所どころ剝《は》げている。商店街近くにある個人経営のカラオケボックス。狭くてぼろい、と近所の評判は散々だったが、安いのだけが取り柄の店だ。店主のおばさんが受付にいるだけなので、飲み物はセルフサービスとなる。

翔太郎はグラスの氷を入れ替えると、ソフトドリンクのサーバーで烏龍茶とオレンジジュースを入れた。そのままグラスを台に置いて、立ち尽くした。

個室に帰りたくない。

高校二年生になって、ひと月が過ぎた。愛子と付き合い始めて三ヵ月になる。あのダブルデートの後から二人で会うようになり、今年のバレンタインデーに、手編みのマフラーとともに告白された。なぜ断れなかったのか、翔太郎は自分でもよく分からない。告白までの期間が長かったせいで申し訳なく思ったからか、紹介してくれた二人に気を遣ったからか。それとも、真壁君を忘れたかったのか。答えは一つでないような気がする。

明るくて、かわいくて、服のセンスもいい。話しやすいし、自分のことを大切に想ってくれる。愛子のことを知るほどに好きになっていく。でも、ふれ合いたいとか、自分だけのものにしたいとか、真壁君に対して抱く気持ちとは全然違う。会うたびにそれがはっきりして、気持ちのズレを感じて苦しくなる。

翔太郎はドアの前で笑顔を作り、再び個室の中へ入った。愛子は静かに歌本をめくっていた。音がないからか、ひっそりとしている。

「有線でも流せばいいのにね」

翔太郎はオレンジジュースのグラスをテーブルに置いた。

「安いからね。そんな贅沢言われへん」

愛子は本を指差し「ＰＵＦＦＹ、歌える？」と聞いた。

「多分……。でも、ＰＵＦＦＹ歌う男って変か？」

「そんなことないよ。デュエットできるもん！」

愛子に促され、ソファーから立って歌った。意味不明の歌詞なので、画面の文字を目で追うだけでも疲れる。サビの部分になって、彼女に手を握られた。

愛子の手は汗ばんでいた。痛いほど緊張が伝わってくる。拒むわけにはいかず、翔太郎は弱々しく握り返した。

歌い終わって座ると、また静かな時が流れた。

「友だちにね、男子校の男の子には気をつけって言われてるねん」

「なんで？」

「その子が言うには、男子ってみんな野獣らしい」

「僕が、野獣？」

愛子はふふっと息を漏らして、翔太郎を見た。

「白水君とはほど遠いよね」

「言われたことないなぁ」

二人で笑った後、愛子は目を伏せてしばらく黙った。そして、おもむろに立ち上がると、ドア横まで歩いてスイッチに手をかけた。

照明が消えた。

廊下の光は部屋の奥まで届かない。愛子はソファーに座ると、覚悟を決めたように翔太郎の手を握った。今度は汗で濡れた小さな手を握り返すことができなかった。束の間見つめ合った後、彼女が目を閉じ、翔太郎もそれに倣《なら》った。

愛子の唇が近づく。気配を察したとき、自然と体がのけ反った。鼻先にあった彼女の息遣いが消える。自分のしたことに気付いた翔太郎は、慌てて目を開けた。

着地点を見失った彼女の唇は、色を失っていた。

「そんなに嫌なん？」

「違う……。びっくりしただけやから」

「ちょっとショックやねんけど」

紫に変色した唇が、怒りに震えていた。愛子のこんな表情を見たのは初めてだった。動揺して言い訳が浮かばない。

部屋から飛び出した愛子は、一人どんどん前へ進む。翔太郎はかけるべき言葉も見つけられず、受付のおばさんに一声かけてから背中を追った。自分の家の前まで来て、彼女はようやく立ち止まった。

振り返った愛子は顔を引きつらせて笑った。

「ごめんね。ひと晩寝たらきれいさっぱり、忘れてると思うから」

翔太郎は傷つけたことを謝りたかった。しかし、謝罪が傷口に塩を塗ることも知っていた。これ以上、彼女に惨めな思いをさせたくない。

心に重たい疲れを感じた。もう、この関係から逃げ出したくなった。取り返しのつかない言葉が頭をよぎる。翔太郎は考えることを止めて、愛子を見つめた。

彼女の目に怯えの色が浮かんだ。

「一緒にいるのが……、つらい」

自分でも驚くほど掠《かす》れた声だった。

階下で母の声がした。

返事をするのも面倒だった。自室の畳の上で大の字になっていた翔太郎は、渋々起き上がって部屋を出た。フラフラと階段を下りる。この一週間はずっとこんな感じだ。

いつも日曜の夜は憂鬱だが、最近は学校にいる方が気楽だ。姉の恵はこの春から東京の大学へ進学したため、近くに相談相手もいない。

階段の途中で玄関を見ると、真壁君が立っていた。

翔太郎は驚いて両手で口元を押さえた。

「休みんとこ、すまんな」

真壁君はジャケットもズボンも黒のレザーで、ライダーのような格好をしている。

「どうしたん？」

彼の前まで来ると、翔太郎は目を合わさずに聞いた。愛子のことがあったので、真壁君と会うのは気まずかった。

「今、暇か?」

少し警戒する気持ちはあったが、家にいて忙しいとも言えない。翔太郎は小さく頷いた。

「ちょっと自慢したくてな」

「自慢？」

「外に来て」

言うや否や真壁君が背を向けたので、翔太郎はサンダル履きで後を追った。玄関先にバイクがあった。ワインレッドの車体には光沢がある。

「どうしたん、これ？」

「出世払いで……」

自慢の割には少しバツの悪そうな顔をしていた。親に買ってもらった、と言うのが恥ずかしいのだろう。翔太郎はハンドルに掛かっている黒いヘルメットに触れた。

「バイクって近くで見たら大きいね」

「いや、これ二五〇ccやから、普通やで」

よく分からなかったが、一つ疑問に思うことがあった。

「真壁君、免許は？」

「春休みに取ってん」

「バスケ、続けてたよね？」

「あっ、仮病、仮病。さぼりまくったった」

あっけらかんと言われ、翔太郎は笑ってしまった。

真壁君はシートを開けて、バイクと同じ色のフルフェイスのヘルメットを取り出した。翔太郎は座席の下が物入れになっていることを知らなかったので、感心してしまった。

「ひとっ走りせえへんか？」

「へ？」

「後ろに乗れよ」

あまりに急なことで、嬉しさよりも戸惑いの方が大きかった。

「僕がバイクに乗るん？」

「おまえの親父乗せてもしゃあないやろ。結構風きついから、なんか羽織った方がいいぞ」

自室で着替えるころになって、ようやく喜びが込み上げてきた。

真壁君とデート。今度は二人きりだ。

ヘルメットをかぶると、後部座席に座った。硬いシートのせいでお尻が痛い。思ったより視点が高く、何だか落ち着かなかった。大きなエンジン音が響き、一気に体が緊張した。

「ほんまはまだ二人乗りしたらあかんねんけどな。今日は特別や」

「えっ、大丈夫なん？」

「安全運転で行くから心配すんな。ただし、ちゃんとつかまっとけよ。絶対手ぇ離すなっ」

忠告通り、レザージャケット越しに真壁君に腕を巻き付けた。背中が広く、お腹はシートと同じくらい硬かった。

爆音とともに前進した。予想よりはるかに速く景色が流れていく。全身で風を感じ、身を任せるしかない感覚がジェットコースターに似ていた。

スピードへの恐怖心をエンジン音が倍加させる。真壁君は後ろの初心者に構うことなく、次々と車を抜いていく。

信号で止まったとき、どっと疲れが出て力が抜けた。

出発してからさほど時間は経っていないが、随分走ったような気がする。翔太郎は大事なことを聞いていなかった。

「真壁君、どこに向かってるん？」

「着いてからのお楽しみや」

三十分ほどかけて芦屋市まで来ると、バイクは市の北部から神戸の有馬温泉をつなぐ有料道路に入った。峠を上るため速度は落ちたものの、山間《やまあい》の道は風が強く凍えそうになった。翔太郎はヘルメットの中で歯を鳴らした。

「着いたで」

バイクが停まったのは、パーキングエリアだった。半円を描くような形で、四十台ほどの駐車スペースが設けられている。もう完全に日は落ちていたが、赤い屋根のカフェは営業しているようだ。

ヘルメットを外した翔太郎は、眼下に広がる景色を見て驚いた。遠くにある街が光の海になっていた。空にかかる雲までもほんのりと明るく、視界が輝きに満ちる。聖夜を思わせる美観に心躍らせた。

「すごいきれい！」

「東六甲展望台って言うらしい。大阪と、あっちが多分、宝塚」

駐車場が扇形なのは、このパノラマのためなのだ。今も十台ほどの車が等間隔で停まっている。車の中からも夜景が楽しめるようだ。

冷たい空気を肺いっぱいに吸い込んだ。もやもやとしていた気持ちが、光彩の中へ溶けていく。

「愛子とのことは残念やったな」

真壁君が街を見たまま言った。

「うん……。なんか、ごめんね」

「いや、こういうのって、仕方ないよな？　それに、俺と白水は友だちやから……って、何か恥ずかしいな」

心配して誘ってくれたのだ。友だちという言葉が嬉しくもあり、切なくもあった。

「明日は雨かな？」

「ちょっと、雲がかかってるね」

「俺、雨って人が言うほど嫌いじゃないねんな」

少し間が空いた。翔太郎は前を見たまま耳を澄ました。

「雨の日の空気って言うんかなぁ。おもいきり吸い込むと薄荷みたいな感じせえへん？」

「えっ」と無意識に声が漏れ、全身がしびれた。

雨の日は、ずっと同じ気持ちだったのだ。お互い胸いっぱいに薄荷の空気を詰め込んでいたのだ。翔太郎はときめきの心音が聞こえるようだった。

やっぱり、運命の人なんだ。

真壁君の横顔をそっと盗み見る。

愛子と付き合うときは、いろいろと理由を足し算して好意を固めていった。でも、真壁君と向き合うときは、常に一つの気持ちしかない。好きで好きでたまらないのだ。

忘れるために学校まで変えたのに、どんどん愛おしくなっていく。しかし、その愛おしさは頂《いただき》に登りつめると峠から転がり始め、下りきるころには切なさへと姿を変える。

「そろそろ行こか」

真壁君が優しく微笑んだ。もう少しこうしていたい、というわがままを呑み込んで、翔太郎は彼の背中を追った。あのバイクでまた日常へと戻るのだ。

おまえは、男――。

心の中で誰かがつぶやいた。

3

まだ、耳の調子がおかしい。

居酒屋の座敷は、重なり合う話し声でずっと騒がしいままだ。中央にはセンターラインを引くように、脚の短いテーブルがいくつも継ぎ足されて置いてある。

三十人ほどの集団が、思いおもいに五つほどの塊を作って酒杯を交わしている。主のいないグラスや食器が雑然としてあるのは仕方ないにしても、から揚げやピザの切れ端が散らかっているのは、随分汚らしく映った。

冷たい座布団に正座していた翔太郎は、指で両耳の穴を塞ぎ、二、三度首を振った。耳の奥に違和感が残っている。腕時計を見ると九時を回っていた。ただ一人、このグループにもなじめず、氷で薄まった烏龍茶を口にする。

大阪・心斎橋のアメリカ村が、若者の街だということぐらいは知っている。実際に歩いてみると、奇抜な服を売る店があちこちにあり、何の目的で立っているのか分からない外国人も複数いて、街がそわそわしている。

つい一時間ほど前まで、翔太郎はライブハウスですし詰めになっていた。地下にあるその箱のような部屋には、二百人ほどがスタンディングで収容され、バンドの演奏が始まると一斉に揺れ始めた。四方から体が当たるのでじっとしていられず、結局、あまり親しくもないクラスメイトと一緒にリズムをとるはめになった。

夏休みが明けて間もない、九月の土曜日。まだ外にいるだけで汗ばむ季節だ。家で漫画でも読んで過ごしたかったが、ロックバンドを組んでいる四人組の同級生からしつこく頭を下げられ、渋々チケットを買った。販売ノルマがきつかったのか、四人の営業活動は精力的で、今座敷にいるうちの半数が同級生だ。あとは二組のバンドとその知人らで、そちらには十代の人間はいなそうだ。

出演者たちは皆、上機嫌に話しているが、翔太郎には三組まとめてその魅力が分からなかった。まず、あの耳をつんざくような大音量からしてダメだ。同級生のバンドはビジュアル系ロックバンドのコピーということで、まだついていけたが、オリジナル曲を演奏したあとの二組に関しては騒音の一語だった。

そのせいで、耳に違和感がある。

しかし、他のクラスメイトは満足した様子で「ボーカルの声量が別次元」だの「ギターテクが鬼」だの言って、はしゃいでいた。彼らがミュージカルやオペラを見れば、今の自分のような顔になるのだろうと、翔太郎は何となく想像できる。

突然、出入り口の襖近くで怒声が響いた。畳の上に皿や器が散乱し、倒れた瓶からビールが流れている。ラグビー部所属のクラスメイトと、痩せた大人の男が胸倉をつかみ合って、互いを罵《ののし》っていた。二人とも顔が赤く、相当酔っている様子だ。周囲が慌てて二人を引き離すと、だらんと伸びた男のTシャツの襟元から、血のついた胸が見えた。クラスメイトが爪で引っ掻いたらしい。

翔太郎はこういう荒々しい場面が苦手なので、すぐに目を背けた。二人は「やったるから早よ来いや！」「死ぬ気でやれよ、おっさん！」などと威勢のいい言葉の応酬を続けている。

それぞれの友人たちが当事者を宥《なだ》めたり、女の人たちが落ちた食器類を片付けたりするうちに、また元の飲み会の雰囲気へと戻っていった。

翔太郎は解散するまで待つつもりでいたが、付き合いきれないと思い、誰にも声をかけずに一人で座敷を出た。

外はまとわりつくような湿った風が不快だった。アスファルトの歩道のそこら中で同世代の男女が座り込んでいる。外国人と話している短パンの女が、キンと耳に響くような声を出して笑う。

ぐずぐずしていると厄介事に巻き込まれそうな気がして、翔太郎は足早に地下鉄の駅へ向かった。しかし、御堂筋を目指して歩いたつもりが、どうも来たときと様子が違う。

派手な服を並べる店が多く軒を連ね、カフェやたこ焼き屋、ビジネスホテルなどが狭いブロックの中に混在する。かすかな記憶はあるが、方角が分からない。慣れない街中で、翔太郎は迷子になってしまった。

服屋の店員に道を尋ねようとしたとき、二人の男が前を横切った。翔太郎はその男たちに目を奪われた。筋肉質の二人が手をつないで歩いていたのだ。途端に鼓動が早まり、自然と彼らの背中を目で追っていた。

男たちが通りの雑居ビルの中に消えると、翔太郎は急いでビルの前まで走った。地下へつながる階段と、奥に小さなエレベーターがあるだけだ。エレベーターの上部には五つの数字があり、左端から順に光っていく。そして「4」のところで光ると動きが止まった。

　翔太郎はビルを見上げた。縦長の電光看板の中で「4F　ブルーボーイ」の文字を見つけた。先ほどの二人の姿が強烈に頭に残っている。遠目でもいいから、もう一度手をつないでいるところを確認したかった。

「興味あるん？」

　後ろから声がして、翔太郎は反射的に振り返った。

　ボブカットのかなり痩せた女が、トートバッグを前に持って立っていた。年上のようだが、どこか見覚えがある。余裕のある女の表情に全てを見透されている気がして、翔太郎は返事もできずにうつむいた。

「今日、ライブ観に来てた子やろ？」

　女に言われて思い出した。先ほどの居酒屋で見かけたのだ。近くで見ると、細く通った鼻筋がきれいで、端正な面立ちをしていた。だが、顔色が悪く、細すぎるので不健康そうだ。

「ブルーボーイに興味あるって感じ？」

　一瞬、女がニヤついたように見えたので、翔太郎はかぶりを振った。

「あそこ、何の店か知ってる？」

　目を伏せたまま黙っていると、女は耳元で「ゲイバー」と告げた。

「ゲイ？」

「そう。意味は分かるやんな？」

おぼろげな知識しかなかったが、バカにされたくなくて「知ってます」とぶっきらぼうに言った。

「一緒に行ってあげる」

女は翔太郎の手を取ってビルの中に入ると、ためらうことなくエレベーターの正三角形のボタンを押した。四階に着くとすぐ目の前に、黒く重たそうなドアがあった。

「みんないい人ばっかりやから」

女がドアを開ける。途端に男の笑い声が聞こえ、充満するタバコの煙が見えた。

「あっ、ナミちゃん！」

カウンターの中にいた四十代と思しき男が、笑顔で女を迎えた。男は白い襟付きの長袖シャツを着て、短い髪を立たせていた。肌艶がよくて胸板が厚い。店主のようだ。

「キョーちゃん、この子かわいいやろ？」

店主のキョーちゃんはカウンターから身を乗り出すようにして、翔太郎を見た。

「うわぁ、ほんまや。色白でお人形さんみたいな顔やん」

「表で入りたそうにしてたから連れてきてん」

女の勝手な言い分に口を挟もうとしたが、強引に腕を取られてドアから一番近い椅子に座らされた。狭い店は仄暗《ほのぐら》く赤い壁に囲まれていて落ち着かない。カウンターの上には焼酎やワインの瓶が置いてあり、銀色の灰皿が三ヵ所に重ねられている。

「ナミちゃん、ほんまその男の子かわいいなぁ」

奥に座っていたサラリーマン風のくたびれた男がメガネをひょいと上げ、品定めするように翔太郎を見た。全体的に髪が薄くなっている。

「私のもんやから」

ナミはガードするような素振りを見せて笑った。

先ほどのゲイカップルがサラリーマンの隣にいて、さらにその横に二人の女がいる。あとはナミと女たちの間に一つ椅子があるだけで、一人でも来れば満席になる。

「坊や、お酒飲めるの？」

キョーちゃんに聞かれて、翔太郎は「高校生ですから」と言って断った。

「大丈夫、大丈夫。軽いレモン酎ハイでも作ったって。私はいつものやつ」

「いえ、僕、飲めませんよ」

「じゃあ、今日デビューしなさい」

氷を砕いていたキョーちゃんに名前を聞かれたので、正直に答えた。

「ショウタロウ？」

店にいる客が全員笑った。

「ピッタリやんか、ナミちゃん」

キョーちゃんに言われ、ナミが「この子はただもんじゃないと思っててん」と胸を張った。

「ショタコン、ショタコン！」

そう叫んだサラリーマンは、気持ち良さそうに揺れていた。翔太郎は何のことかさっぱりだったが、子ども扱いされるのが嫌なので黙っていた。

大人たちの雰囲気に呑まれて、居心地が悪かった。ナミは先ほどから、翔太郎のことなど忘れたようにキョーちゃんやお客さんとの会話を楽しんでいる。やたらとドウジマという言葉が出てきたが、何となくそれが地名を指していると推測するのがやっとで、話している内容はほとんど理解できなかった。

ちびちびと口をつけたレモン酎ハイがなくなるころには酔いが回り、眠たくなってきた。

女二人が帰るのと入れ替わるように、背の低い男が店のドアを開けた。筋肉質で短髪。右の耳にピアスをしている。二重《ふたえ》の目がきれいで、普通の男には見えなかった。

その男も常連のようで、みんなからセイタと呼ばれていた。セイタはナミの隣に腰掛けると、翔太郎を見て明るく会釈した。肉厚な体とのギャップを感じる。少し話してみたかったが、睡魔に襲われて自然と瞼が閉じる。

気がついたときには、セイタがキョーちゃんにお金を払っていた。ナミが「ごちそうさまぁ」と言っているので、自分たちの分まで払ってくれたのだろう。翔太郎も彼に頭を下げた。

店を出た後は、まともに歩けなくなっていた。酔っているせいか、あまり焦る気持ちがない。方向も分からず地下鉄を目指した。

「こんな高校生、一人で帰されへんわ」

結局、セイタに背負われ、ナミと三人で彼のマンションへ向かうことになった。セイタの体は、背中も肩も腕も鉄板のように硬かった。しばらく意識を失い、階段を上がっている所で目が醒めた。

「もうちょっとやから」

セイタに言われ、優しい人だと思うと安心して寝入った。

再び目を開けるとグレーの絨毯を敷いたリビングが見えた。いつの間にか低いソファーに寝かされていた。頭痛と少し吐き気もする。セイタとナミは胡坐《あぐら》をかいて缶ビールを飲んでいた。またまどろんだ。

ガサガサと音がしてハッと目を開けると、ナミが帰り支度をしていた。彼女はそのまま翔太郎の方を見ることなく、部屋から消えた。床の軋《きし》む音が近づいてくる。

「大丈夫か？」

翔太郎が頷いた瞬間だった。ふっと体が浮いたと思うと、シャツをまくられていた。状況が呑み込めないまま固まっていると、おもいきり唇を塞がれた。

キスされている――。

気付いたときには、生温い舌が翔太郎の口の中を動き回っていた。恐怖感と嫌悪感が極まって、セイタを押し退けようとしたがビクともしない。

動いていた舌が口の外へ出ると、すぐに首筋がゾクッとした。状況判断ができないまま、耳の中に舌が入ってきた。

「やめて！　やめて！」

両手両脚を懸命にばたつかせた。拳で相手の頭を殴ったとき、半身を離したセイタに強い力で頬をぶたれた。顎の先と耳に熱が走り、ジーンとしびれた。両肩を押さえるセイタの前腕に、波打つように筋が入る。恐れと気持ち悪さでパニックに陥った。

「ネコやんな？　おまえ、ネコなんやろ？」

何を言ってるのか全く分からなかった。とにかくこの部屋から脱け出たくて、翔太郎は大声を出して泣いた。

「口でしたるからっ」

セイタは翔太郎のズボンとブリーフのパンツを一気に引きずり下ろした。だが、萎縮した性器を見て、彼は脱力したようになった。そのすきに男を突き飛ばした翔太郎はリビングを走った。グラグラ揺れる視界が、涙で曇る。次の間のフローリングも突っ切ると、サムターン錠を回して外へ出た。

裸足のまま大通りへ出て、すぐにタクシーを止めた。後部座席で家の住所を告げると、安堵して止め処なく涙が溢れた。

それからの四十分、高速道路の外灯を見ていたこと以外、記憶はない。有り金のほとんどをはたいてタクシーを降りると、すぐに自室に入って襖を閉めた。

治まる気配のない激しい脈が全身の痛みを助長するようで、真っ暗な部屋の中で混乱が続いた。翔太郎は両手で口を覆って「真壁君、真壁君、真壁君……」と何度も彼の名を呼んだ。

両目尻から涙がこぼれると、無性に会いたくなった。彼に抱かれて守られたかった。

不意に、ファミリーレストランで見た、グラスを握るあの指が脳裡をよぎった。目を閉じるとより鮮明に、細長い指の一本一本が甦る。また呼吸が荒くなった。ベルトは外れたままだ。何かに導かれるように、ズボンとパンツを膝までずり下ろした。

硬く、熱くなっていた。

自らの変化を説明する言葉などなかった。襲われた恐怖に今も心身を支配されているというのに、真壁君を強く求める自分がいる。文化祭の日にキスしたときの、烏龍茶の味が唇に宿った気がした。

記憶にある限りの真壁君を思い浮かべると、勝手に体が動いた。体の中心に熱の塊が込み上げてくる感覚を味わった瞬間、快感が全身を貫いた。

シャツの上に生温かい液体の重みがある。生まれて初めて射精した。

真壁君を汚してしまった。しかも、あんなことがあった直後に。翔太郎は自分の狂気が理解できず、また許せなかった。それなのに、心の奥底でまだ真壁君の名を呼んでいる。

どこにも逃げ道がないような気がして、苦しかった。このまま死ねるなら、早く消えてなくなりたい。

閉じた瞼のすき間から、自己嫌悪の涙が流れた。

4

あと二日で春休みも終わる。

高校三年生になる、という感慨はあまりない。父親の薦めで入った男子校で、翔太郎はこの春から「特進コース」という難関大学を目指すクラスに入る。特別通いたい大学も専攻したい学科もなかったが、漫然と進学希望のルートに乗っていた。

　これから受験一色になるため、翔太郎もがんばり次第で国立大学や一流私大に合格できるかもしれない。しかし、奮起するだけの目的がないので、机に向かっていても集中力が持続しない。

　これからの一年も、単調な毎日を過ごして卒業するのは目に見えている。去年の九月の一件があってからは、休日もほとんど家で過ごしていた。部活に入らず、積極的に友だちをつくろうともしなかったのは自分自身の意思だが、世間一般で言われる青春を謳歌することなく、高校生活を終えるのが虚しかった。

　夕方、自室でベラルーシ出身のカウンターテナーが歌うCDを聴いていた。翔太郎は中性的で気高い響きを持つ声に惹かれていて、特にカッチーニの「アヴェ・マリア」は何度聴いても飽きない。

　荒々しいノックの音がした。

「ちょっとええか？」

　珍しく父の貴信が顔を見せた。お互いに口数が少ないため、中学生になってからはあまり口をきかなくなっていた。

「焼き鳥食いに行こか？」

　今日、母は近所に住む奥様方とボウリングに行っている。

「お母さん、遅いん？」

「だいぶ盛り上がってるらしい」

「焼き鳥久しぶりや」

翔太郎が弾んだ声を出すと、父は嬉しそうに頷いた。

白水家の近くにある商店街は東西、南北と大きな通りがクロスしている。そのうち、東西の商店街を東に抜けると阪神電鉄の最寄り駅に突き当たり、周辺は繁華街で夜も賑々しい。

景気が悪いと言っても皆が家で酒を飲むわけではない。翔太郎は昔から、ネオンが輝く通りで楽しそうに歩く大人を見るのが好きだった。ただ、法被《はっぴ》を着た若い女やら、色の浅黒い外国人やら、無理やりチラシを渡してくる呼び込みの押しの強さには辟易《へきえき》した。

焼き鳥屋「一心《いっしん》」は、翔太郎が生まれる前から父が行きつけにしていて、カウンター六席に四人用の座敷が二間のこぢんまりした店だ。幼少のころから両親に連れて来られている翔太郎にとっても、馴染みの店である。

いつものように繁盛していて、ちょうどカウンターの二席だけが空いていた。父が芋焼酎のロックで、翔太郎が烏龍茶。何も言わなくても勝手にカウンターから出てくる。

「翔ちゃん、久しぶりやねぇ。おやじの方は見飽きてるけど」

白髪を短く刈り込んでいる活きのいい大将が、煙の向こうでリズミカルに串を回している。

「客商売とは思えん姿勢やな」

父が少し饒舌になるのは、この焼き鳥屋と近くにあるスナックにいるときだけだ。ちなみにスナックのママは父の昔からの知り合いらしく、そこではたまに婿養子の肩身の狭さをこぼすことがある。普段は仏頂面が多いだけに、翔太郎は父のお酒の供をするのが好きだった。

ほどなくして、塩をまぶしたズリ、せせり、軟骨、皮と、タレのかかったねぎまとつくねが出てきた。

「おまえが背ぇ低いんは、親のせいやな」

父はそう言って、ロックの焼酎をなめた。確かに父子とも小柄だ。高校に入ってから身長が伸び始めた同級生もいたが、翔太郎自身は一六〇センチちょっとで止まっている。体毛も薄く、声も高い。骨格も華奢にできている。

「もっと大きなりたいやろ?」

翔太郎は父の方を向いて首を捻《ひね》った。

「あんまり……、気にしてない」

中学の一時期は、いじめから解放されたくて成長を願っていたこともあった。しかし、今は手足が大きくなったり、体毛が濃くなったりすることに抵抗がある。もちろん、低い声も嫌だ。姉が東京に行ってからは女装をしなくなったが、かわいくなくなるのは悲しい。

「そうか。でも、大は小を兼ねるっちゅうからな。いっぱい食えよ」

出てきた串がなくなるころに、手羽先とから揚げが出てきた。少食の翔太郎は既に腹八分目の状態だったが、父を安心させたくて、黙々と食べ続けた。

父と大将が最近潰れた不動産屋の話をしている横で、男女四人組が誰だかよく分からない人のモノマネをして盛り上がっている。うるさいのは苦手な翔太郎だが、この店の喧騒はなぜか気分が落ち着く。

「大学は行っとけよ」

いつの間にか大将との話を終えていた父が、翔太郎を見て言った。親子とも人と目を合わせるのが苦手なため、すぐに視線を外した。気乗りしない様子で頷くと、父は「金のことやったら、心配いらん」と付け加えた。

何のために大学へ行くのかが、翔太郎には分からない。友だちが増えるとか、就職に有利とか、話の筋は漠然と見える。しかし、大学で何をするかがはっきりしないため、駆り立てられるものがない。

「店は誰が継ぐん？」

息子の言葉に、父は不機嫌そうに首を振った。

「分家の店がどないなろうと大した話やあらへん。おまえを水飴屋にしようと思って大きしたんやないからな。あんな小さい店から見える景色は知れてる。大学行って勉強して、就職して一生懸命働いてたら、ちゃんとした人と出会える」

「あのお店、なくなるん？」

跡を継ぐなどとは考えたこともなかったが、一家の中心としてある店が消えてしまうのは、あまりに寂しかった。

「ええから、勉強せぇ。その代わり、浪人は勘弁してくれよ」

烏龍茶を飲み干した翔太郎は、気付かれないようにため息をついた。耕三も電器屋を継がずに大学へ行くのだろうか。みんな父のような考えなら、街から商店がなくなってしまう。

「おまえは人を蹴落としてまで出世するタイプやないから、真面目に働きさえすればそれでいい。あと、孫の顔を見させてくれたら、俺は満足や。まぁ、まだ先の話やけど」

孫と聞いて、翔太郎の胸の内はさらに重くなった。この先、本当に女の人を好きになる日が来るのだろうか。今は全く想像できない。

焼き鳥屋を出ると、父は「ええとこ行こか」と言って、もつれる足で前へ進んだ。けばけばしい電球が連なる裏通りに出た。

風俗街だ。

翔太郎の嫌な予感そのままに、父はファッションヘルスの客引きに捕まった。手招きされ、強引に店の中へ連れて行かれた。

ユーロビート系の激しい曲が鳴り響き、薄い壁を微かに震わせている。入り口すぐ近くにある狭いカウンターで、ワイシャツの中年男が笑みを浮かべていた。色黒で脂ぎった顔だ。

「今日は息子さんと？　そらよろしいですなぁ。いいお父さんやね？」

男はアルバムを開きながら翔太郎に話しかけた。勝手な父のやり方に腹を立てていた翔太郎は、男を無視した。

「ちょっと、緊張してるみたいや。優しい子、つけたって」

「任しといてください。坊ちゃん、どんな娘《こ》がタイプ？」

男がアルバムをこちらに向けた。水着姿の女の全身写真と名前、年齢、スリーサイズなどが書かれている。男は次々とページをめくり、品のない笑いを交えて女の説明を進めていく。人の気持ちを考えない無神経な様が嫌で仕方なく、翔太郎は真正面から睨んだ。

「僕、帰る」

「あかん」

息子の腕をつかんだ父が、適当に写真を指差した。翔太郎は財布から四万円も出した父にあきれた。母に申し訳ない気がした。

「坊ちゃん、ちょっと爪が長いねぇ」

カウンター横の暖簾をくぐると、小部屋があった。奥に大きなテレビがあり、その手前にソファーが三列ならんでいる。スーツを着た若い男が一人、漫画雑誌を読んでいる。待合室のようだ。

親子でソファーに座ると、翔太郎はそっぽを向いた。受付の男から渡された爪切りを握ったままだ。先ほどから、父はそわそわして落ち着かない。緊張しているように見える。

「爪切らへんのか？」

「いかがわしいことはしたくないから」

「男がそんなことでどないすんねん。嫌われるぞ」

「僕、高校生やで」

「保護者同伴やったら大丈夫や」

むちゃなことを言う父に顔を向けず、翔太郎はテレビ画面を見た。ニュースで少年犯罪に関する特集が組まれていた。深刻なニュースが、風俗店の待合室に流れているのは滑稽だった。

「坊ちゃん、どうぞ」

受付の男に呼ばれたが、翔太郎は腰を上げようとはしなかった。父に靴を蹴られて、渋々立ち上がる。なぜここまでするのか、父の意図がよく分からなかった。

待合室奥の戸の向こうにエレベーターがあり、女がドアを開けて待っていた。ビキニを着た小柄な女だった。目鼻立ちがはっきりしていて、笑顔に愛嬌がある。ヤンキーのような女を想像していた翔太郎は、少しホッとしてエレベーターに乗った。話だけして帰ろうと思った。

ドアが閉まって上昇すると、女はいきなり腕を組んで胸を押し付けてきた。

「今日はありがとう。えー、すごいかわいい顔してるぅ」

女がキスしてこようとしたので、翔太郎は身を引いた。

「うわぁ、緊張してるやん。ごめんなぁ。部屋でいっぱいしよなぁ」

初対面の人間に、何のためらいもなくキスしようとする神経が理解できなかった。女の胸や腕から素肌の体温を感じて、翔太郎は不快だった。

エレベーターは三階で止まった。細くて短い廊下が続いていて、いくつかドアが向かい合っている。女に手を引かれて奥から二番目の部屋に入った。白壁の室内はベッドとテーブルがあるだけで、そっけない。

「ミホです。よろしくお願いします。でも、ほんまにきれいな顔してるなぁ」

ミホは翔太郎より、さらに頭一つ背が低かった。再びキスしてきたので、やんわりと押し退けた。

「緊張せんでええよ。とりあえず、シャワー行こか？」

そう言うと、ミホは当然のようにトップスのひもを解《ほど》いた。翔太郎は張りのある豊かな乳房に目を見張った。薄い桃色をした大きな乳輪を見て、女と自分の間に距離を感じた。

「おっぱい見たの初めて？」

ミホはパンツを脱ぐと、バスタオルで体を巻いた。ほとんど筋肉のない体は角がなく、雪のように白い。その白さが黒々とした陰毛をより鮮やかなものにしていた。成人女性の全裸を見て、自らの体との違いに愕然とした。翔太郎は嫉妬とも焦りともとれる感情を懸命に抑え込んだ。

「ひょっとして、童貞？」

翔太郎は憮然として答えなかった。童貞であることを恥じるよりも、馴れ馴れしくされる方に苛立ちを覚えた。それでも、無視し続けるのもつらくなってきたので、女を冷たく見下ろした。

「僕が童貞であろうとなかろうと、関係ないと思います。失礼します」

「ちょっ、ちょっと待ちぃや」

踵を返した瞬間に腕を取られた。

「さっきからあんた何なん？　自分から高い金払《はろ》て来たんやろ？」

ミホが尖った声を出したので、翔太郎は少したじろいだ。

「父に連れて来られただけで……」

「要するに金持ちやろ？　ボンボンやったら大人しく寝てたらええねん」

「違うよっ。家に余裕なんかないよ。それやのに、こんな高いお金払って……。それも腹立つけど、僕はこんなとこ来たくなかった」

「こんなとこで悪かったね。でもね、今あんたに出て行かれたら、私が怒られんねん。屁理屈こねてんと、早よパンツ脱ぎぃや。あんたなんか一瞬でイカせたるわっ」

話しているうちに興奮してきたのだろう。ミホの剣幕に翔太郎は足がすくんだ。

「シャワー外やから」

ぬっと伸びてきた手にポロシャツのボタンを素早く外された。翔太郎は慌ててその手を振り払った。

「あんた、どないしたいんよ？」

隣の部屋から女の喘《あえ》ぎ声が聞こえた。翔太郎は取り乱して、ベッドにへたり込んだ。ミホは困り果てたように、脇へ来てしゃがんだ。

「うち、こんなん初めてや。恥ずかしかったら、シャワーやめる？」

バスタオルのすき間からミホの股間が丸見えになっている。陰毛の奥に見える皮膚の重なりや大きく張った丸い尻は、やはり翔太郎にはないものだった。すぐに目を逸らした。

テーブルの上に置いてあったウエットティッシュを持って来ると、彼女はベルトに手をかけた。

「大丈夫やって。歯当てたりせえへんから。口の中、すごい気持ちええねんで」

ベルトを外そうとする手をなおも払い続けると、ミホは怪訝な顔をした。

「もしかして……、女に興味ないの？」

服を脱いでもいないのに裸にされたような気がして、翔太郎は言葉を返せなかった。頬を強張らせて黙り込む姿を見て、女は首をかしげた。

「何で？　私がこんな商売してるから？　汚いと思ってんの？」

「違うよ。汚いなんて、思わんよ」

去年の九月、セイタという男に襲われたことで負った心の傷は、今も癒えていない。そして、真壁君を汚してしまったという自己嫌悪も心の中で燻《くすぶ》ったままだ。

「とにかく、人に裸を見られたくないねん。触れられるのも怖い」

翔太郎の耳にミホの大きなため息が聞こえた。

「あんた、ゲイなんちゃう？」

否定しようとしたが、また言葉が出てこなかった。その一方で、秘め事で重たくなった素心《そしん》をさらけ出したい衝動にかられた。

「よく分かれへん」

「簡単や。これ見て興奮するかどうかや」

バスタオルを取って裸になったミホが、ベッドの上でM字に脚を開いた。翔太郎は恥ずかしくなって横を向いた。

「ちゃんと見ぃや」

手馴れた様子のミホは、右手の短い指を使って性器を開いた。ひらひらとした皮膚を引っ張ると、艶やかなピンク色の中身が見えた。もっと近くで確認したくなって、翔太郎はベッドの上に寝転がった。心拍数が上がっていく。

「下の方の穴、分かる？　ここに入れんねん」

一度羞恥心を捨てると、大胆になれた。それぞれ指を差して説明してくれたので、短時間で女性器のことがよく分かった。〝講義〟が終わると、翔太郎は胡坐をかいて目を閉じた。速まっていた脈が落ち着いていく。あらためて自分は男だと宣告されたような気持ちになった。

「ちょっとごめんな」

突然、ミホに股間を握られた。腰を引いて痛みを訴えた。

「全然やん……。ほんまにゲイなん？」

ずっと全裸でいる女を見て、申し訳なくなってきた。彼女にバスタオルを手渡すと、頭を振った。

「ゲイって男の人を好きになること？」

「そう。男として男を好きになることとかな。女として男を好きになる人はオカマ……、ミスターレディー、いや今はニューハーフか」

「男やのに、自分のことを女じゃないかって思うのは、ニューハーフってこと？」

「そう。お化粧したり、着飾ったり、かわいくなりたいなぁって思うようならニューハーフ」

こうして見ず知らずの人間に言われると、疑いようのない事実に思えてきた。翔太郎は誰にも言えなかった胸の内を打ち明けたくなった。初対面という距離感が、翔太郎を素直にさせた。

「小学生のころから好きな人がいて……。その人のことが忘れられへんねん」

「男の子？」

顔を覗き込んできたミホに、翔太郎は頷いた。

「四年生のときにクラスが一緒になって、出欠をとるときに初めて見てから、ずっと好きで……」

翔太郎は市民プールで水泳を教わったことや運動会の後に家で励ましてくれたこと、文化祭のファーストキスのことなど思い出の一つひとつを話した。

「僕の大事な、大事な人」

「ほんまに好きなんやね」

ミホに言われて、翔太郎はあらためて真壁君への想いを知った。

「でもね、」

翔太郎は少し間を置いてから、伏せていた目をミホに向けた。

「僕は……、彼を汚してしまった」

箍《たが》が外れたように、吐き出したいという欲求を抑えられなくなっていた。翔太郎は、真壁君を想って自慰をしたことも告げた。話しているうちに情けなくなって涙が止まらなくなった。

「全然悪いことやないんやで」

ミホの笑顔を見るとホッとして、余計に泣けてきた。

「こんなこと友だちにも言うたことないけど、私だって寂しいときは一人でするよ。だって、しゃあないやん。欲しくなるねんもん。人を求める気持ちに、男も女もないよ」

静かに頭を撫でられ、救われた気がした。

「ありがとう……」

照れ隠しのために軽く頬をたたいた翔太郎は「でも、お父さんには内緒ね」と言って笑った。

「大丈夫。何も言わへんから。気持ちよかったたって、適当に言うとき」

安心するとまた涙が出てきて、目の前にある乳房に甘えたくなった。

「おっぱい触っていい？」

「いいよ」

両手で乳房を支えると、意外と重かった。指先を動かすと、力を入れた分だけへこんで形を変える。ミホの乳房は柔らかくて優しかった。

自分にもこんなおっぱいがほしい、と思ったとき、真壁君の顔が浮かんだ。

「いろいろ生意気言って、ごめんね」

「いいねん。僕の方こそ、嫌なこと言ってごめん」

二人は笑って見つめ合うと、抱き合った。

「友だちになってくれる？」

ミホが翔太郎の濡れた目元を拭った。

「三枝茜《さえぐさあかね》」

「えっ？」

「うちの名前。友情の印に覚えといて」

翔太郎は茜の胸に顔を埋めた。

本当の自分を知っている、初めての友だちができた。

5

電車を降りると、潮風に吹かれた。

朝の新鮮な空は目いっぱいの青さで、セミが早くも合唱を始めている。夏の真っただ中に放り込まれたようで、翔太郎の心は自然と浮き立った。

茜とともに二階の改札を抜け、階段を下りると南側から駅舎を出た。

砂浜の向こうに広がる海が陽光を照り返している。まだ七時半というのに、気の早い海水浴客がちらほらとパラソルを立てていた。ビーチサンダルに入ってくる砂は既に熱かった。

すぐに赤茶けたアスファルトの通りが現れ、道に沿う形で白い木組みの建物が並ぶ。前を歩いていた茜が、つば広のハットを手で押さえて振り返った。

「蘭《らん》、あの店！」

　蘭、と呼ばれるたびに喜びが込み上げる。気温は高いが遮るものが少ない視界は気持ちよく、翔太郎にはいつにない解放感があった。茜の方に走り寄って腕を組んだ。

　茜は翔太郎を女として見てくれる唯一の存在だった。風俗店で出会ってから、二人は週に一度は必ず会うほど親しくなった。「蘭」という名は、真壁君が登場する、あの大好きな漫画のヒロインに肖《あやか》ったものだ。

　茜から化粧の仕方を教えてもらったり、洋服を借りたりするようになって、翔太郎の人生は自分の目に見えるほど輝き始めた。きれいにメイクし、お気に入りの服を着て、知らない街を歩く。どこかで生まれた一人の女になりきって、別の人生を生きる。ファッション雑誌を読んで、おいしい物を食べて、恋愛話に花を咲かせる。茜との時間に、大きな充実を感じていた。

　そうして段々、翔太郎と呼ばれることが嫌になっていった。

「こっち、こっち！」

　サングラスをした三十代ぐらいの男が手を振っていた。

　茜は「久しぶり～」と言って手を振り返し、翔太郎に「ここのオーナー」と告げた。茜は夜の街で顔が広い。ヘルスの仕事以外に、臨時でラウンジの接客もこなす。このオーナーはラウンジの客で、たまにデートする仲だという。こういう人脈を見せられると、翔太郎は彼女と三つしか違わないことが信じられなくなる。

「かわいい子やなぁ」

下村《しもむら》と名乗るオーナーが翔太郎を見て目を細めた。Tシャツとジーンズの短パン、ビーチサンダルにストローハットと、身に着けているのは全て女物。その上、完璧にメイクをしている翔太郎は、どう見ても色白で華奢な女の子だった。

茜によると、下村は毎年夏に、この神戸の海水浴場で海の家を出しているという。臨時のバイトを依頼され「友だちの女子と一緒に行く」と返事をして翔太郎を連れて来たのは、いかにも茶目っ気のある茜らしい思いつきだ。

八時のオープンに向け、店内は慌ただしかった。下村から紹介されると、十二、三人の若い男女から拍手された。共学の高校生も男女でバイトに来ていて、翔太郎にはまぶしく映った。

海の家らしく、たこ焼きや焼きそば、ペットボトルのジュースやかき氷を売る。白い板張りの床は歩くたびにへこみ、テーブルも椅子もグラグラと揺れて不安定だが、海風が吹き抜ける店内は心地よかった。テラスと合わせると五十席以上ある。

陽が高くなるにつれ、砂浜に咲くパラソルの数が増えていった。最初は皆と雑談する余裕もあったが、次第に注文取りや呼び込みで走り回るようになった。

「ベル番教えてや」

いかにもヤンキーという感じの三人組に、人数分の焼きそばを届けたとき、生まれて初めてナンパをされた。ポケベルを持っていなかった翔太郎は、曖昧に微笑んでその場を去ったが、相手はどうであれ、声をかけられるほどの女に見られていることが嬉しかった。店のスタッフの男子にも連絡先を聞かれたが、そのたびに茜が間に入って助けてくれた。

海の家から流れる音楽と海から聞こえるはしゃぎ声、そして相変わらずのセミの鳴き声。ビーチは憧れていた青春の輝きに満ちていた。

昼のピーク時を過ぎると、茜と二人で休憩時間をもらった。そば飯を食べた後、ペットボトルのジュースを持って海辺を歩いた。膝下まで海水につけて、水平線を眺める。波が引く際にビーチサンダルを取られそうになって、茜と声を上げた。

「あの子ら、おかしくない？」

茜の指差したパラソルの下には、小学生と思《おぼ》しき男の子四人組がいて、トランプをしている。何も海に来て部屋でできることをしなくてもと思うが、彼らは至って真剣だった。翔太郎は小学四年生のときに行った市民プールを思い出した。あのとき、真壁君たちと食べたカップヌードルの味は格別で、今も忘れられない。

陽射しがきつくなってきたので、茜が小学生を相手に交渉し、パラソルの下に入れてもらえることになった。六人で「大富豪」をしながら、翔太郎は周囲を見渡した。

首から下を砂に埋められて騒ぐ男やサンオイルと日焼け止めを交互に塗り合うカップル、ビーチバレーを楽しむ学生たち——。自分も堂々とビキニを着て、この風景の中に溶け込みたい。そう願った翔太郎だったが、叶わぬ夢であることは十分すぎるほど分かっている。

「取材受けてくれへん?」

休憩を終えて店に帰ると、茜と二人、下村に声をかけられた。隣にはキャップをかぶった若い男が、ノートのような物を丸めて立っている。ハーフパンツ姿の見るからに軽そうな男だった。

「君、色白いなぁ。今、いくつ?」

顔をまじまじと見られるのが嫌で、翔太郎は茜の陰に隠れた。茜は女である自分が差し置かれたことに立腹している様子で、腕を組んで男を睨みつけた。

「もちろん、君もかわいいよ! グラマーな感じがそそるよねぇ」

男は助けを求めるように下村を見た。

「彼は制作会社のディレクターでねぇ。何ていう番組やったっけ?」

男の告げた番組名に茜がうろ覚えの反応を示した。関西ローカルの深夜バラエティーで、若手お笑い芸人によるネタバトルがメインらしい。

「エンドロール前の一分ほどで、関西のお出かけスポットを紹介するんですが、来週はこのビーチを取り上げるんです。夏ですし、海の家の看板娘をバァーンと撮って、ドーンとお客さんを呼びましょうって、こういうことです」

知り合いに見られるとやっかいなので、出演を渋った翔太郎だったが、宣伝になるという下村に強く説得され、結局「蘭という名前と年齢以外は非公開」という条件で引き受けた。完璧に女装しているし、番組の知名度も低い。まず大丈夫だろうと判断したのだが、やはり海という環境が、翔太郎の気持ちを解《ほぐ》したのは間違いなかった。

しばらくすると、ディレクターがカメラマンと音声、照明担当とそれぞれのアシスタントを連れて来た。たかが一分の映像を撮るのに、これほど大げさなことになるとは思わなかったので、翔太郎は準備段階から気後《きおく》れしてしまった。

撮影カットは至って単純だ。テラスの丸テーブルの上に、茜はたこ焼き、翔太郎はジュースの入ったグラスを置いて笑う。その後は、一人ずつポーズをとってニコニコするだけでいい。台詞も演技力も必要なかった。

ワンショットを撮るとき、ディレクターの男があまりにも「あぁかわいい」「あぁセクシー」を連発するので、翔太郎は笑ってしまった。乗せられていると分かっていても、実際に褒められると気分がよくなり、どんどん楽しくなってきた。周囲の野次馬も増えていき、そこら中で使い捨てカメラのフラッシュが光る。

水色のドレスが頭に浮かんだ。

お腹の前の大きなリボン、パニエでふわっと広がったスカートの裾、白いタイツに先の丸い黒のシューズ。四歳のとき、フォトスタジオでも同じような高揚感を味わった。このまま本物の女の子になってしまいたい、と強く思う。

「追加で確認することが出てくるかもしれんから」

撮影が終わると、ディレクターがやたらと連絡先を聞いてきたが、翔太郎は茜を防波堤にして断った。家に連絡でもされたら、と想像するだけで背筋が冷たくなる。テレビクルーが引き上げていく後ろ姿を見て、翔太郎の心が少しだけざわめいた。

夜九時に営業を終えると、心身ともにくたくたになった。

後片付けをした後、下村をはじめ男のスタッフから飲みに誘われたが、この状態でアルコールを体に入れるなど考えられなかった。「働いた後の一杯」をこよなく愛す茜を残して、翔太郎は一人駅に向かった。

ホームのベンチに座って電車を待つ。

静かに夜の潮風が吹き抜けると、翔太郎は目を閉じてそれを受け止めた。幸せだと思うと、泣けてきた。海水浴場でアルバイトをするなんて、きっと普通のことなのに。

ホームに向かって来る電車のライトに照らされた。これからまた、男に戻るのだ。再び翔太郎の視界が滲《にじ》んだ。

男と女の行ったり来たりを、いつまで続けるんだろう。

最寄り駅からの帰り道が苦痛で仕方なかった。

この下町の繁華街で、未成年者の飲酒に目を光らせる商売人はいない。茜みたいにお酒が飲めたら、少しは憂さ晴らしもできるのに。翔太郎はネオンから未練がましい視線を離し、シャッターが閉まってひっそりと静まり返る商店街を歩いた。

海の家でアルバイトをしてから一週間が過ぎていた。茜とは相変わらず頻繁に会っている。今日は海の家のバイトに来ていた男二人と居酒屋でご飯を食べた。二次会はカラオケボックスへ行き、全員で歌って踊ってかなり盛り上がった。男たちはともに茜と同い年のフリーターで、最初から棲み分けを済ませてあったらしい。女子二人の機嫌を損ねずに会話を進めていく様は、いかにも場慣れしている雰囲気があった。

女としてちやほやされるのは嬉しいのだが、同時に自己嫌悪と不満も抱く。必死に口説いてくれる男を騙しているようでつらいし、これから気に入った人が出てきても発展が望めないのも切ない。連絡先を聞かれた時点で、翔太郎の出会いは終わる。結局、今日も「親が厳しいから」と、電話番号を教えなかった。

それでも、男の格好で過ごす日々よりはうんと楽しかった。茜の一人暮らしのアパートで、着替えて化粧をする瞬間に一番の幸せを感じる。それからレンタルビデオを見たり、漫画を読んだり、ファストフード店でハンバーガーを食べたり、何でもない時間を過ごす。女として日常に溶け込むことに、胸が躍る。

翔太郎は他の同級生のように予備校に通っていない。担任からは「夏を制するものが受験を制する」と耳にたこができるほど言われてきたが、まるで気力が湧かない。大学へ行くことで性別を変えられるのなら、死にもの狂いで勉強する自信はある。しかし、がんばった結果が、今の生活の延長でしかないのなら、あまり意味がない。同級生との学力が開いていくだろうことは想像できるが、全く焦りを感じなかった。

自宅のドアを開けるこの瞬間がいつも怖い。

両親には友だちの家で勉強する、と言って出かけている。いつか綻びるという不安を抱えながら、ドアを開けるのだ。両親に対する嘘は、知り合ったばかりの男につくものとは比べものにならないほど罪深く思える。

階段はここ数年で軋みがひどくなった。体重の軽い翔太郎が忍び足で上がっても、センサーのように一歩ずつ音を出す。もう夜の十一時を回っている。階段を上りきると、翔太郎は安堵の息をついてから襖を開けた。

灯りを点ける前に、異変に気付いた。外出する前と明らかに部屋の空気が変わっている。

泥棒に入られたかのように、照明のスイッチを押した。物が散乱していた。

姉からもらったワンピースや化粧ポーチ、茜から借りているブラウスとスカート、自分で買ったネックレスと女性誌、ローヒールのミュール……。皆、押入れの奥の箱にしまっていたものだ。

荒らされる、という表現がぴったりの、秩序のなさだった。放置したままの状態に、これを仕出かした人間の怒りや敵意が垣間見える。すぐに父の顔がよぎる。

翔太郎はしばらくその場に立ち尽くした。早鐘を打つ胸を押さえ、散らかる部屋を見ていると堪らなくなって涙が出てきた。全てが露見してしまったことへの恐怖心と自分の心を土足のまま踏み荒らされたことに対する怒りでめまいがした。

激情と連動して唇がわななく。

今、畳の上に落ちているのは大切なものばかりだった。ぞんざいに扱っていい物は何一つとしてない。押入れから布地の箱を取り出し、それらを収めていくうちに、精神の均衡が崩れた。

生まれて初めてのことかもしれない。怒りが勝った。

翔太郎は後先を考えずに、階段を下りた。リビングから灯りが漏れているのに気付いて、ドアを開けた。

音のない暗い部屋の中で、テレビ画面だけが忙しなく光っている。ソファーに座る父の背中が見えた。翔太郎の存在に気付いているはずなのに、振り返りもしない。

「お父さんっ」

不気味な様子に慄《おのの》く気持ちも怒りがかき消した。

父は翔太郎を無視して、おもむろに立ち上がると、ビデオのリモコンを手に取ってボタンを押した。デッキの中のビデオテープが再生され、唸るような機械音が部屋に鳴り響く。

無音のまま現れた映像は、海の家のものだった。

茜と二人で、笑顔の自分が丸テーブルの上にジュースの入ったグラスを置く。下から舐めるようにアングルを上げたカメラの前で、さまざまなポーズをとっている蘭という名の女は、紛れもなく翔太郎自身だった。茜のアパートで飽きるほど見た映像。

停止ボタンを押した父が、リモコンをテーブルに放り投げた。木とプラスチックがぶつかる硬い音がした。

「かばんの中、見せぇ」

憤りを含んだ低い声を聞いた途端、脚が震えた。

そして、このときになってようやく、自分がショルダーバッグを肩にかけたままだったことに気付いた。翔太郎は黙って立っていることしかできなかった。

最初のうちは、参考書や赤本をバッグに入れる小細工をしていたが、段々面倒になって今では筆箱すら入っていない。この場で女物の服を差し出すわけにはいかなかった。

　振り返った父は目がつり上がっていた。

「見せぇって言うとるやろが！」

　一気に距離を詰めた父に、引きはがされるようにバッグを奪われた。父はワンピースとウィッグを床に叩き付けた。

「どういうことなんや！　説明せぇ！」

　母が慌てた様子でリビングに入ってきた。二人の間に入ると父に背を向けて、守るように息子の肩を抱いた。

「おまえはどいとけ！」

「大きい声出さんといてくださいっ。この子の言い分を聞くんが先でしょ！」

「言い分もくそもあるかっ。このガキは親に嘘ついてオカマの格好して遊んどるんじゃ！　おいっ、翔太郎っ、このビデオをな、『おたくの息子さんとちゃいますか？』って言うて渡された俺の気持ちが分かるか？」

　翔太郎は自分の迂闊さを悔やんだ。深夜番組を見て自分の正体を見破り、わざわざそれを父親に忠告した誰かがいる。小刻みに震える息子を不憫《ふびん》に思ったのか、母親の顔は涙でくしゃくしゃになっていた。

「何とか言うたらどうや？　何でこんな変態みたいなマネができるんや？　どんな理

由があって恥をさらすんや？　勉強はどうしたんや！」

翔太郎は床に落ちているワンピースとウィッグを見た。二階の押入れにある服やポーチも、みんな捨てられるに違いない。そうしてまた、男として生きていくことを強いられる。真壁君を好きになったときのような、心が震えるような恋愛もできず、大好きなドレスの代わりに、偽りに身を包んで生きていく。大学を出たら、ネクタイを締めて毎日会社へ行くのだ。

ネクタイ姿の自分——。

想像すると、翔太郎は息苦しくなった。押入れの中に閉じ込められたあの服は、自分の分身だ。

「何とか言わんかい！　翔太郎！」

大声で名前を呼ばれたとき、翔太郎の心が反発した。

「翔太郎って言わんといて！」

息子のひきつれた叫びに、父も母も息を呑んだ。二人とも同じような顔をして呆気にとられている。

「僕は、翔太郎やない……。女の子やねん」

ずっと言えなかった言葉が、唇からこぼれた。目いっぱい膨らんだ膜が破けたように、胸の中に秘めた強い感情が溢れ出た。失うものの大きさは分かっているはずなのに、解放を求める気持ちが制御できない。

「何言うてんねん、おまえ……」

「女として生きていきたいねん」

「人をおちょくっとるんか？」

「ちゃう！　僕のここは、胸の中は、女やの！」

「やかましい！」

母を押し退けた父に、おもいきり平手打ちされた。あまりの力の強さに倒れ込んだ。鼓膜に響いた音と頬の痛みに驚いて、一瞬のうちに恐怖心に支配された。

「もう一回言うてみぃ！」

今度は腹を踏みつけられ、息が詰まった。体を丸めた翔太郎は、熱くなった頬に手を当てて、父を見上げた。

「なんや、その顔は？」

怖くて仕方ないのに、男として生きることだけはどうしても受け容れられない。いっそ殺してほしいと思った。

「縁切る覚悟はあるんやろな」

軽蔑したような父の目がたまらなかった。このまま死んでしまいたかった。翔太郎は腹を押さえて立ち上がった。

「もう、男としては生きられへん……」

失望の眼差しを真正面から受け止めたとき、翔太郎の胸の内は急速に冷えていった。恐怖と混乱が薄らぎ、瞬く間に心境が澄みきっていく。そして、揺るぎない決意が芽生えた。

これからは、女として生きていく。

第四章

1

ヒールの踵が錆びた鉄板を打つ。

外にむき出しになった螺旋《らせん》階段を下りきると、コリをほぐすように両肩を上下させた。出てきたばかりの雑居ビルを見上げる。くすんだ白壁の五階建て。この小さなビルでも半分が空きテナントだ。店の中にいても景気のいい客は少なく、盛り上がるのは下ネタばかり。品のない話題に首をかしげ、愛想笑いをして空いたグラスに酒を作る。最近ではその一つひとつがストレスになっていて、一日の仕事を終え、螺旋階段を下りるころにどっと疲れが出る。明日も出勤かと思うと、気が重くなった。

日中に雨が降ったからか、夜風が冷たい。白水蘭《しらみずらん》は偽ブランドのバッグから薄手のカーディガンを取り出し、半袖シャツの上に羽織った。もうじき七月だが、天気予報によると梅雨はまだまだ続くらしい。同じように、このスナック勤めにも終わりが見えない。

家の冷蔵庫にプリンがあるのを思い出した。帰ったらまずシャワーを浴びて、プリンを食べながら茜と電話しよう。今日、露骨に初体験について聞いてきたむかつく客の悪口を言おう。茜ならきっと面白く切り返してくれるはずだ。小さなリセットボタンの在り処を見つけ、駅に向かう蘭の足取りが少し軽くなった。

「ラァーンちゃん」

粘り気のある声に、胃がギュッと縮まった。

振り返ると、タンクトップの男が立っていた。思った通り三田《みた》というスナックの常連だ。蘭の最も苦手な男だった。いつも一人で来てカウンターに座り、手を握ってなかなか離してくれない。筋肉質を強調する服を着て、他の客を威嚇するように見ては蘭を独り占めする。今日は来なかったので、蘭も顔を見なくて気が楽だった。

「こんばんは。今からお店行くんですか？」

ポケットに手を突っ込んだ三田が、作り笑いを浮かべる蘭に強い視線を送る。こういう格好をつける仕草にも嫌悪感を覚える。

「店の中やったら、邪魔な奴がいっぱいおるやろ？　外やったら二人でおれるやん」

顔が真剣なので、ストーカーのようで怖かった。蘭はうまく切り返せず、いつものように首をかしげた。

「この前、ドライブ連れて行ってって言うてたやん」

一週間ほど前のことだ。カウンター越しに手を握って離さない三田が執拗に誘ってきたので、根負けしてつい頷いてしまった。だが、自分からせがんだ覚えはない。

「すぐ近くに車停めてんねん。早よ行かな駐禁とられるから」

貧乏揺すりのような足踏みをして急かしてくる。蘭は三ヵ月前に会ったときから、三田のことが嫌いだった。口を開けば「映画監督になりたい」と夢を語るが、彼と知り合いの客に言わせると、友だちと8ミリビデオカメラを回して遊んでいるだけらしい。三十を過ぎても定職にもつかず、実家で親の脛《すね》をかじっている。

高校三年の夏休み明けに家出をして以来、自立することの厳しさを痛感している蘭は、依頼心の塊のようなこの男が幼く思えて仕方ない。

「今日はちょっと遅いから……」

「電車とちゃうから関係ないやん」

「疲れてるし」

「車で寝ててええよ。介抱するし」

車に乗ったが最後、三田の下心の餌食になるのは目に見えている。角が立たないように対処したくても、相手の強引さに気後れしてなかなか言葉が出てこない。

今でも男の腕の筋を見ると、セイタに襲われた記憶が甦る。もう二度とあんな思いはしたくない。

「ごめんなさい。やっぱり、急に言われても……。また今度にしよ」

「ほんなら家まで送っていくわ。疲れてんねやろ？」

「電車の方が落ち着くから」

「はっ？　意味分からんねんけど。嫌がってるん？」

「違うよ。嬉しいよ。でも、電車の定期とかあるし……」

「おまえ、俺に恥かかせんのか？」

三田の目つきが険しくなった。不穏な空気を察した蘭が一歩退いた途端、距離を詰められた。強く腕をつかまれたので振り解《ほど》こうと抵抗したが、力を込めるほど相手の指が食い込んだ。

「痛いよ！」

「おまえから誘っといてその態度は何や！」

三田の目は血走っていた。歴然とした腕力の差に恐怖感が募り、抗《あらが》う気持ちを削いでいく。そのまま引きずられるようにして歩を進めたとき、誰かが男の手首を握った。

「ごめんね、蘭ちゃん。遅くなって」

髪の長い女性——千里子《ちりこ》さんだ。

「なんや、おばはん」

目尻に深い皺を刻んで、千里子さんが凄む男に一瞥《いちべつ》をくれる。微笑んでいるのだが、その表情には全く隙がなかった。

「あんたと同じ。店の客。残念やけど、蘭ちゃんとは私の方が先約やったから」

「わけ分からんこと言うな。しばくぞっ」

千里子さんに気を取られているおかげで、三田の力が緩んだ。蘭はさっと腕を振り解くと、千里子さんの手を握った。

「すみません、すっかり忘れてました」

「いいんよ。私の方こそ、急に連絡したから」

明らかに茶番と分かるやり取りを見せつけられた三田は、舌打ちをして蘭を睨みつけた。

「おい、そんな嘘ついてええと思ってんのか？」

「当人同士が言うてるんやから、嘘とちゃうやないの。これ以上ごねたら、警察沙汰やで」

千里子さんは華奢な体からは想像もつかないドスの利いた声を出した。三田はアスファルトに唾を吐くと、千里子さんに目をむいたが、彼女の方は余裕の笑みでそれを受け流した。

肩を怒らせて去っていく後ろ姿を見て、蘭は安堵の息を吐いた。

「駐禁とられたらええのにな」

千里子さんの冗談に、緊張が解れたからか声を出して笑った。

「聞いてはったんですか？」

「うん。デートやったら邪魔せんとこと思ってたんやけど、どうも様子がおかしかったから」

「ありがとうございます。ほんまに助かりました」

「せっかくやし、お茶でも飲まへん？　あの男のことやから、尾行してくるかもしれんし」

千里子さんはグレーのパンツスーツ姿だった。細身の体によく似合っていて、颯爽と歩く様が格好よかった。

彼女が店に来たのは二ヵ月前のことだ。一見《いちげん》だったが、蘭のことを気に入ってくれ、足を運んでくれるようになった。職業は分からないが、いつも男性数人と来て楽しく飲んで帰る。話術に長けていて、酒焼けしたような声が魅力的だった。

「一杯だけいこか」

千里子さんは阪急梅田駅近くのバーへ連れて行ってくれた。テラス席があって開放的な雰囲気だ。時刻は午前零時に向かっているが、客席は八割方埋まっていた。

「いい感じのお店ですね？」

「仕事仲間とよく来るんよ」

「へぇ、千里子さん、何のお仕事をされてるんですか？」

「中でゆっくり話すわ」

カウンター席に着くと、千里子さんはてきぱきとブランデーのストレートを頼み、あまり酒を知らない蘭のために甘めのカクテルを注文した。

「今の仕事はどんな感じ？」

バーテンからグラスが差し出されると、千里子さんが優しく問い掛けた。

「楽しくやってます」

「ほんまに？　私にはそう見えへんけど」

蘭は驚いて千里子さんの小さな横顔を見た。彼女はブランデーグラスを静かに傾けている。その落ち着いた仕草に頼りがいを感じ、つい本音を漏らしたくなった。

「ほんとは、毎日気が重いです。私、お酒も強くないし、話すのも下手やし。下ネタ言われると困るし、変な人に口説かれるし」

「何ぼでも出てくるね」

「あっ、ごめんなさい……」

恥ずかしくなって、うつむいた。茜以外には本心をひた隠しにしていたので、話し出すとどれもこれも言いたくなったのだ。

「いいんよ。そっちの方が嬉しいし、話しやすいわ。辞めたくならへんの？」

「それは……」

辞めたい、とは毎日思っている。しかし、生活のことを考えると簡単には踏み切れなかった。高校三年のときに父親と決別して以来、家を出たままだ。卒業するまでは茜のアパートから学校に通ったが、彼女が臨時で入っていたラウンジは、定員オーバーで雇ってもらえなかった。飛び込みで面接を受けた今のスナックで勤めるようになったのが、三ヵ月前の四月。それから大阪市内のアパートで一人暮らしを始めた。ＪＲ環状線の最寄駅から徒歩十五分。一階でオートロックもなく、不用心だが経済事情を考えると仕方なかった。休日の日曜におかずになりそうな物を作り置きしているが、疲れが溜まると外食が増える。服も何とかごまかして着回していて、貯金など到底できる状況になかった。

それでも仕事が楽しければ我慢もできる。しかし、店のママとは相談できるほど近しい距離にない。新しい仕事を見つけようにも日々慌ただしく、また〝本性〟がバレるかもしれないと思うと、なかなか前に踏み出せなかった。このままズルズル時間が過ぎていくことに焦りを感じ始めていた。

「勝手なこと言わせてもらうと、今のお勤めが自分のしたい仕事やないんかもしれんね」

図星だった。女になりたい一心で家を出たまではいいが、現状では生きて行くだけでやっとだ。

「もっと言わせてもらえば、本当の自分を押し殺してるからと違うかな？」

「本当の自分……ですか？」

ドキッとして千里子さんの白い顔を見た。見つめ合う形になり、蘭は目の前にある鋭い視線から逃れられなくなった。

この人は気付いている——。

千里子さんは表情を和らげると、スーツの内ポケットから名刺入れを取り出した。差し出された黒い名刺には、白抜きで「セカンド・サイト」とあり、その下に住所と電話番号が書いてある。

「セカンド・サイト……」

「私が経営してる店で、千里眼って意味。千里子もそこから取ったの」

「千里眼？」

「平たく言うと、何でも見通す眼力ってこと。本名じゃないの」

「何のお店なんですか？」

「あなたと同じ人がいるところ。私がさっき、本名じゃないって言った意味分かるでしょ？」

蘭はハッとして千里子さんを見た。彼女は口元を緩めて頷いた。

「私の店にいらっしゃい」

2

阪急百貨店前の交差点を渡り、商店街に入った。

高く長いアーケードの下で、折り目をそろえて傘を畳む。ヒールが滑らないよう気をつけながら、慎重に足を運んだ。居酒屋が多いので、夜になるとそこら中から陽気な関西弁が聞こえる。商店街で行き来する人を見ると、地元を思い出して嬉しくなる。

交差する新御堂筋を越えると、一旦止まって名刺の裏に描かれた地図を確認した。アーケードから外れ、再び傘を差して狭い路地を抜ける。辺りはラブホテル街で、用もないのに落ち着かない。遠くに車の走行音が聞こえるだけで、昼間のこの一帯は呼吸を止めたように静かだ。

ホテルやペンシルビルが建ち並ぶ中、ひと際間口の狭い四階建てが目を引いた。ドア上の立体看板に「セカンド・サイト」の文字を見つけ、蘭の心は自然と波打った。重たいドアを開けるとすぐに地下へつながる螺旋階段があった。いつもの雑居ビルにあるむき出しの鉄板とは違い、階段には赤い絨毯が敷かれている。両サイドにろうそくの形をした電球が点いていて、足元を薄《うっす》らと照らす。絨毯は毛足が長く、体重をかけるたびに沈み込むような感覚がある。ドアは防音なのか、一旦閉めると何も物音がしない。

たった一枚の扉を隔てただけで、そこは別世界であった。

階段を下りきると、広いロビーが視界を満たした。ここにも赤い絨毯が敷き詰められていて、奥にはソファーセットがある。ソファー前のテーブルに置いてあるシャンパングラスのタワーが、慎ましくも妖艶なオレンジ色の照明を跳ね返していた。階段からほど近い場所にレジがあり、その奥にハンガーラックの列が見えた。クロークルームのようだ。

ソファーセットの横に設置してあるパネルに、ディナーショーの告知ポスターやB5ノート大の顔写真が飾られている。蘭は深い絨毯を踏み、パネルに近づいた。顔写真の方は、一様にどぎつい化粧をしているので、店のオネエ様たちだと分かる。太っていたり、禿げていたり、愛らしかったり、随分と個性豊かなメンバーがそろっている。

「あら、いらっしゃい」

黒い肩出しドレスを着た千里子さんが、ロビーの奥にある階段の前で微笑んでいた。メイクも濃く、女ぶりが増していて、蘭は少々面食らった。

「みんなを紹介するから、こっち来て」

入り口と反対側にある階段も渦を巻いていた。一階まで上がると、千里子さんは右手の扉を重たそうに開けた。劇場にあるような立派な扉は二重構造になっていて、向こう側が見えると同時に大音量の洋楽が全身に響いた。

吹き抜けの大きなステージに目を奪われ、テーブル付きの座席がずらりと並んで視界を埋めた。ピンクがかった照明が当てられた舞台上では、フリフリのドレスを着た背格好のバラバラな五人が、一糸乱れぬ様子で踊っている。

蘭は息を呑んだ。粗末な外観からは想像もできない光景が目の前に広がっている。

座席の真ん中に座っていた男が手を挙げると、音楽が止まった。男は舞台へ上がり、身振り手振りで指示を出し始めた。

「あの人は関西にある小劇団の座長でね。ここの演出をしてもらってるの」

「座長さんの席の近くにいるのは?」

演出担当の座席の周りに、Tシャツを着た若い女が二人座っている。

「ノートパソコンの前にいるのが音響で、小道具のピストル持ってるんが衣装担当」

音響のパソコンの横にはミキサーがあり、女が手慣れた様子で操作している。

「毎日、ステージがあるんですか?」

「そう。一日ツーステージ。一回目はレビューで、二回目は歌謡ショーとモノマネが中心。うちは月曜が定休やから、週十二回公演」

千里子さんに連れられて、蘭は舞台に上がった。客席を見渡すと、二階席まであった。

「全部で百五十席。金曜、土曜は補助席を出すこともあるんよ」

「三階まであるんですね」

「あれはＤＪブース。うちはラムダシステムっていうコンピューター管理の舞台なんよ。ほら、真上にもう一つ舞台があるやろ？　あれが下りてきたら、私たちが今立ってるところも迫《せり》みたいに下がる。つまり、あのブースにある機械で二つの舞台の入れ替え操作をして、演出の幅を広げるってわけ」

「この足下にある帯みたいなのは？」

「これはベルトコンベア。人や物を流してスピード感を表現するために使ってる。ちなみに、上のＤＪブースって手すりがなくて、代わりに台みたいなんがあるでしょ？　あれはワイヤーで吊られた役者が着地する台なんよ」

「ワイヤーまであるんですか？」

これほど本格的な設備があるとは思いもせず、蘭は興奮して胸の前で両手を合わせた。男という理由で宝塚歌劇への道をあきらめてから、きれいな衣装を着て歌って踊るという夢は、叶わないものと決めつけていた。だが、ここで働けばステージの上に立つことができる。何しろ、近くにいるあの五人は自分と同じなのだ。

「鳥居《とりい》さん、ちょっと失礼。新入りの子を紹介するわ」

鳥居と呼ばれた演出の男は、蘭の方を向くと一瞬、目を見張った。白いドレス姿の五人は、先ほど写真で見た人たちだ。そのうち、太った一人は腕組みをして蘭を睨んでいる。他の四人にも笑顔がなく、どことなく空気が重かった。自然と頬が強張った。

千里子さんに名前を呼ばれ、蘭はおもいきり頭を下げた。

「蘭ですっ。このステージを見て、ここに置いてもらいたいと思いました。よろしくお願いします！」

もう一度頭を下げると、千里子さんが拍手し、皆もそれに倣った。

「あらためまして、千里子です。店ではチーコママって呼ばれてます。蘭ちゃんもそう呼んで。はい、じゃあ、みんなも自己紹介」

目が細く顎のしゃくれた女が前に出た。

「チーママの中山邦江《なかやまくにえ》です。チーママとチーコママってややこしいから、みんなからはそのまま邦江って呼ばれてます。ちなみに、源氏名は〝ニュームーン〟ね」

「ニュームーンってどういう意味か分かる？」

頭の禿げ上がった一人がしゃしゃり出てきた。いわゆる波平カットにフリフリのドレスというアンバランスさがおかしい。

「三日月ってこと。ほら、この人ごっついしゃくれてるでしょ？　ニュームーンなんて聞くとしゃれてるけど、もう全然違うの。『しゃれてる』んじゃなくて『しゃくれてる』だけ」

「うるさいわ、フルムーン。この人はね、波平ならぬ〝水平《みずへい》〟。水平線から出てくる太陽のイメージね」

月と太陽のいがみ合いに、一同がどっと沸いた。

「はいはい、しゃくれと禿げはすっこんどいて。私は〝ローヤル〟。分からんことあったら、何でも聞いてや」

腕組みをして睨んでいた太った女だ。どうやら、先ほどの挨拶が受け入れられたようだ。こうして笑っていると、ローヤルはとても気立てのいい人に見える。一旦、舞台袖に消えた邦江が、ウイスキーの瓶を持って戻ってきた。どっしりとした横幅のある瓶だ。

「これサントリー『ＲＯＹＡＬ』の瓶なんやけど、この人の体型にそっくりやろ？　だからローヤル」

みんな身体的特徴からついた名前なので、随分と覚えやすいと蘭は思った。もちろん、口にはできないが。

「やっとこれ、脱げる」

一人だけ髪をツンツンに立てた凛々しい顔立ちの男がドレスを脱いで、蘭に手渡した。黒のタンクトップから見える腕は太く、筋肉が隆々としていた。三田の比ではない。

「僕は〝コニタン〟。本名が小西《こにし》で黒いタンクトップが好きやから、もうコニタンしかないわな。先に言うとくけど、僕はゲイね。人数合わせでそのフリフリ着てただけやから」

最後の一人が挙手をして前に出た。切れ長な目を持つ愛嬌のある顔立ちで、雰囲気がかつて付き合っていた愛子に似ていた。

「初めまして〝お京《きょう》〟です。私は皆さんみたいにパンチが効いてないんで、本名の京子からそのまま付けました」

おっとりと話す様がかわいく、蘭は好感を持った。同世代なのも嬉しい。

最後に鳥居たち裏方スタッフが挨拶をして、自己紹介が終わった。

緊張が解れたのと嬉しさで、蘭は涙ぐみそうになった。チーコママ、ニュームーンの邦江、水平、ローヤル、コニタン、お京。強烈な個性を発揮する人たちだが、うまくやっていけるような気がした。

午後六時のオープン時に、蘭はチーコママと表に出てお客さんを招き入れた。公演の第一部が午後七時半から一時間。出演者は着替えなどを済ませてからお客さんと一緒に過ごし、午後十時から第二部の公演が始まる。これも一時間で、終演後は閉店の午前零時までお客さんとお酒を飲む、という流れだ。毎日こなすとなると、相当ハードだ。

チーコママに呼ばれ、一階にある厨房に入った。中央にある大きなステンレスの調理台が幅を利かせ、食材の入った皿やボウルがいくつも並んでいる。店の規模からすれば、やや窮屈かもしれない。奥にいる若い男女は、それぞれ米を研《と》いだり、大鍋のスープを木の棒でかき回したりしている。

「田所《たどころ》ちゃん」

チーコママに呼ばれても、七三分けの中年男は反応しなかった。黙々と串に鶏肉とネギを刺している。よく見ると、イヤホンをしていた。

「この人、ずっと落語聴いてんの。寝るときも聴いてるみたいやから、ほぼ二十四時間あの調子」

「オープンしてからもですか？」

「そう。病気やわ。診てくれる医者おらんやろうけど」

目の前に行ってチーコママが指で調理台を叩くと、田所はようやくイヤホンを外した。近づくと背の低いことが分かる。

「急ぎ？」

明らかに迷惑そうな顔をしてママを見上げた。

「新入りの子を紹介するわ。蘭ちゃん」

田所はすっと視線をずらし、会釈した蘭を見つめた。

「あんたもステージ立つんやろ？」

「まだまだですけど、いずれは……」

「落語やり」

「は？」

「ウケるでぇ。ネタ考えたるさかい、なっ？」

「誰がオカマの落語なんか聴くの」

チーコママが助け舟を出してくれた。

「聴いたことないやろ？　だから価値があるんや。これぞパイオニア。あんたみたいな偽もんのパイとちゃうで。ほんまもんのパイや」

「訳分からんこと言うてんと、ネギ刺しとき」

田所はママを相手にせず、蘭を見て「パイオニィヤ」ときれいに発音すると、再び落語の世界へ戻っていった。

奥の二人は大学生のアルバイトで、簡単に自己紹介を済ませた。この妖しいアンダーグラウンドで、やっと市井《しせい》の人に出会えた感じがした。

「舞台に立てるようになるまでは、ウエイトレスをしてもらうから。お客さんに顔を覚えてもらうんやで」

明日からきれいな舞台衣装を着られると思っていたので少し気落ちしたが、それも仕方ない。いきなり踊れと言われても困る。しかし、明日からここの一員になれると思うと蘭の心は弾んだ。

「よろしくお願いします！」

笑顔のママに軽く肩をたたかれた。

午後七時半前。蘭は舞台と客席を仕切る紫一色の幕を幸せな気持ちで眺めていた。客の入りは半分ほどだったが、営業の邪魔にならないよう後列の端の席を選んで座った。

前半分は団体用のテーブル席で、革のソファーはＶＩＰ用。後ろ半分は、固定の椅子が八脚ついた長テーブルをワンセットにし、それらが段差の構造で連なる。真ん中に通路があるため、席は大きく二つのブロックに分かれている。店内は仄暗く、長テーブルに差す赤い直線的な照明光が幻想的に映る。

客層はさまざまだ。接待で来ているであろう年齢差のあるサラリーマンの一行、若い女子の二人組、なぜか憂鬱そうな中年のカップル——これからこの人たちにも名前を覚えてもらわないといけない。

厨房にいたアルバイトの学生二人が一席ずつ回り、写真撮影の禁止をお願いする。店内がいっそう暗くなる。

「I'm the Scatman!!」

突然天井のスピーカーからスキャットマン・ジョンの「スキャットマン」が大音量で流れ、一瞬のうちに幕が上がった。舞台前面に透明なアクリル板が張られ、その向こうに五ヵ所、七色の水が噴き上がっている。真ん中の迫が上がり、うずくまった五人が見えた。衣装は黒いスーツで統一している。

大歓声が聞こえ、あちこちから口笛が鳴った。手拍子が鳴り始める。アクリル板の向こうで色鮮やかに彩られるステージは、蘭の想像をはるかに超えていた。気持ちの赴くまま手拍子に加わる。

噴水が止まり、五人が舞台いっぱいに広がって踊り始めた。コニタンの動きが群を抜いてキレていたが、他の四人も相当訓練されている。どういう仕掛けか、透明な板が真っ黒になった瞬間、音楽が止まった。同時にテーブル側の赤い照明も消える。闇と静寂に包まれた。

やがて微かにモーター音が聞こえ始め、次に真っ青な照明がついたときには板が消えていて、ワイヤーに吊られた天使姿の邦江、コニタン、お京がゆっくりと地上に下り立った。続いて、天井から背広姿の水平が現れたが、途中で強風に煽られてヅラが落ち、笑いが起こった。次にビキニ姿のローヤルが登場し、その途端にワイヤーが切れて舞台奥の水槽に落下して爆笑をさらった。浮かび上がるときに、水平のヅラをかぶっているというおまけもつく。

ショーはその後も、ダンスの中に巧みに笑いを取り入れて展開していった。五、六分おきに上下の舞台が入れ替わるので、まるで飽きない。舞台の幅いっぱいに広がった大階段を使ったダンスでは、男のダンサーも多数加わり「男女の密会」がテーマのストーリーを演出。衣装も華麗で、特にお京のワインレッドのドレスがひと際光り輝いていて、蘭の目は釘づけになった。喝采の中、ふわふわのロングスカートをなびかせて舞うお京に、憧れが募る。

最後はワイヤーで吊られた出演者たちが観客とハイタッチするサービスもあって、大盛況のうちに一時間のショーが終了した。終わるころには、客席に百人ほどいて、お祭り騒ぎだった。

幕が下りても、なかなかどよめきが収まらない。

蘭は打ちのめされたように、舞台の方を眺めていた。質の高いエンターテインメントに心が震え、また美しい衣装と舞台に魅了された。

この夢の世界で生きていこう。そう決めた。

3

舞台には独特のにおいがある。

スモークマシンが吐き出す煙は、甘く香ばしい。ヒノキの舞台、書割の板、衣装の生地、スタンバイする役者。深呼吸するたびに吸い込むにおいは、それら一つひとつを成分にした瓶詰できない香りだ。観客が発する小さなざわめきに緊張感が増し、嗅覚が鋭くなっているのかもしれない。

舞台袖で一人、孤独を感じる。

通常、舞台の上下にはそれぞれ衣装の早替えなどを手伝うスタッフが一人ずつ待機しているが、今はこの後のコントに使う大道具の修理で忙しい。必要最低限の人員でやりくりしているので、代わりはいない。

黒いレースの手袋に既に汗が滲んでいた。同色のドレスのスカートは短めで、パニエで裾が広がっている。シンプルなデザインだが、胸元と袖口に入るピンクのラインが鮮やかで華がある。蘭は黒いハットで、上手でスタンバイしているお京はピンクの大きなリボンをつけている。

第二部の歌謡ショー。いきなりトップバッターを任された。ステージ上の二本のスタンドマイクを見るたびに不安で息苦しくなる。入店してひと月。いよいよデビューする。

真っ暗な中でローヤルの低い声が響いた。

「レディース・アンド・ジェントルメン……、アンド・チン取るメン」

お決まりのフレーズで笑いが起こる。お客さんの楽しそうな声を聞いて、ひとまず落ち着いた。

「不景気を吹っ飛ばせ！　ということで、オープニングはバブル世代ドンピシャのWinkメドレー！　本日デビューの期待の新人、蘭ちゃんがさっちんに挑戦します。ハットの女の子にご注目ください。それでは、Winkで『愛が止まらない』！」

天井付近にある四台のスピーカーから前奏が流れると、練習通りに手を振りながら飛び出した。パーマのかかった長い髪をなびかせて歩くお京と目が合う。一瞬、微笑みかけられ、少し冷静さを取り戻せた。

スタンドマイクの前に立つと、強烈なライトが全身に当たり陽射しを浴びたように熱を感じる。薄暗いながらもステージから漏れた光が、満員の客席の様子を浮かび上がらせる。半数以上が立ち上がって手拍子をしている。

だが、感慨に浸っている暇はなかった。お京が歌い始めると、体を揺らしながらまずは背を向けるように半回転する。デビューが決まってから、ボイストレーニングと振付の練習を積んできた。

曲がサビに入った。歌い出すまでは不安で仕方なかったが、不思議なことにいつもより声が伸びていた。二番のソロパートを歌っているとき、隣で踊るお京のかわいいドレスが見え、同じ衣装で人前に立っているんだと思うと喜びが込み上げてきた。前方の団体客の表情を見られるだけの余裕もある。鼓動の乱れが治まると、心の中で快感が大きくなっていく。

二度目のサビは声の重なりがより馴染んで、自分でも残響が美しく聞こえた。ラストパート。互いに左右に一度ずつ回り、お京との呼吸が完璧に合った。中央に戻り二人で両手を合わせ、客席を見る。音楽が止まった。

盛り上がっていた会場に、さらに拍手が鳴り響く。喝采が体中に染み込んでいくようで、胸がいっぱいになった。物心ついたときからずっと背負っていた重しを放り投げたような解放感があった。

すぐさま「淋しい熱帯魚」の前奏が鳴り始め、バックライトが光った。

連続するストロボの光に気持ちが昂っていく。

「ええわぁ、かわいい。あっ、それかわいい！　手ぇをパーにして、首をもうちょいかしげる……、そう、あっ、かわいい！」

短髪のカメラマンに乗せられて、さまざまなポーズを決める。より小顔に見える角度、女性らしい体の曲線。「セカンド・サイト」で働くようになってから、蘭は毎晩姿見の前に立つようになった。人に見られる、ということは、確かに美意識を高める。一度鏡の前に立つと、時が経つのも忘れ「最高の自分」を探した。誰にも気兼ねなく自らをさらけ出せることに幸せを感じた。

「はい、オッケー！　蘭ちゃん、お疲れでした！」

カメラマンはパツパツになったジーパンの太ももを威勢よくたたいた。チーコママの友人ということなので、それなりの年齢だろうが、職業柄か若く見える。

大阪・梅田のフォトスタジオ。蘭はママに連れられて、午前中からパネル写真の撮影に来ていた。昨夜のデビューの余韻がまだ胸を満たしていて、あれほど気を張り詰めていたのに微塵も疲れを感じない。むしろ、お気に入りのワンピースを着てカメラの前に立ったことで元気になったぐらいだ。

開店するまでにもう一度足を運び、気に入ったカットを選ぶ。明日の今ごろには、自分の写真が先輩たちと並んでパネルに掲げられる。ようやく仲間として認められたようで、その近い未来が待ち遠しかった。

真夏の陽射しは品がなく、ノースリーブのワンピースが汗で重く感じるほどだ。建ち並ぶビルの間を数えきれない人と車が往来する大阪で、街路樹の緑がきらめいて見えた。これほど満ち足りた気持ちでいられるのは、中学校の文化祭以来かもしれない。隣を歩いていたチーコママが、明るく息を吐いた。

「楽しそうやね」

無意識のうちに頬が緩んでいたようだ。蘭は恥じらいの笑みを見せた。

「体はきつくない？」

「はい。これから毎日ステージに上がれると思うと、ワクワクします」

このひと月、蘭は働き詰めだった。週六日、昼の三時から午前一時まで、ずっと店にいるのである。出勤してすぐに舞台の準備を手伝い、リハーサルでの鳥居の指示に耳を傾け、コニタンのダンスを盗み見ては、心のメモに書き留めた。開店後はウエイトレスとして勤務し、お客さんに自己紹介をして回った。最近になって、やっと常連客から名前で呼ばれるようになった。閉店後も先輩を見送った後、ママと一緒に戸締りをしてから帰路に就く。一番早く顔を出すのも蘭なので、基本的に鍵を持ち歩いている。

定休の月曜日は昼まで寝て、起きると茜とショッピングへ出かける。店で賄《まかな》いが出るのとママや先輩が飲みに連れて行ってくれるので出費が抑えられたし、スナックで働いていたときより稼げるようになっていた。これからステージの出番が増えるたびに給料も上がるという。経済的な不安が解消されると、朝起きても全く気分が違う。ちょうど昼食の時間になったので、ママがうなぎ屋に連れて行ってくれた。ビールとオレンジジュースでデビュー記念の乾杯をした。「まだまだやけど」と前置きはあったものの、歌声を褒められて蘭は一段とやる気になった。

女が二人いれば恋の話になる。ママから初恋について尋ねられた蘭は、真壁君のことを話した。小学校の出会いからバイクで夜景を見に行ったところまで、思い出すと止まらなくなった。バイクでの〝デート〟以来、真壁君とは会っていない。家出したことや自分が女として生きていることを彼は知らないだろう。

今でも気持ちは変わらない。不安な夜は会いたくて眠りが浅くなる。でも、それ以上に会うことが怖かった。真壁君が自分に幻滅する顔だけは見たくない。このまま友だちとしての記憶を残しておいてほしかった。思い出はもう増えないけれど、心にある彼の一つひとつの表情を磨いて生きていくことにした。

「彼のことはあきらめんの？」

ビールのグラスを空けたママがいたずらっぽく笑った。

「嫌われたくないですから」

「あんまりいい加減なこと言われへんけど、でも、蘭ちゃんはすごくかわいいよ」

ママの目を見た蘭は、それが決してお世辞ではないことが分かった。自分を女として評価してくれることが嬉しい。

「ママの恋話《こいばな》も聞きたいです」

「お昼からする話でもないから、また今度ね」

はぐらかしたママはほんの少し、目に寂しさの影を宿した。

二人してお重を空にすると、温かい日本茶でひと息ついた。

「ご家族は？」

心配顔のママに、蘭は首を振った。

実家の両親とは未だ連絡を取っていない。ママは責任を感じるのか、事あるごとに蘭と家族の関係を確認する。

店に着くと、蘭はコントの台本と睨めっこすることになった。今日からは、歌謡ショーの後のコントにも参加する。台詞の少ない端役《はやく》だが、笑いは間《ま》が命である。先輩の台詞まで完璧に覚えておかないと、台無しにしてしまう。どんな小さな出し物でも手を抜かないというのが「セカンド・サイト」のルールだ。

「蘭ちゃん、ちょっと」

珍しく早めに出勤してきた邦江が蘭を呼んでいる。手に紫色の風呂敷があった。

「これ、大将から。デビューのご祝儀」

大将とは、大阪でタイヤショップを経営している社長のことだ。

「きれいなワンピースやね」

お気に入りを褒められ、蘭はきちんと頭を下げて礼を言った。

「でも、お金はちゃんと貯めときや」

蘭の要領を得ない顔を見て、邦江がロングスカートの裾をまくり上げた。

「とにかく、私たちの人生は一生金がかかるねん。すね毛抜くんにも銭がいるんやから」

邦江はスカートから手を離すと、蘭の細い腕を取った。

「あんた、体毛薄いな。レーザー当てた？」

「市販のやつですけど。もともと薄いんで、それで十分なんです」

「うらやましい子やなぁ。最初は脱毛に給料持って行かれるもんやねんで。でも、それだけやない。ホルモンまだやろ？　やらなあかんことといっぱいあるから」

女性ホルモンの注射はずっと考えていることだった。風呂を出た後に、自分の平らな胸と骨ばった体を見ると気が滅入る。茜のような丸みを帯びた体がほしかった。

「もう覚悟はできてるんやろ？」

男を捨てることには何の迷いもなかった。蘭が力強く頷くと、邦江は「いつでも相談にのるから」と言い残して、更衣室の方へ向かった。

覚悟、という邦江の言葉が耳奥で響き、父の顔が浮かんだ。胸が締め付けられそうになった蘭は、嫌な気持ちを追い出すように薄い胸をたたいた。

4

繊細に動く舌先が、首筋を這う。

敏感に反応した全身を強く抱きしめられた。尖らせた舌が肌の上で揺れ続け、胸の辺りで動き回ると思わず声が出た。抵抗を試みるが、相手は一切容赦しない。情けない声を出して許しを請うたが、一層激しく攻められ上半身が熱くなった。

舌は妖しい回転を続けながら体の中心へ向かっていく。もう制御不能になっていた。生温かい口の粘膜に包まれたとき、上目遣いの彼の目が心を射抜いた。

真壁君――。

鋭い快感が込み上げ、蘭は波打つリズムに身を任せた。ティッシュの上に半透明の精液が濾過するように滴《したた》る。同時に痛みが走って顔を歪めた。体が気怠《けだる》く弛緩する。

ピンクのカーテンの向こうに朝日の光があった。昨日の夜から四度目の絶頂。さすがにもう無理だと思った。手のひらで包んで痛みを和らげようとしたが、あまり意味はなかった。

もう悔いはない。

ベッドに横たわったままティッシュを処理した蘭は、パンツとパジャマのズボンを引き上げた。カーテンを開ける。建物だらけの大阪の街並みが、赤く輝いていた。自然はなくても、そのまばゆさに勇気づけられる。

シャワーを浴びた後は、テレビをつけて漫然と過ごした。姿見の前に立つと、両手を頬に当てて自分を落ち着かせた。今日は少し肌寒い。出かける時間になると、襟付きのシャツと膝丈のスカートを着て、三面鏡の前で最低限のメイクをした。お気に入りのジャケットを羽織ると、アパートを出た。

さほど混んでいない電車の座席から、流れる景色をぼんやりと目で追った。「セカンド・サイト」に勤めるようになって三ヵ月。自分の人生は、この景色のように移り変わっている。

パネル写真を撮った日、邦江から言われた女性ホルモンについてママに相談した。蘭は喜んでくれるものとばかり思っていたが、意外にも消極的な反応だった。自分を女の世界へ導いてくれた人に「よく考えた方がええよ」と言われれば、不安にもなる。蘭はすっきりとしない思いを抱えたまま、とりあえずその言葉に従った。

それ以降、やけに先輩の体のラインが目につくようになった。コニタン以外はみんな女性ホルモンを注射していて、特にお京の体は細身でありながら腰回りの線が柔らかい。一度意識し始めると、気持ちが抑えきれなくなって、ホルモンの個人輸入まで考えた。

自分だけ取り残されたような疎外感も確かにあったが、やはり「完璧な女になりたい」というのが本音だった。一週間してママに打ち明けると、まず個人輸入でのホルモン投与について強く反対された。病院で注射する場合でも、副作用の出る可能性がある。ママの顔はいつになく険しかったが、親身になってくれていることがひしひしと感じられた。

「後戻りはできひんで」

厳かなママの声を聞いて頷いたとき、蘭はあらためて自らの想いが揺るぎないことに気付いた。

ママが紹介してくれたのは、大阪の豊中市にある産婦人科だった。医師の男は「セカンド・サイト」の常連で、店がオープンする前から親交があったという。蘭が未成年だったため、医師はママを保護者ということにして、女性ホルモンの投与を許可してくれた。

蘭は二週間に一回のペースで病院に通った。最初は体が怠く感じられただけだったが、二ヵ月もすると肌のキメが細かくなったり、乳首や乳輪が硬くなったりして、体の変化を感じられるようになった。化粧乗りのいい朝が嬉しく、パジャマに乳首がこすれただけで敏感に反応する自分が恥ずかしい。朝に勃起することもなくなった。

何より喜ばしかったのが、胸が膨らんできたことだ。パッドを一枚挟むだけでブラジャーのすき間が埋まるようになった。Aカップだったが、堂々とブラをつけられるだけで満足だった。今では顔つきまで柔らかくなったと言われる。

一方で筋肉が落ちて力がなくなり、手足も冷えるようになった。いいことばかりではないが、女に近づいているというだけで心躍るものがある。

しかし、風呂上がりなどに自分の裸が鏡に映ると、気持ちが塞ぐこともあった。男のままの下半身を目にするたび、現実を突きつけられる。

蘭はママに断ってから、豊中の医師に睾丸《こうがん》摘出について相談した。医師はもっと女性ホルモンの投与を続けてからの方がいい、と助言してくれたが、蘭は頑《かたく》なに手術を希望した。自分が本来の性を取り戻そうとしている最中《さなか》に、体内で男のホルモンが分泌され続けることが堪えきれない。女になることを妨げられそうで、一刻も早く取り除きたかった。

阪急十三《じゅうそう》駅で電車から降りると、蘭は西改札から外へ出た。すぐ目の前の商店街を北上し、さらに庶民的な飲み屋街を越えて、地図を片手にしばらく歩を進める。午後の空には陰鬱な雲がかかり、今にも降り出しそうな気配がある。

やがて寂れたマンションとシャッターを閉めた質屋の間に、茶色い二階建てを見つけた。古ぼけた壁に電飾看板を埋め込んでいる。

南《みなみ》整形外科医院――。

豊中の医師から紹介してもらった病院である。いかにも流行っていなそうで、隣のマンション同様くすんでいる。紹介があって来たとは言え、蘭は大事な体をここに預けていいのか不安になった。

午後三時すぎ。医院は午前の診療を終えて休憩中だった。大きな正方形の取っ手を押して、中に入った。

窓が外のわずかな光を取り込んでいるものの、照明の消えた待合室はホラー映画のワンシーンのようで薄気味悪い。黒い革のベンチは所々剝げていて、中から濁ったオレンジ色のスポンジがはみ出している。

「すみません」

恐怖心からか、自ずと声が小さくなった。全く反応がないので、もう一度声をかけた。引き返そうかと踵《きびす》を返したとき、スタスタとスリッパの音がした。受付の横にある銀色のドアが開く。

「あぁ、白水さん?」

肩に紺色のカーディガンを引っかけた中年の看護師が、淡々とした様子で尋ねた。

蘭が頷くと、細身の看護師は「どうぞ」と何でもないように言って中へ案内した。

予想通り診察室はあまり広くなかった。レントゲン写真を差し込む白い照明機器の前にデスクがあり、その反対側にベッド、奥に浴槽のようなものと膝丈の電子機器がセットになって置いてある。窮屈な空間に圧迫感を覚えた。

「白水さん？　えらいべっぴんやなぁ」

デスクの前に座っていた白衣の男が、ごま塩の髪をボサボサとかいていた。

「汚いとこでびっくりしてるでしょ？」

蘭が答えられずにいると、医師は「南です」と雑に自己紹介し、自分の前の丸椅子を勧めた。まだ信用するには至らないが、悪い人ではなさそうなので、蘭はひとまず安堵した。

「心配いらんからね。キャリアは長いから」

南から今日の流れについて説明があった。その口調からも簡単な手術であることは間違いないようだ。

「麻酔はどうしよ？　仙骨に打つんやけど、結構痛いねん」

痛いと聞いて蘭の顔が引きつったのだろう。南は笑って「寝てる間に済ませてええんやったら、そうするけど」と助け舟を出してくれた。蘭は何の迷いもなく、その舟に乗った。

隣の「処置室」はさらに殺風景で、真ん中にベッドがあり、その隣の台に手術器具が置いてあるのみ。手術着に着替えると、南と看護師が部屋に入ってきた。施術はこの二人だけで行うらしい。

言われるままにうつ伏せになる。下半身だけ服を脱いでいるので間抜けで恥ずかしい。真壁君には絶対に見られたくない格好だった。

生まれて初めての手術に体が強張る。しかも、これは正式な医療行為ではない。いわゆるヤミ手術というやつだ。診療時間外に来ているのもそのためである。正当な理由なく、生殖機能のある睾丸を取り除くことは法律で禁じられているらしい。つまり「女になりたい」という蘭の願いは「不当」ということだ。

いよいよ点滴の麻酔が入る。目が覚めたときには、この忌まわしい睾丸はないのだ。二度と快感を味わえないかもしれないので、昨夜から朝にかけて何度も自慰をした。もう悔いはない。数を数えるように言われ、十を過ぎたあたりで頭の中が朦朧《もうろう》とし始めた。意識が飛ぶ前、真壁君の唇の感触を思い出した。

キスをしていたはずが、いつの間にか真壁君のバイクに乗っていた。後ろから抱き締めた彼の体が意外に柔らかい。視線を上げると、舞が笑っていた。次の瞬間には茜のアパートにいて、ドアが開いたと思ったら、父が入ってきた。父は何事もなかったように、買ってきた焼き鳥を勧める。謝りたくて、でも言葉が出てこなくて、迷っている間に父の姿が消えていた。

床の木目が見えた。

「終わりましたよぉ」

看護師の声が聞こえ、夢だったことに気付いた。

「取ったやつ見る？」

木目の映っていた視界が、南の顔のアップになって驚いた。何を質問されたか思い出せず、面倒なので頷いた。

ホルマリン漬けにされた睾丸が差し出された。薄いピンク色で、よく見ると毛細血管が浮き出ている。何の感動もなく、ただライチみたい、と思った。

着替えが終わって、封筒に入れた二十万円を渡した。南は嬉々とした表情で札を数えると「また、友だち紹介してな」と言って笑った。どうやらこちらが本業のようだ。

下腹部に鈍い痛みはあったが、耐えられないほどではない。それより、また一歩女に近づけたことが嬉しかった。病院に行くまでは陰気に見えていた雲も、心穏やかに眺められる。

今日は月曜で店も休みだ。いつになく開放的になった蘭は、このまま映画を観に行くことにした。阪急梅田駅の中央改札を抜け「ナビオ阪急」に向かった。この一帯は来月、「ＨＥＰ」として生まれ変わる。ナビオに隣接する「阪急ファイブ」は「ＨＥＰ　ＦＩＶＥ」として新装開店する。その目玉がビル一体型の真っ赤な巨大観覧車だ。

前年に大きな銀行や証券会社が立て続けに潰れ、お客さんたちは何かと言うと「アジア全体で景気が悪い」とこぼす。どんよりとした空気の中、都会の真ん中に突如として現れた観覧車は、そこだけ花が咲いたようで鮮やかだった。店のお客さんにも誘われていたが、蘭は一度乗ってみたいと思っていた。

「ナビオ阪急」の前で、映画館直通のエレベーターを待っていたとき、近くの歩道で観覧車を見上げている人がいた。どっしりとした体形、丸い背中に確かな見覚えがある。蘭はそっと近づいて横顔を確認した。

ローヤルは気怠そうに紫煙をくゆらせていた。その姿に、蘭は驚いて声をかけるのをためらった。男物のスーツを着ていたからだ。もともと暑がりなので仕事以外のときはカツラを脱いで短髪なのだが、こうしてスーツを着てノーメイクだと男にしか見えない。自分と同じオンナが、こうして何もなかったように元の性に戻っていることがショックだった。

ローヤルが視線に気付いた。蘭が会釈すると、苦笑いを返してきた。

「買いもんしてんの？」

「いえ、今日手術で、その帰りに映画でも観ようかと思って」

「そうやった！　うまいこといった？」

蘭が頷くと、ローヤルは少し寂しそうに笑って携帯灰皿にタバコを押し付けた。意外な反応だった。

「びっくりした？」

何と答えていいか分からず、蘭は「ちょっと……」と言ったまま言葉を濁した。

「そう言えば、蘭にはまだ話してなかったな」

何らかの告白がある雰囲気に蘭は身構えた。ローヤルが前にある植え込みを指差したので、二人してその囲いに腰掛けた。

「子どもがおるねん」

「えっ？」

ローヤルは「そら驚くわな」とつぶやいて、アルミ製の携帯灰皿を手の中でくるくる回した。

「子どもって、姉《ねえ》さんの？」

「そう。正真正銘、私の息子。今、保育園に通ってるねん」

「姉さんに奥さんがいるってことですか？」

「うん。姉さんの奥さんってややこしいな。でも、妻子持ちは間違いない」

蘭は状況がよく理解できなかった。女として生きているはずのローヤルは、男としての人生も持っている。二つの性を生きるということは、蘭にとって苦痛以外の何ものでもなかった。

「でも、姉さんは女やのに。女性ホルモンも注射してるでしょ？」

「そう。私は女。でも、タマタマはまだついてる」

先ほど手術したことを伝えたときに、ローヤルが浮かべたはかなげな表情を思い出した。

「中途半端やと思ってるやろ？」

蘭は慌てて首を振ったが、不快感に似た感情が胸にあった。

本当の自分を押し殺して生きてきた日々。父親に見捨てられてまでもしがみついた今の生き方。決して簡単なことではなかった。こんな体に生まれてきたばっかりに、得ようと思えば失うものの方がはるかに大きい。それでも、女としてしか前へ進めなかった。「セカンド・サイト」のメンバーの結束が固いのは、同じ苦しみを味わってきた仲間だからだと、ずっと信じてきた。それなのに、どうしてこの人には男としての生活があるのだろうか。

覚悟もないのに、女のふりなどしないでほしい。

「今日は、嫁の両親に会いに行ってたんや」

蘭が内心を覗かせぬまま小さく相槌を打つと、ローヤルは疲れた声で話を続けた。

「今まで嫁の両親にサラリーマンって嘘ついてたけど、この前ほんまの仕事がバレてしもてね。えらい怒ってるって、嫁がやかましい言うから謝りに行ったんやけど、どうもねぇ。うまいこといかんわ」

「店、辞めはるんですか？」

「続けたいよ。舞台に立ちたくて、挫折して、やっと見つけた場所やからね」

それならば、なぜ結婚したのだろうか。やはり蘭には理解できなかった。しかし、最も分からないのは、ローヤルの奥さんへの気持ちだった。本当に女なら、女を愛することなどできないはずだ。自分が愛子を深く想えなかったように。それとも、女の心を持って男として生まれ、さらに女性しか愛せないということがあり得るのだろうか。

「パパ！」

小さなリュックを背負った半ズボンの男の子が駆け寄ってきた。ローヤルが目尻を下げて、息子を高く抱き上げる。ハットをかぶった細身の妻が笑顔で寄り添う。傍から見れば幸せな家族そのものだった。

小さいころ、家族でいることが楽しかった。正月の夜、こたつに入って遅くまで人生ゲームをしていたとき、ずっとこの時間が続けばいいのにと願った。

ローヤルの子どもが状況を理解するのはいつごろだろうか。そしてそのとき、家族はどういう答えを出すのだろうか。

父親に何か言われ、男の子が蘭の方へやって来た。

「加藤茂樹《かとうしげき》です……。四歳です……」

恥ずかしそうに目を伏せている茂樹君からお菓子をもらった。少年漫画の絵が入ったチョコレートだった。

「これ、くれるの？」

しゃがんで目線を合わせた蘭に、茂樹君はこくんと頷いて父親の方を見た。

「ありがとうね」

頭を撫でてやると、茂樹君は照れ笑いを浮かべた後、母親の方へ行って脚にしがみついた。まん丸な澄んだ目を見ていると、純粋にかわいいと感じた。だが、その母親が蘭に向けている視線には戸惑いがあった。

夫の女と見ているのか、夫の厄介な仲間だと思っているのか。

「それじゃ」

ローヤルが軽く手を挙げて、別れの挨拶をした。茂樹君が振り向いて、ずっと手を振っている。手を振り返して離れ行く家族を見送った。

女になるって何だろう。

つい先ほどまで見えていたはずのゴールが、深い霧に包まれていく。何を手にすれば満ち足りるのだろうか。少なくとも、自分には子どもを持てない。今日、それができなくなった。

心の中でローヤルに突きつけた「覚悟」という言葉が、跳ね返って蘭の胸を突き刺した。一人の人間として、重大な手術だったことに、その本当の意味にようやく気付いた。

後悔はないはずなのに、この心細さはどこから来るのか。可能性を否定されたようで息苦しかった。上空にかかる雲が再び陰鬱に思えるのは、舞台で一番笑いを取るローヤルの心の裏側を見たからか。それとも自身の目標がぼやけてしまったからか。

とても映画を観に行く気にはなれず、蘭は当てもなく歩を進めた。無意識のうちに地下へ通じる階段を下り「阪急三番街」をふらついた。だから、電器店に入ったのも目的があったからではない。

ブラウン管テレビがいろんなチャンネルを映していた。普段ワイドショーなどあまり見ない蘭だったが、何かに導かれるように一台のテレビ画面に吸い寄せられた。画面右上のテロップを見て、目を見開いた。

――埼玉医科大が国内〝初〟の性転換手術――。

5

神戸電鉄有馬温泉駅の改札を抜けると、突風に吹かれた。

マフラーに当てていた蘭の両手が、ギュッと丸まる。コートの裾とロングブーツとの間にある空白地帯で、むき出しになった膝小僧は保冷剤を当てられたようで感覚に乏しい。斜めから射し込む陽に力はなく、タイツ一枚分の温かみもない。

「ここ、ほんま神戸かいな」

隣の茜が歯を鳴らしながら愚痴を言う。ハーフコートにミニスカート。黒ストッキングをはいているものの、ブーツも短いため脚のほとんどが風に晒《さら》されている。

「やっぱ、ミニは寒いんちゃう？」

「あかん、あかん。暑い寒いで心が折れるようになったら、おばはんの始まり。私は六十になってもミニはくで」

茜の言葉には心を軽くする力がある。蘭は冷える膝をさすってから、茜と腕を組んだ。

駅のすぐ前がバス停で、脇道に客待ちのタクシーが並ぶ。県道を挟んで木造の土産物屋があり、右手には山深い温泉街の風景によく馴染んだ旅館やホテルが客を待ち構えている。

　蘭が家族旅行でここに来たのは小学一年生のときだった。有馬川で夜風に吹かれながら見た蛍の神秘的な輝きは、今でも鮮明に思い出すことができる。二月の夕暮れどきに蛍は期待できないが、太閤橋の上からひと目有馬川を見てみたいと思った。

　しかし、茜は温泉街とは逆の方へ歩み出した。腕を組んでいるので、自ずとついていく形になる。

「旅館とかは向こうやで」

「ちゃう、ちゃう。普通の家に行くから」

　昨日茜からメールが届き、彼女の友だちの誕生日会に誘われたのだが、有馬温泉と聞いていたので、てっきり旅館やホテルで開かれるものとばかり思っていた。茜の人脈からして、お金持ちのおじさんが企画したのだろうと想像を巡らせていたが、少し勝手が違うようだ。

「楽しみにしとき」

　六甲山地の空気は澄んでいたが、県道沿いはアパートや駐車場、工務店など暮らしのにおいが漂う街並みで、特別な景観はなかった。一キロも歩かないうちに、一軒家が目立ち始めた。

「ミホちゃん！」

二軒向こうの家の前で、背の高い男が手を振っていた。茜が大はしゃぎで手を振り返す。ミホは茜の源氏名だ。友だちと言っていたが、お店で知り合った人らしい。

男は彫の深い端正な面立ちだった。白い襟付きシャツの上からチャコールグレーのセーターを着ていて、同年代にしては落ち着いた雰囲気がある。

「おめでとう！　これが噂の新築？」

男の前まで来ると、茜が家を指差した。

邸宅とまではいかないが、ゆず肌の茶色い外壁には汚れがなく、新しい物特有の光沢があった。表に大きく出張った二階のバルコニーが目につく。ドアの前から道路までは芝生が敷き詰められ、一台分の駐車スペースになっている。

「戸島功《とじまいさお》です。今日は遠い所、ありがとう」

功がごく自然に手を差し出したので、蘭は名乗りながら握手した。さわやかな雰囲気だが、どこか余裕があって気後れしてしまう。挨拶を済ませると、早速中へ入った。

玄関の右手一面が両開きのシューズボックスになっていて、長い廊下の先に階段が見えた。蘭は上がり框《がまち》に座ってロングブーツを脱いだ。フローリングの冷たさが尻に伝わり、反射的に身が縮こまる。茜と功の靴のほかには黒と赤を基調にしたセンスのいいスニーカーが一足あるだけで、あまり人が集まっていないように思えた。

建材や塗料などが混ざり合った新築のにおいがする。まだ最低限の照明しかないようだが、その分真っ白な壁がまぶしい。心が浮き立っている様子の茜がそこら中の部屋の戸を開けていく。広々としたリビング・ダイニングには、冷蔵庫とソファー以外ほとんど家具・家電がなかった。風呂場や洋室も真っ新《まっさら》の状態で、まるで生活感がない。

「ここで暮らしてるんですか？」

「いや、もうすぐ両親が越して来るねん。僕は四月から東京の会社に勤めるから、その前に目いっぱい遊ぼうと思って。ちょっとミホちゃん、見学は後で。とりあえず二階で友だちが待ってるから」

功が窘《たしな》めると、茜は舌を出して謝った。普段、二人でいるときには見られない女の顔だ。茜が功のことを気に入っているのは、家の前で手を振り返したときから気付いていた。

二階は三部屋あり、奥の八畳間に通された。襖を開けると、若い男がこたつに入って紙を折っていた。

「おまえ、何で折り紙なんかしてんねん」

男は恥ずかしそうに手を止め、蘭たちの方を見てペコリと頭を下げた。功とは対照的にあっさりとした面立ちだったが、きれいに通った鼻筋と薄い唇が理知的な雰囲気を醸し出していた。

四人でこたつを囲んだ。誕生日会と言うより合コンと言った感じで、蘭はようやく茜の企みが分かった。

「中藤和宏《なかふじかずひろ》です。バーテン……の見習いです」

折り紙の男の声を聞いてハッとした。真壁君に似ていたからだ。

それぞれの自己紹介が済むと、茜が「蘭と私から」と言って功に誕生日プレゼントを渡した。黒の革手袋だ。今日、早めに待ち合わせをして三宮の百貨店で買ったものだが、女二人だとなかなか決めきれず、結局一時間近くかかってしまった。そのときから茜は随分と楽しそうだった。よほど功を気に入っているらしい。

和宏が「これは俺から」と、先ほど折っていた紙を渡した。鶴のようだ。

「もっとマシなもんないんか？」

「いや、千年生きてほしいなぁと思って」

「二十二の発想やないな」

「でも、これ動くで」

和宏が尻尾の部分を引っ張ると、鶴がバタバタと羽根を動かした。バカバカしいが、意外に愛らしいので笑ってしまう。軽快なやり取りをしても、二人には品があって、初対面の緊張はすぐに解れた。

茜がミホの名で勤めているラウンジに、功が父に連れられて来たことが出会いのきっかけという。

「お父さんは何をしてるんですか？」

蘭の問いに功が「歯医者」と答えると、すかさず和宏が「こいつ虫歯あるけど」と、ぼそっと言って笑わせた。和宏は無愛想とまではいかないが、人に擦り寄るでもない独特のオーラをまとっている。真壁君の声に似ていることもあって、蘭は彼に興味を持った。

テーブルの上の食べ物はピザやフライドチキン、あとはチョコレートなどの菓子類で、男子らしく手作りの品は何もない。茜はいつものことだが、男子二人も酒好きのようで、乾杯するとビールや焼酎のお湯割りを早いペースで飲み始めた。蘭は缶チューハイに口をつけただけで、後は「未成年やから」と、カルピスを作ってごまかした。仕事でもそうだが、人の本音が見えてしまう酒の席ではいつも及び腰になる。

こたつだけでも十分暑いが、暖房も入っているので部屋の中は汗ばむほどだ。茜がセーターを脱いだとき、長袖シャツにくっきりとバストラインが浮かび上がった。蘭は功の露骨な視線が少し気になった。和宏の方は早くも酔いが回ったのか、ボケッと天井を見ながらタバコを吹かしている。二人ともTシャツ一枚で季節感がない。

ポーカーでひとしきり盛り上がった後、恋愛話をすることになった。こういう展開が苦手な蘭は自らトップバッターを志願して、誰とも付き合ったことがないことを告白した。なぜか嬉しそうな顔をした男子二人を横目に、茜が実際より随分控えめに人数を報告する。合コンのときにいつも使う手口だが「シロアリ駆除の男に騙された」という失恋話のみは事実で、必ず爆笑をさらう鉄板ネタである。もちろん、風俗で働いていることは口にしない。茜の仕事や自分の体が男であることを知れば、二人はどんな反応を示すだろうか。蘭は我ながら訳ありのコンビだと思った。

功はこれまでに付き合った三人との出会いと別れを語ったが、中学二年で経験したファーストキスの話が面白かった。舌を入れると相手の女の子が驚いて噛んでしまい、しかも口内炎があったため出血してしまったという。

「だからファーストキスは、血の味やねん」

ファーストキスと聞いて、真壁君を思い出した。蘭はペットボトルの烏龍茶をグラスに注ぎ、目を閉じて味わうように口に含んだ。

「俺は初めて付き合った人と半年前に別れた」

声だけを耳にすると、真壁君が話しているように聞こえる。懐かしさが少し、胸に痛い。

和宏は二年間付き合っていた年上の彼女が、会社の上司と二股をかけていたことを打ち明けた。笑えない話だったが、本人はあっけらかんとしている。ただ、茜が好きなタイプを訊いたとき「嘘つかへん人」と答えるのを聞いて、蘭は気が重くなった。

場が落ち着くと、酒の回っている三人は気怠そうに横になり、くつろぐ様子を見せ始めた。既に九時を過ぎていて、蘭は終電のことを考えるとやきもきした。さすがにここからタクシーで帰ることはできない。隣で寝ている茜を小突いたが、ほとんど反応しなかった。

「さて、氷取って来るわ」

功が立ち上がると、茜がむくっと半身を起こして「私も行くぅ」と言って、二人でフラフラと出て行ってしまった。どうやら二人きりになるタイミングを見計らっていたらしい。

階段を下りる音が聞こえなくなると、和室は気まずい沈黙に包まれた。和宏は特に会話する意思はないようで、また新聞のチラシで何かを折り始めた。感じのいい人だが、初対面で二人きりにされると間が持たない。

「ちょっとお家《うち》見学に行って来るね」

蘭は気詰まりな思いに耐えられなくなって、こたつから出た。和宏は生返事を寄越しただけで、折り紙に夢中になっている。変わった人だ。

廊下に出た途端、温度差に身震いした。蘭はすぐに手持ちのカーディガンを羽織った。キュロットから伸びる脚が冷気に晒されたが、ストッキングを持って来ていない以上、対策の仕様がない。音を立てないよう忍び足で階段を下りた。

そのままそろりとリビング・ダイニングを覗く。氷を取りに行ったはずが、キッチンにアイスペールが残ったままだ。このままリビングのソファーに座って時間を潰そうかと迷ったが、和宏に見つかるとバツが悪いので再び廊下に出た。

暗い新築の家は真冬の空気が張り詰めていて、呼吸すると肺が冷たくなるほどだった。そんな夜気のせいか、過敏になっている蘭の耳が微かな音を拾った。玄関近くの洋室からだ。息を潜めて戸の前に立つ。

中から男女の話し声が聞こえる。蘭は無意識のうちに背を丸め、戸の前で足の指を立てて正座した。

「どうすんの……」

茜の囁きには女の響きがあった。功が何か言葉を返したが、声が低いため聞き取れなかった。

「すごいことになってるやん……」

声の大きさからして、さほど戸から離れていない所にいるのが分かった。金具がカチャカチャ鳴った後、ジッパーを下げる音がする。耳をそばだてていた蘭には、茜が功のズボンを脱がせた場面が目に浮かぶようだった。

唾液が皮膚にまとわりつく音と功の呻き声がして、蘭は息が苦しくなった。唾液の分泌量が増し、茜の動きが激しくなる。自ずと目を閉じて想像をたくましくする蘭には、既に戸一枚の隔たりなどないに等しかった。

視覚が遮られることによって、感覚がより研ぎ澄まされたように思える。洋室の中から漏れ聞こえる音に合わせ、頭の中で蠢《うごめ》く茜と功が体勢を入れ替える。衣擦《きぬず》れの音がして、茜が短く喘いだ。女が潤い溢れる様子から、空想で男の指の動きをなぞる。蘭にとってそれは、真壁君のほっそりとした指だった。絶え間ない乱れを耳にしながら、正座したまま熱く膨張する〝陽《よう》〟を手で押さえた。

気配がして振り返った。

暗い階段の真ん中辺りに男がいる。玄関の電球が発するオレンジ色の弱い光が、和宏の細い輪郭を映し出した。

蘭は驚いて声を上げそうになったが、早まった鼓動を気取られないよう何事もない素振りで立ち上がった。足音を忍ばせて彼の方へ近づいた。洋室の音は和宏の耳には届いていないはずだ。

「話が盛り上がってるみたい」

仄暗さが引きつった頬を隠すことを願って、作り笑いをした。

「これ、あげるわ」

和宏から紙を受け取った蘭は、それが折り紙だとすぐに気付いた。玄関の方へ向けて光にかざしてみる。愛らしい熊の顔だった。

今度は自然と笑みがこぼれた。和宏が真壁君のような声で言った。

「動物園行かへん？」

6

思いやりのあるキスだった。

柔らかい唇の感触が、今も胸の内に残っている。それほどときめきはなかったが、女として受ける初めてのキスが嬉しかった。自宅のアパート前で、見つめ合う二人の頬を春風がそっと撫でた。思い出すたびに心が満たされる。

「蘭！」

鳥居の怒鳴り声がした瞬間、足元が流れバランスを崩した。動き出したベルトコンベアに反応できずに転倒した。大きな機械音がしてすぐにコンベアが止まった。コニタンに半身を抱き起こされると、みんなが集まって来た。

「けがは？」

心配そうに問い掛けるお京に「大丈夫です」と答え、蘭は立ち上がって屈伸をした。幸い痛むところはない。

「蘭、ちょっとおいで」

客席でリハーサルを見ていたママが無表情で手招きした。背中をさすってくれるお京に礼を言ってから舞台を下りた。

三階衣装部屋の隣にある事務所に入ると、応接コーナーで焦げ茶色のソファーに腰掛けた。四人いれば窮屈に感じるほど手狭なスペースだ。ママはインスタントのコーヒーを淹《い》れ、プラスチックの容器をガラスのローテーブルの上に置いた。

「本当に痛むとこはないね？」

蘭はママの硬い顔を直視することができず、頷くだけに止めた。大げさなため息に、機嫌の悪さが伝わってくる。

「男できた？」

何の前触れもなく、核心を突くように尋ねられた。蘭は何も言えないまま、ママの目を見た。射るような視線が向けられていた。

「蘭ちゃんに恋人ができたんやったら、ママは素直に嬉しいよ」

その言葉とは裏腹に表情は相変わらず厳しかった。蘭の体が叱責に備えて強張る。

「どんな人？」

「年上の優しい人です。茶屋町でバーテンをしてて……」

「付き合ってどれくらい？」

「二ヵ月ぐらいです」

功の誕生日会の一週間後に、和宏と神戸の王子動物園へ行った。その後「予約してるから」と言って連れて行ってくれた三宮のスペイン料理の店は、ビルの高層階にあって夜景がきれいだった。功と比べると朴訥な雰囲気の和宏だったが、エスコートには無駄がなかった。トイレに行っている間に会計を済ませていたり、帰り際にコートを着せてくれたりする。女性として大切に扱われることが快かった。だが、アパートの前まで送ってくれた彼に告白されたとき、真壁君の顔がよぎった。戸惑う蘭の手を握り、和宏が発した「ただ、そばにいたい」という言葉に胸を打たれ、強く手を握り返した。

「今が一番楽しい時期かもしれんけど、仕事を疎《おろそ》かにしたら承知せぇへんよ」

全て見抜かれているようで面目がなく、蘭はさらに小さくなって謝った。先ほどの転倒もそうだが、最近は舞台に立っていても集中していないときがある。「セカンド・サイト」で働き始めて九ヵ月余り。慣れもあるが、ここに来れば否応なしに自分が男として生まれてきたことを痛感する。

「で、どこまでいったん？」

やっと相好を崩したママにホッとしたが、今度は恥ずかしくなって顔を上げられなかった。

「何よ、もったいぶって。隠し事するん？」

「昨日……、キスしました」

「昨日？　仕事来る前に？」

「いえ、終わってから」

「そんな夜遅ぉに会《お》うてんの？　いやらしい子やなぁ」

冗談めかして言うママの口調がおかしくて、蘭は声を上げて笑った。茜には報告してあったが、それ以外は内緒にしていた。どこから秘密が漏れるか分からないからだ。家出してからは姉とも疎遠になっている。

しかし、ずっと女として自分の恋愛話をするのを夢みていた。ママに打ち明けたことで胸中がすっきりとし、気が付けば真壁君への思いについても相談していた。

「報われん想いの方が、きれいなまま残せるんよ」

ママの言葉に救われ、蘭は気が楽になった。

その後は仕事の話をした。今は第二部の公演で、一九八〇年代のアイドルをテーマにした歌謡ショーを上演している。今日はセーラー服とヨーヨーを使う。スケバンが大活躍するドラマは、蘭も小学生のころによく見ていた。

ママは喉を大事にするようアドバイスした後、低く掠れた声で言った。

「そのバーテン君は蘭ちゃんの体のことは知ってるの？」

最も触れられたくない部分だった。ママは蘭の反応を見て悟ったらしく、隣に座ると肩を抱いた。

「苦しいと思うけど、焦ったらあかんで。ここっていうタイミングが必ず出てくるから。それまでの間に、どれだけ信頼関係が築けてるかが、大事やで」

初めから女として生まれていれば、存在しない壁がある。蘭は束の間、ママの肩に頭を乗せて甘えた。

翌日の定休日、梅田で和宏とデートした。いつもごちそうになってばかりなので、この日は蘭が映画のチケットを買った。

インターネットで知り合った男女が、互いを商売敵とは知らずにメールのやり取りを通して惹かれ合う――という内容のハリウッド映画だ。蘭はまだパソコンを持っていなかったが、相手の容姿が分からないまま、心だけで通じ合う恋愛の形が純粋に映った。孤独な夜は、画面上に浮かぶ文字それだけでも温かく感じられると思う。

映画の途中で和宏が手を握ってきた。それからはずっと手をつないで梅田の街を歩いた。

「HEP FIVE」に入ると、有名ミュージシャンがデザインしたという赤いクジラのオブジェが目に入った。吹き抜けの空間を優雅に泳ぐ巨体の隣には、子どものクジラもいる。

案内板の近くにヘッドセットマイクをつけた制服姿の男の子が立っていた。他にも同じ格好をした男の子が場内を見回っている。皆、背が高くて美形ばかりだ。

「ＨＥＰ　ＢＯＹや」

蘭の視線に気付いた和宏が教えてくれた。

「要は案内係。このファッションビルが、若い女の子をターゲットにしてるからって。うちの店のお客さんが言うてた」

「露骨やね」

「うん。でも、女の子がじろじろ見てる。茜ちゃんなんか毎日来るんちゃう？」

「確かに。もう通ってるかも」

茜によると、功とはもう何度か寝ているらしいが、彼が上京してからは関係が曖昧になっているという。それでも当人同士は納得ずくのようで「干渉し合わない距離感を楽しむ」と言う二人の気持ちが、蘭にはよく分からなかった。

エスカレーターに乗って七階を目指した。途中、気になる服や靴のショップがあれば立ち寄り、冷やかしだけの買い物を楽しんだ。

七階には、蘭がずっと気になっていた赤い観覧車の乗り場がある。オープン当初はかなり長い列ができていたらしいが、今はさほど待ち時間がない。チケットは和宏が買ってくれた。

係員に案内され、ゆっくりと動くゴンドラに乗った。中も赤で統一され、香水のにおいがした。前の客の残り香かもしれない。少し気持ち悪くなった。今日は朝から貧血気味だ。

蘭と和宏は堅いベンチに横並びで座った。本当は夜景を見たかったが、この後和宏がレストランを予約してくれているため、夕暮れの街を見下ろすことにした。

普段見上げている建物の屋上を目にすると、不思議な感じがした。ちぐはぐな高さのビル群に徐々に電飾が灯り始め、その向こうにある山々の稜線を望む。

「あれ、六甲山かな?」

蘭が西の方を指差すと、和宏が頷いて「多分。神戸方面やから」と答えた。

「二ヵ月前に、あの山のどこかで出会ってたんで」

「ちょっと範囲広すぎて分からんな」

二人して笑い、手をぎゅっと握り合った。

「この観覧車に乗ったカップルは別れるってジンクス知ってる?」

蘭が意地悪く言うと、それ以上話させぬように和宏がそっと唇を重ねた。それから何度かキスをするうちに、舌をからませるようになった。観覧車が頂上に至ったときも、二人は目を閉じて互いの舌を感じていた。

「せっかくの絶景がもったいない」

初めてのディープキス。戸惑いをごまかそうと、蘭はおどけて言った。和宏が照れ笑いを浮かべるのを見て、彼の喜ぶ顔がもっと見たいと思った。

たった十五分でも、二人きりの時間を過ごすと距離が縮まったように感じる。観覧車から降りると、再び手をつないで予約しているレストランへ向かう。夜になって人が増えてきた。

梅田の地下街へ続くエスカレーターに乗ったとき、背筋に悪寒が走った。途端に胃の辺りが重くなる。エスカレーターから降りると、蘭は立ち止まって呼吸を整えた。

「大丈夫？」

異変に気付いた和宏の手が髪に触れた瞬間、立ちくらみがしてよろめいた。和宏に支えられ、そのまま体を預けた。力が入らない。蘭はしゃがみ込んで、彼の胸に顔を埋めた。

「すごい熱や」

「多分……、ご飯食べたら治るから……」

声を出すのもきつかった。

「あかん、あかん。すぐ帰ろ。ちょっとだけ歩けるか？」

和宏の肩を借りて上りのエスカレーターに乗る。「病院に行きたくない」と告げると、大通りでタクシーを拾ってくれた。

「ほんまに医者に診てもらわんでええんか？」

「うん。病院嫌いやから」

和宏がレストランへキャンセルの電話を入れる。次々と移り変わる景色を目で追いながら、蘭は申し訳ない気持ちで胸がいっぱいになった。時間を追うごとに寒気が増し、加えて車の振動に吐き気を催した。

アパートの前まで来ると、半ば意識が朦朧としていた。立っているだけでもつらい。心配する和宏の腕を振り解き「ここでいい」と言って背を向けた。彼のことは信用していたが、重い秘密を抱えている以上、部屋に入れると落ち着かない。何より、早く一人になって眠りたかった。

バッグの中から鍵を取り出す際に手間取り、心が折れそうになる。ようやく開錠するとまず服を脱いで一番楽なスエットに着替えた。押入れから毛布を引っ張り出して体を包み、ベッドのふとんに潜り込んだ。安堵の呼吸を聞くうちに意識が飛んだ。

胸が悪くなって目が覚めた。ふらつく体でトイレへ駆け込み嘔吐する。部屋に戻り、カーテンを引いた。ビデオデッキのデジタル表示を見ると、十時を回っていた。息つく暇もなく、またトイレに行く。完全な脱水症状に陥った。

病状が激し過ぎて何の薬を飲めばいいか分からない。食欲もなく、ひどく体力が消耗している。不安でおかしくなりそうだった。人恋しくなった蘭は、携帯電話に手を伸ばした。彼氏の声を聞いて安心したかったのだ。

和宏は最初のコールで電話に出た。蘭から話を聞くと「すぐに駆け付ける」と言ってくれたが、礼を言って断った。会うとなればまた着替えなければならない。苦しかったのであまり話せなかったが、恋人の声を聞いただけで精神的に落ち着いた。

電話を切ってから再び眠りに落ちたが、今度はチャイムの音で目が覚めた。這うようにしてインターホンの受話器を取ると、和宏だった。ドアのすぐ向こうから声が聞こえる。

「食料とスポーツドリンク買ってきたから」

突然のことで困惑した。帰ってもらおうにも、頭が回らず言い訳の言葉が出てこない。

「玄関先で渡したら帰るから」

返事がない理由を察したのか、和宏が気遣うような声を出した。

やつれた顔を見られたくなかったので、マスクをつけた。上からロングダウンを羽織ってスエットも隠す。ドアを開けると、両手にビニール袋を下げた和宏が立っていた。

「何か、いろいろごめんね……」

「やっぱり、相当顔色悪いわ。脱水症状起こしてるんやろ？　甘く見たら危険やで」

「買って来てもらったやつで何とかするから」

「友だちから車借りて来てん。救急の病院も調べてある。とりあえず、点滴だけ打ちに行かへんか?」

「ほんま一人で大丈夫やから。外に出るより寝たいねん」

「車で送り迎えするから。悪いこと言わんから、用意して。ここで待ってるから」

そう言うと、和宏はドアを閉めてしまった。既に抗う気力もなく、綿パンをはいてセーターに腕を通した。最低限の準備をすると表に出た。彼が友だちから借りてくれたのは、セダンタイプの型が古そうな車だ。蘭は後部座席の冷えたシートに身を沈めた。

苦悶する中、一つ気掛かりなことがあった。保険証の提示である。受付の時点で自分の戸籍上の性別が分かってしまう。

ここっていうタイミングが必ず出てくるから――。

これがママの言っていたタイミングなのだろうか。車に揺られながら、初めて和宏と会ったときに言っていた「嘘つかへん人」という言葉が、頭の中でぐるぐると巡っていた。自分を偽り続けることが苦しかった。

体が弱っていることもあって、考えることが億劫になってきた。全て打ち明けて楽になりたい方向へ気持ちが傾いていく。普段なら緊張でどうにもならない状況なのに、熱が恐れを溶かしてしまう。車が大阪市内の救急病院に到着したころには、半ばやけを起こしていた。

病院はやや横長のどっしりとした建物だった。念のため正面玄関前のロータリーに回ったが、時間外で施錠されていたので、救急入り口に向かった。

「駐車場が遠いな……」

和宏のつぶやきを聞き、閃いたことがあった。

「先に下ろしてくれへん？　手続き済ませとくから」

「一人で行けるか？」

「大丈夫。時間もったいないから」

蘭は自分で後部座席のドアを開けて外に出ると、車を見送った。和宏が来る前に事情を説明すれば、何とかなるかもしれない。脚に力が入らない状態でも、蘭は懸命に前へ進んだ。救急入り口は地下一階に当たるらしく、階段の手すりを使って上を目指した。

一階の広いフロアのうち、救急の待合室にのみ煌々と照明が点いている。患者と思しき人たちが十人ほどベンチに座っていた。家族の付き添いもあるので、何番目で呼ばれるか正確なところは分からない。

受付で内科を指定し、若い看護師に保険証を渡すと怪訝な顔をされた。

「ご本人ですか？」

蘭が頷くと、看護師は「これ、男性の保険証ですけど」とムッとした表情で保険証を突き返してきた。

「体を調べてもらったら分かります。男なんです」

看護師は隣にいる先輩らしき女に目配せした。

「とりあえず、これを書いてお待ちになってください」

後輩の合図を受けて、中年の看護師が質問用紙の挟まったバインダーを寄越した。

「あのっ」

蘭が中年の看護師を呼び止めると、彼女は気ぜわしい素振りで眉根を寄せた。

「名前を呼ぶとき、名字だけで言ってほしいんです」

二人とも虚を衝かれた様子だったが、互いに目を合わせると曖昧に頷いた。

症状を尋ねる質問用紙には、性別を記入する箇所がある。男に丸をつけるとき、微かに胸がざわめく。脱水状態で体力が落ちているときでも、それは同じだった。バインダーを返すと、ぐったりとしてベンチの背にもたれかかった。

何とかバレずに済みそうだ。

先ほどまでやけになっていたことを忘れ、蘭は目をつむってひと息ついた。

スニーカーの底のゴムが床をこする音がする。目を開けると、和宏が小走りに近づいて来るのが見えた。家に来られたのには困ったが、自分への真剣な想いを知ることができた。一緒に時を重ねるごとに、彼のことを好きになっていく。

「階段、大丈夫やった？」

「何とか上がったよ」

「点滴打ったら元気になるから」

和宏の大きな手が蘭の頭を撫でた。体はしんどいが幸せな時間だった。

この人とならやっていけるかもしれない。

そう思ったとき、診察室から受付にいたのとは別の、メガネをかけた看護師が出て来た。彼女は辺りを見回して、張りのある声で患者の名を呼んだ。

「白水さぁん、白水翔太郎さぁん」

第五章

1

誰一人として自分に気付かない。

それも当然だと思い、高いアーケードの下を歩いた。いくら地元と言っても、東西と南北、それぞれ一キロほどある通りがクロスする大きな商店街だ。知らない人の方が多い。それに今の姿をひと目見ただけで、少年のころの面影を察するのは難しいだろう。

もう少しで約束の十時だ。これからシャッターを上げる店もちらほらとあって、寝ぼけ眼《まなこ》を開くように商店街が目覚め始める。

白水蘭は一軒の真新しいカフェを通りすぎたところで足を止めた。記憶にささやかれるように後戻りし、二階建てのカフェを見上げた。

——エイヴォン——

反応の悪いことを話のネタにしていた自動ドアが、白枠のガラス扉になっていた。

両開きの扉は開け放たれ、フローリングやテーブルの白木《しらき》がまぶしく見える。吹き抜けの天井は、アーケードがあるため陽を取り入れられないが、照明が行き届いているので十分に明るかった。

　そこは蘭の知っている「エイヴォン」ではなかった。敷地は同じはずなのに、広々とした印象がある。昔ながらの地味な喫茶店の変貌ぶりに、一抹の寂しさを覚えながら中へ入った。

　振袖を着た女子が何組かいて、それぞれのテーブルで笑い声を上げていた。美容院でのセットが早く終わったのだろう。蘭は彼女たちから意識的に視線を外し、店内を見渡した。

　奥で白いタートルネックを着た恵が、カップに口をつけていた。約四年ぶりに見る姉はほっそりとして、遠目から見ても美しく見える。長かった髪は肩口まで切っていた。背筋を伸ばして座る様には、落ち着いた大人の雰囲気があった。

「早かったね」

　蘭が対面に座ると、自分よりも髪が長く、化粧の濃い弟を見た恵が動きを止めた。しかし、それも一瞬のことで、すぐに笑みを浮かべた。

「元気そうでよかった」

　蘭は「お姉ちゃんも」と言葉を返し、ブリティッシュ・チェックのコートを脱いだ。セーターに浮き上がった胸のラインを見て、今度ばかりは恵も目を丸くした。

「あんた、胸……」

「うん。つくりもんやけど」

去年の夏、蘭はお京から紹介してもらった美容外科で手術した。お京を頼ったのは、同じような細身の体型で、どんな服でもきれいに着こなす彼女に憧れがあったからだ。

簡単な手術と言っても、当日はさすがに緊張した。オペの最中に起きて大きさを確認するかと聞かれたが、蘭は血を見るのが怖かったので、医師に任せることにした。しかし、麻酔から覚めて初めて目にしたのは血を抜くための管で、結局、見るはめになったのだが。

一泊の入院で、術後麻酔が切れてからはかなり痛んだ。お京からは「筋肉痛のマックスバージョン」と聞いていたが、蘭は比にならない激痛を味わった。手先の作業は問題なかったが、肩を動かすとしばらく何もできないぐらいだった。

だが、退院して自室の姿見の前で包帯を取ったときの感激が苦痛を忘れさせた。術前もホルモン投与の影響で若干の膨らみがあったものの、張りのあるお椀形の胸を見たときは、嬉しくてしばらく鏡の前から離れられなかった。

茜とブラジャーを買いに行ったときの高揚感を、蘭は今でも忘れられない。女性店員に「理想的なバストの形」と褒められ、コンプレックスが強みに変わった。茜に胸を見せてとせがまれたときは、出会ったときと立場が入れ替わったことに二人して笑った。

最初のころは自分で胸のマッサージをするたび、痛みに耐えられずぽろぽろと涙を流していたが、その分、呆気なかった睾丸除去手術では得られない感動があって、毎日服を脱ぐときも着るときも心弾むものがある。

「それにしても、この店変わったね」

蘭が周囲を見回して言うと、恵が噴き出した。

「一番変わったんは、あんたや」

遠慮のない物言いに、声を合わせて笑った。

「メール送っても返事ないし、ずっと心配してたんで」

「ごめんね。いろいろあって」

「そら、見たら分かるわ」

「でも、元気でやってるから大丈夫」

恵はカップに視線を落とし、小さくため息をついた。

「あんたが一番しんどいときにそばにおられへんかったから」

「でも、どうしようもないよ。お父さんとは価値観が違うんやもん」

蘭の強い口調に、恵が寂しそうに笑った。

注文したカフェオレが届くと、姉に近況を尋ねた。二ヵ月後に大学を卒業すると聞いて、蘭は恵が入試に合格した日のことを思い起こし、月日の流れを早く感じた。姉のお祝いにもかかわらず、家族で蘭の好きなすき焼きを食べに行ったのだ。

「四月から旅行代理店で働くねん」

「どこの？」

「東京」

普段、あまり連絡を取らないものの、蘭にとって姉は、人生で初めて得た理解者だった。自殺しようとした自分に、トンネルの出口を示してくれた恩人でもある。大学卒業後は関西に戻るものとばかり思っていたが、これからも遠く離れたところで生活することが心細かった。

ツアープランナーになりたいという姉が、在学中に十ヵ国以上旅していたことを知り、今さらながら驚いた。さらに英語も話せると聞き、蘭は純粋に感心してしまった。

「旅を自分でつくるって、想像もできひんわ」

「まずはツアーコンダクターとして経験を積まなあかん。結構きつい仕事やから辞める人も少なくないみたい」

「添乗員さんって大変そうやもんね」

蘭は小学六年生の夏休みに家族で行った北海道のツアーを思い出した。函館の赤レンガ倉庫で食べた濃厚なソフトクリームや晴れた日の街並みの美しさは、今もよく覚えている。自由時間のときに、女性添乗員がベンチに座ってふくらはぎを揉んでいるのを見かけ、蘭の目にはストッキングの脚が妙に艶《なま》めかしく映った。商売をしているせいもあって、あれ以来、家族そろって旅行したことはない。

「ごめんね。就職のお祝いもしてへんね」

「そんなこと、気ぃ遣わんでええの。それより、あんたほんまに式に出んでええの？」

嫌でも振袖を着た女子たちが視界に入る。気持ちが暗くなるのを打ち消すように、努めて明るい声を出した。

「うん。今日、夜に営業の舞台が入ってて、午後から行かなあかんねん」

蘭は今の状態で成人の日を迎えることが憂鬱だった。スーツや羽織袴など以ての外だが、かと言って振袖を着るには気後れする。しかし、それは些末なことかもしれない。蘭にとって最大の問題は、同級生たちと会うことだった。今になって女であることを笑われるのは耐えられないし、万が一真壁君と顔を合わせることになったら、と想像するだけで足がすくみそうになる。

去年の四月、やっと真壁君以外の人を好きになれそうだと思った矢先、救急病院で男であることを知られてしまった。和宏からは嘘をついていたことを理由に別れを告げられたが、蘭は彼の言葉が信じられないでいた。いくら考えても、自分は女として見てもらえなかったのだ、という結論に至る。そうして思い悩む日々を過ごすうち、心の傷は癒えるどころか深みを増していった。蘭が唯一、安らげるのは、記憶の中にある真壁君の姿をたどるときだ。大人になった彼をひと目見たかったが、叶わないことは誰よりも自分が分かっている。

「お母さん、元気?」

気を取り直すように言うと、恵が曖昧な笑みを浮かべた。蘭は嫌な予感がした。

「病気なん?」

「ちゃうちゃう。二人とも至って健康。お母さんもウォーキング始めてから痩せたって喜んでるし」

「問題ないの?」

「まぁ、いつまで経っても景気ようないから」

姉の歯切れの悪さに、蘭の胸に焦りが生じた。

「店、危ないってこと?」

「まぁ、今すぐどうのこうのって話やないけど、決して楽ではないかな」

親は大丈夫だという思い込みがあった。自立してから少しは大人になった気でいたが、こうして身内の苦労一つ気付けずにいる自らが情けなかった。

「本当にやっていけてるの？」

「伯父さんとこの本店もあるし、大丈夫や。ちょっといらんこと言うてしもたかな」

蘭には全く貯金がないわけではない。しかし、生活費や店で着るドレス、ホルモン注射、今後の手術などの費用を考えれば、お金はいくらあっても足りない。体を壊せば何の保障もない仕事である。蘭たちにとって、経済的な破綻は女を捨てることに等しい。

そういう目先の勘定が先に立って、家族のためであっても勇気を奮えない自分が嫌だった。心苦しかったが、悩んだところで処理できる問題ではなかった。

「まだ時間あるやろ？」

腕時計を見た恵が、コートを着てバッグを膝の上に乗せた。

「どっか行くの？」

「ちょっとね。ついて来《き》ぃ」

伝票をつかんで立ち上がった姉に倣って、蘭も腰を上げた。レジまでの間、その後ろ姿を見ながら、蘭は一つ引っ掛かりを覚えた。

姉は自分の名前を呼んでくれない。

枯れた桜の木々が、その公園を象徴しているようだった。

鉄棒や滑り台が陰気に映るのは、この曇った空のせいかもしれない。狭い公園の中にわずかばかりある遊具は、遠くから眺めるだけで寒々しい。祝日にもかかわらず、園内には小学生と思しき男児が二人、錆びたチェーンのブランコに揺られているのみ。少年たちはほんの少しチェーンを軋ませるだけで、それぞれのゲーム機に集中している。

昔、よく耕三と健二と遊びに来た。逆上がりをしてもリフティングをしてもついていけず、結局、張り合う二人の審判を任される。たかがジュース一本のことで、なぜあれほど真剣になれるのか理解できなかったが、今振り返ると微笑ましい。

「あっ、これ」

姉の声が聞こえ、蘭は振り向いた。公園の向かいにある写真店。ショーウインドウには家族の記念撮影や少年野球の試合風景などさまざまな写真が飾ってある。そのうち、恵が指差していたのは、左上の額だ。

水色のドレスに白いタイツ、毛先がカールした長い髪には大きなリボンのカチューシャ。薄く紅をひいたピンクの唇が無邪気に開き、両手でスカートの裾を持って首をかしげている。最高の笑顔が弾けている。

それは四歳の蘭であった。

この写真屋のおじさんが、女の子と間違えてモデルを依頼したのがきっかけだった。店とは別のスタジオと衣装を用意していたので、後戻りができなくなったのだ。蘭はおじさんが母に何度も頭を下げていたのをよく覚えている。

鏡の前でひと回りしたとき、パニエのおかげでふんわりとしていたスカートが、さらにひらひらと舞うのが楽しかった。ブーケやぬいぐるみを持ちながら、カメラマンのおじさんに「お姫様っ」と声をかけられて、幸せの絶頂にいた。

毎日、ドレスを着て過ごしたい。夢の世界に胸がときめいていたからこそ、帰りに再び半ズボンをはくのが苦痛でならなかった。

あれから十七年経っているが、当時の気持ちは全く色褪《あ》せていない。

「まだ飾ってくれてたんや」

「今考えたら、ここのおじさん、先見の明があったのかもね」

恵が木枠のガラス戸をスライドさせた。中に入ると、懐かしい石油ストーブのにおいがした。

「お姉ちゃんの成人の日には、帰れへんかったのに……」

公園や昔の写真を見て感傷的になったのかもしれない。蘭は背中の戸を開けたまま唇を噛んだ。

「今さら何言うてんの。早よ戸閉め」

喫茶店を出た後、恵は予約していた美容院に蘭を連れて行った。自分が成人式のときに着た振袖一式を用意し、ためらう弟を強引に説き伏せたのだった。

美容師も着付けの講師も事情を知っていたが、特に気を遣われることもなかったので、蘭は楽に過ごせた。全てのセットにおおよそ二時間。疲れは感じず、鏡の中の自分がどんどんきれいになっていくことが嬉しかった。

寒風が吹き込んだため、蘭は引き戸を閉めた。蛍光灯のカバーが黄ばみ、どんよりとした灯りが店内を照らす。正面のショーケースの中には、一眼レフに混じって小型のデジタルカメラが置いてあった。蘭は専ら使い捨てカメラなので、デジタルと言われてもどういう性能なのかも知らなかった。

「レトロな感じやね」

二人入ると圧迫感を覚える狭い部屋で、恵があまり関心のない様子で漏らした。確かに、ショーケースのカメラ以外は時代から取り残された感が否めない。照明カバーと同じように変色したレジ、もうすぐ寿命を迎えそうな壁掛けの振り子時計、その隣にある最近見かけない女優が写るカメラの宣伝ポスター、もちろん、石油ストーブと木枠のガラス戸も含め、客寄せに対するひたむきな姿勢は伝わってこない。

あの写真が飾ってあるからか、それともこの店しか空いていなかったのか。蘭は姉の真意を量りかねた。

「あっ、白水さん？」

レジ奥の部屋から地味な茶色のセーターを着たおじさんが顔を見せた。初老とまではいかないが、薄い髪には白いものが目立つ。記憶の中のカメラマンに十七年の歳月を足してみたが、蘭は目の前の男が同一人物かどうか判断できなかった。

「成人式の写真やね。おめでとう」

おじさんは真正面から蘭を見ず、照れたように笑った。

レジの奥にあったのは、申し訳程度の撮影スペースだった。しかし店内と違って天井は高く、照明もまばゆい。背景にはぼやけたピンク色の紙が掛けられている。隣の黒いカーテンをひいた部屋は暗室だろう。

「狭いとこで申し訳ないけど、撮る前に鏡見られます？」

三脚の近くに姿見があり、蘭はその前に立った。

深い紅色を下地に、大小無数のサクラの花が舞っている。その花の間には細かく金色がちりばめられていて、同色の帯とのバランスがいい。薄紅色の半襟とサクラの色との相性もよく、蘭の白い肌が一層引き立つ華やかな振袖だ。姉とさほど身長が変わらないため、丈に悩むこともない。白い大輪の花をイメージした髪飾りの位置を整え、蘭は強張っている頬を緩めた。

久しぶりの仕事で気合いが入っているのか、おじさんはフィルムの消費を気にせずシャッターを押した。その度に被写体よりも活気づき、いろんな掛け声が出てきた。蘭の視界の端で姉が笑っているのが見える。

「お姫様っ」

その声を聞いたとき、ようやく十七年前と現在がつながった。黒々としていた髪はなくなっても、声の張りは健在だった。おじさんの奮闘の甲斐があって、四歳のドレスを着ていた自分が甦る。レンズに目を向ける蘭の顔から、自然と笑みがこぼれた。

撮影が終わった後、おじさんは店の外まで見送ってくれた。恵がショーウインドウにある蘭の写真に視線をやって「この子かわいいですねぇ」と話を向けた。おじさんは、薄くなった頭をかいて相好を崩した。

「ここだけの話ね、この子、男の子やねん」

蘭は姉と目を合わせて笑った。

姉と二人して歩み出したとき、月日が流れたんだと痛感した。おじさんと同じく両親も年を取ったと思うと、助けられない現状に胸が痛んだ。

「もうちょっと、振袖で歩きたい？」

せっかく時間をかけて着たので、あと少し成人の日を味わいたかった。蘭が頷くと、恵は「いつでもいいから」と優しく言った。

駅が近付くと、寂しい気持ちが込み上げてきた。たとえ特別な日であっても、変わらずステージに立つ。自ら選んだ道だが、今日ぐらいは自分のために時間を使いたかった。そんな素直な気持ちにさせてくれたのは、恵の計らいのおかげだった。

「あっ、そうそう。これ、白水家から」

姉が照れるように言って、ラッピングされた細長い箱を差し出した。

「これ……」

「いいから、開けてみ」

包装紙を解いて箱を開けると、シルバーのペンダントが入っていた。トップはハート形で、中のダイヤが薄い陽光を跳ね返していた。蘭は、その美しさに息を呑んだ。

「気に入った？」

「私、こんなん、もらわれへん」

「じゃあ、捨てる？」

高価なペンダントの光の向こうに、実家の苦労が影として映り込んでいるように見えた。勝手を言って家を出た身には、愛情がつらかった。

「お姉ちゃん、ありがとう」

蘭は姉の目を見つめ、心から言った。包み込むような眼差しに耐えられず、甘えるように抱きついた。そのまま、必死に涙を堪えた。

改札を通るとき、後ろから姉の声がした。

「蘭っ」

蘭は驚いて振り返った。仁王立ちの姉は、ふっきれたような顔をしていた。

「貫きやっ」

その強い言葉を耳にした瞬間、目頭が熱くなり、鼻の奥が痛くなった。蘭は泣きながら声にならない「ありがとう」を繰り返した。

2

体の末端が冷えて仕方なかった。

ピンク色の粗末なカーテンを前に、張り詰めた気持ちとうまく向き合えないでいる。蘭は背もたれのない椅子に腰掛け、組んだ脚の上で手を重ね合わせた。冷えているのに、汗で手のひらが湿っている。この仕草も、下着が見えそうなぐらい短いスカートも、全てディレクターの指示によるものだ。

セットの裏では、蘭を真ん中に三人が座っていた。両隣の二人はいずれもタレント事務所に所属している女性で、タイプは異なるが気の強そうな顔立ちが共通していた。

カーテンの向こう側から大きな笑い声が聞こえた。テレビ局内のスタジオに、多くの観客を入れているようだ。今ステージ上で次々とボケている芸人たちは普段、難波の小さな劇場を中心に活動している吉本興業の若手メンバーだ。吉本の若手芸人の聖地と言えば道頓堀の近くにあった劇場だが、二年前に千日前に移転してからは、メンバーが深夜帯のバラエティー番組で活躍するなど、関西でちょっとしたブームになっている。

蘭に出演依頼があったのはひと月前の九月。見開きで蘭のことを紹介した男子向けのティーン誌を片手に、制作会社のディレクターが店に来たのだ。「よくある企画なんですが……」と前置きし、番組のワンコーナーで、三人の美女のうちニューハーフを当てる、というクイズの流れについて説明した。

蘭が「セカンド・サイト」に入店して三年。テレビ局から話があったのは初めてだった。ローカルの深夜番組であっても、テレビは影響力が抜きん出ている。チーコママも店のみんなもその場で祝杯を上げそうな勢いだったが、蘭だけは海の家でのことが引っ掛かって即答できなかった。エンディングに出たあの番組も同じ、関西ローカルの深夜枠のバラエティー番組だった。父を刺激することを恐れたのだ。

しかし、その場でそんな暗い過去を話すわけにもいかず、結局は場の雰囲気に抗えなかった。

「それでは三人の美女たちです。どうぞ！」

スタジオに効果音が響き、ピンクのカーテンが巻き上げられる。

蘭たちに強烈なスポットライトが当たった。観客席から「えーっ」という声が上がり、ひな壇の芸人たちも身を乗り出して口々に驚きを表した。

「全然分かれへん！」

最前列で大げさに頭を抱えているのは、東京進出の噂があるピン芸人だ。

舞台慣れしているとは言え、勝手が違い過ぎてなかなか落ち着かなかった。店では日ごろの練習が自信となるが、ただ座って人前に出るというのは居心地が悪い。百人ほどいる観覧者はほぼ若い女性で「セカンド・サイト」とは客層も異なる。

ひな壇の芸人たちは三つのグループに分かれ、それぞれが点数を競う構成になっている。ヒントとなる質問コーナーで、最初の一人が「全員俺の家族です」と言ってきれいにスベった後は「男のどこに魅力を感じるか」「ファーストキスの年齢」など無難なものが続いた。どんな質問が出るかは、台本に載っていない。関西のお笑い番組の進行は基本的に演者任せだ。

場の空気に慣れてきた蘭は「好きな男性のタイプ」を「福田官房長官」とボケて笑いを取った。毎日、第二部でコントの舞台をこなしている経験が実を結んだ。結局、この回答が命取りとなって、三つのグループ全てにニューハーフと当てられてしまい、番組とはいえ、複雑な気持ちになったのだった。

出番が終わると、蘭たち三人は楽屋に戻って着替えを済ませた。ディレクターが忙しなく礼を言って去った後、やっと緊張が解れた。楽屋は照明の付いた鏡が並ぶだけで殺風景だ。特に芸人との交流があるわけでもなく、終わってみれば何とも呆気ない。

局を出ると、一人は次の仕事があるとのことでタクシーに乗り込んだ。蘭は同い年だという真美《まみ》と二人でJR環状線の駅へ向かった。今日は店が休みなので、急ぐ必要はない。

「中途半端な時間やね」

真美はショートカットで背は蘭より少し高い。ガリガリとまでは言わないが、かなり華奢な体つきだ。切れ長な目によく合うメイクをしていて、何よりも蘭には先の尖った高い鼻がうらやましかった。

「四時かぁ」

腕時計を見た真美が、誰に言うでもなくつぶやいた。

「お茶でもする？」

どことなく馬が合いそうな気がしたので誘ってみると「おっ、いいねぇ」と親しげな声が返ってきた。

「バー行く?」

「今から? 開いてる店ある?」

「ひと仕事終えたら、やっぱり飲みたいやん」

そう言うと真美は携帯を取り出して、電話を入れた。

「あっ、ちひろさん? 真美。うん、今から行っていい? ……、きっと気に入ると思うよ。……、分かった。じゃあ、十五分ぐらいで着くわ」

常連なのは分かったが、蘭は「きっと気に入ると思うよ」という一言が引っ掛かった。問い掛けるような視線を送ると、真美は笑って「ちひろさん、今から行くバーの経営者ね。彼女も蘭……、でいいよね? 蘭と同じやねん」

「ちひろさん……」

あまり広い業界ではないが、大阪でその名は聞いたことがなかった。

環状線でひと駅なので歩くこともできたが、既に改札が見える距離にあったため電車で移動した。バーは駅東側の繁華街の中にあった。食欲をそそる焼肉屋のにおいやパチンコ店の騒がしい音は、大阪を語る上で欠かせない要素の一つだ。ビジネス街の近くにあって庶民性を失わないのは、いかにも商いの街であった。

キャバクラや昔ながらのキャバレーなどがけばけばしく電飾する一角で、その五階建ての雑居ビルはすねているような辛気《しんき》くささが漂っていた。

「ここの三階」

ビルの一階にある居酒屋は既に営業を始めていたが、真美は見向きもせずに奥へ進んだ。窮屈な古いエレベーターで、三階まで上がる。

廊下に出ると、真美が左手突き当たりに視線をやった。所々ひび割れのある壁面に「TABOO」と看板が出ている。蘭は淀みなく歩を進める彼女についていった。年季が入っていそうな落ち着いた色の木製ドアは、中央の高い位置に丸窓がついていたが、室内が暗いため中の様子は確認できない。

「来たよぉ」

真美が陽気な声を出して、店の中へ足を踏み入れた。

妖艶な赤い色の照明が、部屋の中央に弱々しい光を届けている。十五、六人は座れる長いカウンターが奥まで続いているが、この分だと両端に座った客は互いの顔も分からないだろう。

カウンター客の背中には黒いカーテンで仕切られた個室が五つある。ビルの外観からは想像できないが、意外に面積がある店だった。

「えらい早よから飲むねんな」

カウンター内側の奥から一人、姿を現した。男とも女ともとれる中性的な面立ちに、人懐っこそうな笑みが浮かんでいた。体形が隠れる黒い地味なドレスを着ている。

「今日、テレビの収録があってん」

「あぁ、この前言うてたクイズの」

「そうそう。答えの子、連れて来た」

真美が真ん中辺りに腰掛けたので、蘭は名乗ってから隣に座った。

「ちひろです。どこまで聞いているか知らんけど、一応お仲間ね。あっ、でも、こんな美人に言うたら怒られるか」

二人に温かいおしぼりを渡したちひろは、明るく舌を出してコースターを置いた。

「最初はビールでいい？」

真美の問い掛けに蘭が頷くと、ちひろはグラスを手にしてビールサーバーへ向かった。

「今日の手応えは？」

「あかんわ。ニコニコして座ってただけ。その点、この蘭はかわいい顔して、結構笑いとんねん」

「そら、バラエティー番組でニューハーフと勝負したら不利やわ」

「Dも素っ気ないし、次につながることはないな。またしばらく営業や」

「このご時世、営業があるだけ幸せよ」

「でも、いつまでも若ないから」

ビールを置いたちひろが蘭を見て「ほんま、色白やね」と感心するように漏らした。

「顔もきれいやし……」

真美が蘭の瞳を覗き込むようにして言った。その目が意外なほど真剣みを帯びていたので、視線を外して話題を変えた。

「大きいお店ですね？」

「ゲイの子がよう使《つこ》てくれんねん。あのカーテンの奥で毎日誰かがイチャイチャしてるわ。照明落としてるんもそのせい」

ゲイバーと聞いて、蘭の鼓動が少し早まった。あれから五年経つが、未だ鮮明な記憶として残っている。

「蘭ちゃんはどこの店なん？」

「『セカンド・サイト』です」

ちひろはほんの少し間を置き「あぁ、千里子のとこか」と言って、ぎこちなく頬を緩めた。

「ママと知り合いなんですか？」

「昔、同じ店におってん」

グラスを磨くちひろの表情が曇ったので、続けて質問するのを止めた。言葉を選んでいるうちに妙な間ができた。

ちひろは何も言わずに奥の部屋へ消えた。

「ちょっと昔に嫌なことがあってね」

真美が声を潜めて耳打ちした。吐息がかかってくすぐったかったが、気付かぬ振りで頷いた。

数冊のファイルとスタンドライトを手にして戻って来たちひろは、それらをカウンターの上に置き、ライトのコードをコンセントに差し込んだ。

「蘭ちゃん、手術はどこまでいったん？　睾丸摘出はしてるよね？」

「はい。あとは豊胸です。もちろん、ホルモンは打ってますけど」

「これ、よかったら。参考程度に読んでみて」

ちひろは再び親しげに笑って、一冊のファイルを差し出した。一九九八年十月、埼玉医科大が公式には国内初となる「性転換手術」を成功させたことに関する雑誌記事の切り抜きだった。睾丸摘出手術をした日、蘭は電器店のブラウン管テレビで見たワイドショーを思い出した。確か、梅田でローヤルの家族に偶然会った後だ。

「あぁ、これ覚えてるわ」

ファイルを覗き込む真美と肩が触れ合う。蘭は姿勢を正して再びファイルに目を落とした。

女性から男性の身体へ変える手術だった。当時の週刊誌はこぞって、第一号となった〝患者〟のインタビュー記事を掲載している。自分とは逆の性で生きることを強いられた彼の悩みは、蘭と共通するものが多かった。

例えば、声。高い声を嫌った彼は、医学辞典で声帯の位置を確認し、バーベキュー用の金串を喉に入れて一気に引っ掻いたという。その痛みを想像するだけで寒気が走ったが、血痰を吐きながらも掠れた声を手に入れた。「初潮を死刑宣告のように感じた」という言葉も、鏡となって蘭の心を映す。小学五年生のとき、生理の説明で女子だけが集められ、自分は呼ばれなかった現実に強い疎外感を覚えた。アイドル雑誌のお悩み相談コーナーでその意味を知ると、女になるという希望の芽を完全に摘み取られて胸が苦しくなった。彼は身を案じて手術に反対する恋人とも別れ、全てを投げ出すつもりで医師に体を預けたのだ。

体の問題にある程度の目途がついたとしても、戸籍を変えられない以上、就職や結婚などの節目を迎えるたびに思い悩む日々は続く。

「このブルーボーイ事件って知ってる？」

ブルーボーイと聞いて、蘭はハッとして真美の方を見た。あの心斎橋のゲイバーの店名だ。

「今から四十年ぐらい前になるんかな？　ある産婦人科医が何人かのタマタマの摘出手術をやったんよ。それが法律違反ってことで、有罪になったたって話」

蘭の頭に十三《じゅうそう》の整形外科が浮かんだ。薄暗い待合室が印象に残っている。

「日本ではね、性転換手術は罪になるの。裁判所が決めてしもたんよ。性別を変えるなんてけしからんって」

記事を眺めながら気分を害したように言った後、真美はビールを飲み干してワインを頼んだ。ちひろはボトルから赤ワインを注ぐと、黙ったままグラスをコースターの上に置いた。

「どうせ裁判官なんか、勉強ばっかりで、こっちの事情なんかお構いなしなんや。でも、めげたらあかんで、蘭」

真美からの一方的な励ましに、どう言葉を返せばいいのか分からなかった。「こっちの事情」という言い方も引っ掛かった。

「それはちょっと、違うかな」

窘めるようなちひろの物言いに、真美はムッとした顔で「何が？」と聞き返した。

「確かにこの事件がきっかけで、性転換手術がタブー視されるようになったたって言われてるし、昔のことやから『オカマの戯《ざ》れ言《ごと》より、治せる病気を研究せぇ』って風潮もあったかもしれんけど、裁判所が言いたかったことはそうやないと思う」

「どういうことよ？」

「要するに、海外の例と比較して、この青年たちに対する術前の診断がいい加減すぎるっていうこと。一回やったら、元に戻られへんからね。そやから、複数の科の医師が話し合って、ちゃんと記録を作って保存して、家族にも説明せなあかんでって。そうやないと正当な医療行為にはなりませんってこと」

「えっ、そうなん？」

「それにね、この医者、医療用の麻薬の注射液を同級生に渡してしもて、その罪と合わせての判決なんよ。でもね、マスコミにしたらありふれた麻薬の話より、ブルーボーイの方がおもろいでしょ？　それで話が一人歩きしてしまった面もあると思う」

真美はバツが悪そうに、ワインを口にした。高い鼻梁《びりょう》の横顔は、不満げだった。

「その記事で、お医者さんが言うてるやろ？」

ちひろは蘭が持っていたファイルを指差した。埼玉医科大の執刀医が紹介されている記事だ。

「手術に過大な期待を抱きがちで、術後は問題が全て解決するっていう幻想を膨らませやすいって」

ちひろが言わんとすることを理解し、蘭の胸中に暗い影が差した。

自分は金串を喉に突き刺すことや最愛の人と別れることすらできないかもしれな

い。この医師の言うように、幻想を抱いているだけではないのか。影が不安に姿を変えて膨れ上がっていく。

「それに一口に『女になりたい』って言うても、いろいろおるわ。女性ホルモンを打ってても、性器まで変えようと思わん子もおるし、完全な体を目指す子もいる。本当の自分の気持ちを知るって、案外難しいことなんよね」

男の姿で気怠そうに紫煙をくゆらせていたローヤルの姿が浮かんだ。あれほど社会が決める男らしさや女らしさに窮屈を感じてきたのに、心の中とはいえローヤルに自分が思う「女」を押し付けていた。

「裁判官やないけど、蘭ちゃんも、もし手術するんやったら、よう考えてってこと。お節介かもしれんけど」

ちひろは目を伏せ、軽く唇を嚙んだ。親身になって助言してくれていることは、よく伝わってきた。

「私もね、性転換手術を経験してんねん」

蘭は驚いてカウンターの中を見た。これまでの話の流れで、彼女が手術に否定的だと思っていたからだ。

「もうだいぶ前のことやけどね」

ちひろは唇を片方だけつり上げて、苦笑いした。その表情を見ただけで、蘭はよくない話だと察した。

「さっき千里子と同じ店で働いてたって言ったでしょ？　年が近いこともあって仲がよくて、女になったら『あれしよ』『これしよ』って、二人でよう酒飲んでてね。当時、リスクを背負って手術をしてくれるお医者さんがなかなかおらんかってんけど、働いてた店のママが見つけてきたんよ。ヤミやけど腕はええっていうんで、店の子も結構お世話になって。私は千里子の次に手術を受けたんよ」

「チーコママもヤミ手術で……」

「そう。選択肢がなかったから。女になった千里子を見て、うらやましくて仕方なかった。でもね、私の手術、失敗してん」

蘭はグラスに伸ばし掛けていた手を止めてちひろを見た。

「失敗？」

「うん。外の形は整えてもらってんけど、中がね。要するにセックスができるような状態じゃないの」

「そんなことあるんですか？」

「今でも、外国行って変な医者に当たったら、そういうケースがあるみたい。もうショックでね。休まんと店出て、一生懸命貯めたお金やったから。怖かったけど、これで人生取り戻せると思って。その先生の言う幻想やね」

「再手術はしなかったんですか？」

「やりようがないとか言うて開き直られてね。全然謝れへんし、オカマが騒いどるわってなもんちゃう。悔しくて、最初は周りのみんなも慰めてくれてたんやけど、いざ、私が『あの医者を訴える』って言うたら、サーって引いて行った」

「何でですか？」

「その人の機嫌損ねたら、もう手術してくれる医者がおらんから。みんな危ないのを承知で、命がけで身を預ける。私のことは不幸なケースとして済まそうってことやと思う。今よりもっと生きにくい時代に、一緒に頑張ってきた仲間やから、二重に裏切られた気がして」

ちひろは新しいグラスを持ってビールサーバーの前に移動した。レバーを引いてグラスの中を満たすと、すぐさま泡に口をつけた。

「千里子ともそれで溝ができて。結局、泣き寝入りして店辞めた」

背を向けてビールを飲み干すちひろの姿が寂しかった。

蘭は梅田でローヤルの家族と会ったときよりも、もっと深い困惑の中にいた。店で着る服のために多少の買い物はしても、一日二回、週六日のステージに立ち続けてコツコツとお金を貯めている。それは手術をして女になる、という目標があったから続けてこられたことだ。でも、本当に女になる覚悟はできているのだろうか。

しばらく沈黙が続き、蘭は再びファイルに目を落とした。記事の一つに「親がどう思うかを気にして手術を躊躇する人が多い」という言葉を見つけ、胸元のペンダントに手を当てた。

動揺を見透かすように、カウンターの下から伸びてきた細い指が、蘭の手の甲を繊細に撫でた。

3

瞼に強い光を感じても、動く気にはなれなかった。

楽屋の壁のうち、入って右手の一面はメイク用の横長の鏡が続く。その鏡の上に取り付けられている照明が点けられたようだ。

「蘭、大丈夫?」

目を開けると、お京の首をかしげる姿が映っていた。蘭は慌てて居住まいを正し礼を言った。

「お疲れ?」

「うん。でも、ちょっとだけ。行こっか」

蘭が入店してから、店の正規メンバーは増えていない。和気藹々《あいあい》とした職場の中でも、特にお京とは年が近いこともあって、先輩・後輩というより友だちのような間柄に落ち着いた。毎日顔を合わせているのに、定休日に一緒に出かけることもある。

「出られそう？」

お京はまだ心配そうな様子だったが、蘭は立ち上がって彼女と腕を組んだ。午後十時から第二部の一時間のステージをこなし、これから閉店まで客席を回る。

十二月も三週目に入ると、ぐっと気温が下がり始めた。街にクリスマスの雰囲気が色濃くなるにつれ、独り身の蘭の心に孤独感が広がった。最近では、友だちと一緒にアパレル会社を設立したという茜とも連絡が途絶えがちだ。店が連休に入る年末年始を一人で過ごすのかと思うと憂鬱だった。この後ろ向きな気持ちの影響か、昨日から喉が痛んで熱っぽかった。

楽屋を出ようとしたとき、蘭のバッグの中で携帯電話が鳴った。メールを受信したようだ。お京は先に行っていると身振りで示し、一人で部屋を出た。蘭は鏡の前の化粧台にバッグを置いて、電話を取り出した。思った通りの相手からで、ため息が出た。

――お元気ぃ～。次の月曜日ヒマ？　ご飯行こうよぉ――

真美からだった。

ちひろの店に行って二ヵ月になる。あの後、二軒の酒場をはしごしてから、真美の部屋へ行った。想像したこともなかった手術の現実を聞き、滅入っているところへ無理に酒を飲んだこともある。意識が朦朧とした状態で、彼女の唇を受け入れた。互いの舌を絡め合った後、胸を愛撫されるまでは、全てが面倒に感じていた。しかし、全裸になった真美が明るい部屋の中で脚を開き、潤みきっているのを見て鳥肌が立った。生理的に女性を受け入れられないと気付いたのだ。蘭は泣きながら謝って、部屋を飛び出した。

そんなことがあっても、真美からは定期的にメールが届いた。美人でさっぱりした性格なので、体の関係を心配しなければ面白い友人には違いない。寂しさも手伝って、それから二度食事に行った。キスぐらいは、と思って唇を許しているが、そういう自分に嫌気が差していた。

再びため息をついてから携帯を折り畳んだ。あと二日経てば定休日だ。蘭は冷蔵庫から栄養ドリンクを取り出すと、一気に瓶を空けた。

半分ほど埋まっている観客席で、一人ぽつんと座っている男が目に止まった。こざっぱりとした感じで、茶色のレザージャケットは公演中も視界に入っていた。若い男には珍しく一人で来ているようだ。

「セカンド・サイト」では、客からごちそうになるたび、一杯につき数百円という単位で特別給が支払われる。この「ドリンク・バック・システム」はお金の面だけでなく、人気のバロメーターとしても見られるので、気が抜けない。特に第二部の公演後は酒が飲める分、客単価も上がる。蘭は彼に名前を覚えてもらおうと、客席の階段を上がって行った。

「今日はお一人ですかぁ？」

蘭は男の隣に座った。男はそれに答えず、無遠慮に顔を覗き込んできた。警戒して身を引くと、相手の顔に笑みが広がった。蘭はそこでようやく見覚えがあることに気付いた。

「やっぱり、翔ちゃんや」

「……健ちゃん？」

嬉しそうに頷く様は、間違いなく幼馴染の井岡健二だった。小学生のころ、耕三を含めいつも一緒にいたあの健二だ。久しぶりの再会に嬉しくて手を取り合った。

「健ちゃん、なんで？　なんで？」

「それはこっちの台詞や。いろんな友だちおるけど、女になったんは翔ちゃんだけや」

あれほど嫌な名前だったのに、健二に言われると少しも気にならなかった。必死に隠してきた過去を知る友人にもかかわらず、孤独な胸の内に陽が射したように安心する。

「ちょっと前にテレビ出てたやろ？　深夜のやつ。それ見てて、この顔知ってるぞっと思って。あの番組で店の名前言うてたから、インターネットでホームページ見たんや」

「健ちゃん、パソコン持ってんの？」

「まだ持ってへんの？　そろそろやばいで……そんなことはどうでもええねん。ほんで、ホームページの写真をずっと見てたら、翔ちゃんやって分かったんや」

「セカンド・サイト」のホームページができて一年になる。一般的にあまり馴染みのある店ではないので、以前は常連の口コミが中心だったが、最近ではサイトを見て来てくれる人も増えた。ママはネットでの予約申し込みを受け付けるようになって、年齢層の幅が広がったと喜んでいる。

「それで会いに来てくれたんや？」

「うん。久々に一日オフになったから」

「今、何の仕事してんの？」

「美容師や」

「えっ……。健ちゃんが美容師？」

外で遊び回る少年の姿を思い出し、頬が緩んだ。

「何がおかしいねん？」

「外見なんか気にするタイプやなかったのに、と思って」

「そら、年ごろになったらいろいろ変わるわ」

「考えたら、中学のときから全然会ってないよね？　家近いのに」

「まぁ……グレてたからな」

照れくさそうに言った健二の言葉を、蘭は笑って受け止めた。

「それにしても、すっかり女になっててびっくりしたわ。歌もすごいうまいし。『マリッリーン』って懐かしいな。本田美奈子やろ？」

「うん。笑われるかもしれんけど、きれいなドレス着て、みんなに見てもらうのが夢やってん」

「そうやったんか……」

健二はしみじみ言った後、表情を切り替えて蘭に握手を求めた。

「何にせよ、元気そうでよかったわ。店の定休日、月曜やろ？　美容室も休みやから」

「じゃあ、どっか行こか？」

連絡先を書いた紙を交換し、蘭は健二にオレンジジュースを奢《おご》ってもらった。久しぶりに満たされた気持ちになり、怠さがあった体も少し軽くなったような気がした。

太い関節の指の間で、キューが素早く動いた。転がった白球が最後に残ったボールに当たり「カン」と小気味いい音を立てる。蘭の願いも虚しく「9」ボールは抗うことなく、コーナーポケットに吸い込まれた。

「すまんな、翔ちゃん」

勝ち誇った顔の健二の腕を悔し紛れにたたいた。

「ちょっとは容赦してや」

「男の勝負に情けはないで」

「今は女やの」

古びたプール・バーは、クリスマス・イヴというのに、男子グループで囲む台が多かった。

「さて、そろそろ行く？」

健二に促され、蘭はコートを羽織った。

先週は二人で映画を観に行き、その後は居酒屋で晩ご飯を食べた。今年はイヴの日が月曜ということもあって、二週連続で恋人のいない者同士、傷を舐め合うことにした。

「今日はありがとう」

二階にあるプール・バーの階段を下りると、蘭は素直に礼を言った。予約をしてくれた洋食屋は今一つだったが、レストランもビリヤードも、全て健二が支払ってくれた。おかげで寂しいクリスマスを過ごさずに済んだし、何より楽しかった。

「明日からまた仕事かぁ」

前を歩く健二が伸びをした。いつの間にか背中が大きくなっている。蘭は小走りで近づくと彼の横に並んだ。

朝方冷え込んだ分、神戸の夜空は澄んでいた。冬の夜風も心地よく思える。ルミナリエで人がごった返すため、繁華街を避けたのは正解だった。既に店じまいしたケーキ店やレストランでもイルミネーションが輝いて、駅に向かう通りには十分雰囲気があった。

夜も深くなりつつあるのに、エステのチラシを配る女性は蘭に痛々しいほどの笑顔を見せて一枚手渡した。

「なんか、すごいな」

「何が?」

「だってあの人、普通にエステのチラシ渡したで」

「あぁ……。大阪歩いてたら、毎日もらうから」

いつからか、エステやネイルサロンのチラシを受け取ることに違和感を覚えなくなっていた。〝男友だち〟の健二からすればショックなのかもしれない。

駅に着き、蘭が切符販売機の前に立つと、後ろから健二が声を掛けてきた。

「もう帰る?」

振り返ると、彼のつまらなそうな表情があった。蘭は腕時計を見た。既に十時前だ。

「私は午後からやけど、健ちゃんは朝からやろ?」

「そうやねんけど、このままアパートに帰るんもサムいなぁと思って」

蘭はもう一度時計を見てから考えた。このまま大阪の寒々しい部屋に帰るのは、確かに憂鬱だった。

「こっから二駅やで」

人懐っこい笑みを浮かべる友だちの顔を見ると、断りづらくなってきた。

「じゃあ、お茶だけ飲んで帰るわ」

電車で二駅。間違いはなかったが、駅を出てから二十分も歩くとなると最寄りと呼んでいいのか分からない。着いた先にあったのは、錆びた階段がむき出しになった、戸数の少ないアパートだった。二階の手前から二番目が彼の部屋だという。

「ぼろくて申し訳ないけど」

健二は柄にもなく恐縮している様子だったが、蘭の住居もさして変わりはない。むしろ安堵の気持ちの方が強かった。

１ＤＫで、四畳半ほどのダイニング・キッチンがフローリングで、それより少し広い奥の部屋には畳が敷かれている。小さな靴脱ぎ場に足を踏み入れた瞬間、灯油のにおいがした。ダイニングにはテーブルがなく、その代わり大きな石油ファンヒーターが幅を利かせている。洗い物が溜まっているわけでも、雑誌が散乱しているわけでもない。きれい好きの意外な一面に、噴き出しそうになった。

「何か楽しそうやな」

「健ちゃんが掃除してるとこ想像したら、笑えてきた」

ストーブをつけてもしばらくは互いのコートにくるまっていた。折り畳んだふとんを背もたれにし、ちっぽけなブラウン管テレビを何も考えずに眺めた。

缶ビールを飲みながら、野球の推薦入学で福岡の私立大学へ行った、耕三の下宿先へ遊びに行く計画を立てたり、小学生のころ、市民プールで遭遇した保毛尾田保毛男《ほもおだほもお》を懐かしんだりした。

これほど陽気に酒を飲んだのは初めてかもしれない。酔いが回ってくると、自ずと愚痴が口をついて出た。忙しい茜に気兼ねして話し相手がいなくなってからは、仕事の不満をずっと胸に溜め込んでいた。

「雑誌に載せてもらえるのはありがたいけど、基本的にはうちらのことを小バカにしてるんよね。『偶然』って言うたら『タマタマ』って書かれるし。『厚かましい』をわざわざ『あつカマしい』ってする必要ある？」

二本目の缶に手を伸ばした健二は、何の遠慮もなく声を上げて笑った。普段は人に言わないようなことも、幼馴染には気軽に話せた。室温が上がってきたので、それぞれコートを脱いだ。

「自立するって大変やなぁって身に染みてるけど、翔ちゃんの場合はもっときついな」

「その分、たくましくなるけどね」

「ときどき小学生のころに戻りたいなぁって思うねん。そら、当時は勉強が嫌でしゃあなかったけど、飯の心配もせんと毎日翔ちゃんと耕三と遊んでおもろかったわ」

「確かにね。でも……」

蘭は生真面目に頭の中で時計の針を戻してみたが、健二ほど単純には答えが出せなかった。

「私は、よう分からん。今は好きな仕事してるし、楽しいこともいっぱいあったけど、もう一回しんどいことも経験せなあかんねやったら、結構嫌かも」

「何か悩みでもあんの？」

ちひろの店に行ってから、吹っ切れない状態が続いている。手術をして女になる、という当たり前の目標が揺らぎ始めた今、何をしていても地に足がつかない感じがする。答えを見つけようにも、自分が何を探しているのかも見えてこない。手術を受けることへの恐れと、それ以前に受けるべきなのか否かという迷い、今さら退路などないという焦りが歪に絡み合って、混沌としていた。蘭はこの複雑な気持ちをどう伝えていいのかが分からず、黙り込んだ。

しばらく無言が続いた後、健二がぼんやりと光るテレビを見ながら、小さな声で告げた。

「俺、何にもできひんけど、これから翔ちゃんのこと蘭って呼ぶわ」

「えっ？」

あまりに唐突だったので、蘭はその意味を理解しかねた。

「外見はもちろんやけど、話聞いてたら、もう女なんやなって思った」

飾りのない言葉に、蘭は健二の優しさを深く感じた。前向きな気持ちが抜け落ちてできた心の空洞に、温かい風が吹き込んだ。涙がこぼれるのを堪える間もなかった。

「えっ、いらんこと言うてしもた？」

狼狽する健二に向かって首を振り、蘭は無理に笑った。

箱からティッシュを抜き取った彼に涙を拭かれた。その拍子に、二人の顔の距離が思わぬほど近づいた。

束の間、交わった瞳で心の中を探り合う。

　健二が蘭の持っていた缶を取って、脇へ置いた。蘭は気持ちの整理をつけられなかったが、是非を考えるには時間が足りなかった。男の太い腕の中に納まると何も考えられなくなり、流れに身を任せるように力を抜いた。

　互いに瞼を閉じる。

　強い力で抱かれてすぐ、唇を重ねられた。激しい息遣いを聞き、蘭は思考を止めた。中に入ってきた舌を迎え入れるように、自らの舌を絡めた。もつれたまま横になり、覆いかぶさる健二の背中に腕を回す。

　舌が耳を這うと、声が漏れた。胸に伸びた手を一度は払おうとしたが、分厚い手のひらで簡単に抑え込まれた。力強くつかまれると、まだ胸が痛む。

「痛いん？」

　蘭は何も言わずに頷いた。

　健二は胸から手を離すと、服をまくり上げてから背中に手を回し、ブラジャーのホックを外した。舌先での愛撫が始まり、力が入らなくなる。

　突如として込み上げてきた不安の波に、矛盾するような気持ちがあった。女として男を求める自分を抑えきれず、彼の頭を包み込んで髪を鷲づかみにした。耳を噛んで吐息を漏らす。

　太ももの内側を撫でられたとき、今度は本気で手をつかんだ。

「そこはまだ、女じゃないから」

健二の手が戸惑うように止まった。蘭は傷付くことを恐れ、体勢を入れ替えて彼の上に乗った。自分でも信じられないほど気持ちが昂っていた。

体を見せつけるようにして髪ゴムで後ろ髪を縛る。とろんとした表情の健二の服の中に、蘭は手を滑り込ませた。

4

四人は東京の女子大生だという。

話すうちに蘭と同い年ということが分かった。彼女たちは、華やかなステージの上で好きな仕事に打ち込む演者の姿に心を奪われたらしい。しかし蘭からすれば、生まれながらにして女の体を持ち、大学で恋人や友だちと過ごす身の上の方にこそ羨ましさを覚える。新年も二十日が過ぎ、冬休みを終えてもまだ旅行ができるほどの自由を持っているのだ。

「化粧品って何使ってるんですか？」

「そのピアスは大阪に売ってるんですか？」

緊張気味だった彼女たちも、酒が進むうちに饒舌になった。女性客の席に着くと、大抵美容やファッションについて尋ねられる。最初は嬉々として答えていた蘭だったが、入店して三年半にもなると全てにおいて慣れてくる。女の子が自分のファッションを参考にする、ということはもはや日常だった。

二杯のドリンク・バックを得て、蘭は席を立った。閉店まで三十分を切り、終電の関係もあって空席が目立つ。あまり照明の当たらない一階奥の席に、男が一人座っていた。がっしりとした体格で、薄暗い中でサングラスをしている。あまり気が進まなかったが、誰も声をかけないわけにはいかないので、蘭は挨拶だけでも済まそうと思った。明日は定休日だと自分に言い聞かせ、緩やかな階段を上っていった。

「今日はお一人ですか？」

男が席を譲るような素振りを見せたので、蘭は隣に腰掛けた。問い掛けに応えないのが気になり、相手の顔を検《あらた》めた。サングラスで目元は分からないが、どこかで見た顔だ。健二のようにテレビや雑誌を見て、知り合いが会いに来たのかもしれない。

「楽しんでいただけましたか？」

男はまた質問には応じず「何か飲むか？」と聞いてきた。蘭はウエイターに合図して、ビールを頼んだ。

「ちょっとは飲めるようになったみたいやな」

やはり自分を知る人間だということは分かったが、粘っこい口調が不気味だった。

「ごめんなさい。どこかでお会いしましたっけ？」

「もう場末のスナックで働いてたことなんか忘れたんか？」

男がサングラスを外した。作り笑いを浮かべるその顔を見て、蘭は驚きで息が詰まりそうになった。

十八歳のときに勤めていたスナックで、ストーカーのように声を掛けてきた三田だった。さすがにタンクトップではなかったが、胸筋のラインを強調するような薄いトレーナーを着ている。

「びっくりした顔すんなや。俺の方がはるかに衝撃大きいで」

バイトのウエイターが来て、蘭にビールを手渡した。大学生の彼は、探るような視線を向けてきたが笑みを返した。彼は三田に頭を下げると、静かに客席の階段を下りて行った。

「結局、あのおばはんとグルやったってわけか？」

あのとき、三田にしつこく絡まれている蘭を助けてくれたのがチーコママだった。皮肉にも、この粘着質な男が人生を変えるきっかけになったのだ。

「ごちそうさまでした」

目線を合わせることなく席を立とうとした蘭の手首を、三田が抑え込んだ。強く皮膚が引っ張られて痛かったが、他の客の手前、声を出すわけにはいかなかった。

「グラスに酒が残ったままやぞ。失礼やないか」

蘭は平静を装って座り直すと、手首に絡まっていた指が離れた。

「詐欺みたいなもんや」

「何がです？」

「普通のスナックにオカマがおるなんか誰も思わんやろ？」

無視してステージに目を向けていても、視界の端に陰湿な笑みが見える。

「彼氏おるん？」

「関係ないと思います」

「もう手術した？」

蘭は恐怖より怒りに震えた。

「どんなセックスするん？　なぁ？　どんな声出すん？」

耐えられなくなって、目の前のグラスを一気に空けた。三田はそれを小バカにするように、拍手で評した。

「そうやって一気飲みするところを見ると、やっぱり男やねんな。でも、助かったわ。脱がしてチンチンついとったら、俺、暴れてたから」

立ち上がるとすぐ、小走りで階段を下りた。悔しさのせいで胃が痛み始めた。感情を抑えられないまま、レジにいるチーコママの所へ行って事情を話した。ママは三田を見抜けず店に入れたことを謝ると、早く切り上げるように取り計らってくれた。

楽屋に戻った蘭はバッグを手にし、ママが呼んだタクシーに乗り込んだ。

すがるように携帯電話を開いた。だが、健二からのメールはなかった。

クリスマス・イヴの夜をともに過ごし、付き合うようになったが、それからは互いに忙しいせいもあって二度しかデートしていない。それも夕方からご飯を食べ、健二の部屋へ行くというパターンだ。仕事と言われれば我慢するしかなかったが、朝、別れるときに虚しさが募った。満たされない原因は、二人の夜にあった。

繁華街を離れるにつれ、掠れるように途切れていく大阪の夜景を力のない目で眺める。蘭は健二へ電話しようと、短縮ダイヤルで番号を呼び出したが、あと一つのボタンが押せなかった。

夜、毛布にくるまって激しく求め合っても、女として受け入れられないことで、どこかブレーキがかかる。健二が果てた後、蘭は彼の腕に顔をうずめながら常に不安と闘っていた。ちひろと会って生じた混乱を押さえつけるように、健二と一つになりたいという欲求が強くなっている。一方で、半端なセックスを解消するための手術なのかと思うと、拍子抜けする自分もいる。

健二からメールが届いた。急いで受信箱を開くと、明日も忙しくて会えないとのことだった。孤独に圧されるようで胸が苦しくなる。鈍い街灯の光に照らされたアパートが見えたとき、蘭はもう少しだけタクシーに乗っていたいと思った。

昨夜から降り続いている雨のせいで、朝の冷え込みはさほどでもなかった。

昼過ぎまでベッドの中でまどろんだ後、蘭は歯を磨くことから一日を始めた。カーテンを開けると、気の滅入る雨雲が視界の端まで塗り潰している。雨が憂鬱だと感じるようになったのは、いつからだろう。昔は雨の日の空気が好きだった。

昨日の夜は悔しさでなかなか寝付けず、悪い夢をみて睡眠も浅かった。内容は忘れてしまったが、嫌な気持ちになったことだけは覚えている。こうして予定のない休日を目の前にすると、蘭はいかに自分が楽しみ方を知らない人間かと痛感する。

茜という選択肢がなくなると、蘭の人間関係は砂漠のようだ。料理本をパラパラとめくり、ビーフシチューとサラダを作ることにした。休みの日を一人で過ごすようになってから、蘭は台所に立つ時間が長くなった。手間をかけるほどおいしくなるし、それにいつの間にか時が流れて、暇を持て余すことがない。

着替えてから軽くメイクすると、買い物カゴと傘を手にした。いつも引っ越したいと思っている蘭だが、このアパートの唯一の利点を挙げるとすれば、スーパーが近いことだった。

二分ほど歩き、買い出しのメモを忘れたことに気付いた。取りに帰るか否か、微妙なところだ。その場で思い出そうとしたが、最初の方に書いた材料が頭に浮かばなかった。ため息交じりに踵を返したとき、蘭は驚いて声を上げた。

後ろに三田が立っていた。

黒いビニール傘を持ち、片手はズボンのポケットに突っ込んでいる。動けない蘭を見て、しばらく何も言わずニヤついていた。三田の後方から車が来たので、やっと道の脇へ身を寄せた。

「住所調べたん?」

自ずと唇が震えていた。少しでも触れられたら大声を出そうと心積もりをした。

「何が悪いねん」

「あんたにそんなことされる筋合いないわ。最低っ」

「今日はえらいご機嫌斜めやな。彼氏と喧嘩でもしたんか?」

家に戻れず、スーパーにも行けない。蘭は逃げ道がないか懸命に頭を働かせた。

「彼氏と喧嘩したんかって訊いてるんや」

「頭おかしいんちゃう? ほんまに警察呼ぶで」

「賢い警察がオカマの言うことなんか信じるかっ。ほんまに、健二君の気が知れんわ」

健二と聞き、蘭は途端にパニックに陥った。なぜ、この男が彼のことを知っているのか。動揺を抑えられず、自分でも表情が強張るのが分かった。

「何で知ってるんかってことやろ？　教えたってもええで」

話を聞きたいのは山々だったが、それはさすがに危険だった。

「そこのスーパーの奥、道路挟んだとこに茶店《さてん》あるやろ？　そこ行こか？」

三田は答えを聞く前に歩き出した。危ないことは分かっていても、蘭は居ても立ってもいられなくなり、彼の後に続いた。

一度も入ったことがない古い喫茶店だった。タバコの煙のにおいが染み付いた店内に客はいない。くすんだガラスのドアの近くで、店主と思しきごま塩頭の男が、スポーツ新聞を読んでいた。

「あぁ、いらっしゃい。好きなとこに座って」

店はウナギの寝床で、三田は一番奥にある四人掛けのソファー席に腰掛けた。彼は勝手にホットコーヒーを二つ注文した後、カサカサと音のなるジャンパーを脱いだ。

「もう手術してんねやろ？　毎日拝めるんやったら、俺もしようかなぁ」

冗談めかして言っているが、三田の視線には湿った性欲がへばりついていた。

「何で彼のことを知ってるんですか？」

店主がコーヒーを置いて戻ると、蘭は一分《いちぶ》の隙も見せないよう本題に切り込んだ。

「まぁ、そんな急かさんといてや」

三田は厭味ったらしくコーヒーにゆっくりと口をつけた後、先ほどまで肩にかけていた鞄からA4サイズの白い封筒を取り出した。

「俺がおまえの存在に気付いたんは、十二月に入ってからや。そっからパソコンを使っていろいろ情報収集したけど、限りがある。ほんで興信所に頼んだんや」

「興信所……。何でそんなことされなあかんのよ!」

蘭は興奮のあまりテーブルをたたいた。

「それは俺の勝手や。法律違反って言いたいんやったら、警察でもどこでも行けや」

「何で開き直れるん? あんただって、勝手に自分のこと調べられたら嫌やろ?」

「別に。気になるんはやましいことがあるからやろ」

「やましいことなんか、ないわっ」

「確かに、おまえには、ない」

怒りは簡単に収まりそうになかったが、三田の妙な言い回しが気になった。

「報告書では、おまえらが最初にデートしたんが、十二月十七日や。その後、クリスマス・イヴの夜に、この男の家に泊まってる」

あの夜、健二と過ごした大切な日に尾行がついていた。思い出が汚され、強い不快感が込み上げてきた。不自然なほど遅い時間帯にエステのチラシを配っていた女の顔が浮かんだ。探偵がどういう調査の仕方をするか分からない以上、犯人捜しをしても答えは出ない。しかし、大事な記憶のページに、興信所の人間の目が光っていたのは紛れもない事実で、蘭は堪えきれなくなって目を潤ませた。

「泣くんはまだ早いで。大変なんはこれからや」

三田は芝居がかった様子で、大きな封筒の中に息を吹きかけた。

「オカマと寝るような変態はどんなやつかと興味が湧いてな。対象を健二君に切り替えたんや」

「何でそんなことすんのよっ、ほっといてよ！」

「ほぉっとけないよ〜。懐かしいやろ？『ADブギ』観てた？」

三田は封筒の中に入っていた写真を一枚、一枚、テーブルの上に投げるようにして置いていった。

蘭の目はその全てに吸い寄せられた。

健二が女と一緒に写っているものばかりだった。美容室の前、見知らぬマンションの前、車の中——。お互いに笑みを浮かべているものもあれば、見つめ合っているカットもある。どの写真からも親密さが伝わってくる。ショートカットの女は、整った面立ちをしていて、表情には落ち着きがあった。

「次の質問は『この女は誰？』ってことやろ？　止めを刺すようで悪いけど、写真に写ってるマンションに、この女が住んでるんや。つまり、二人はお付き合いをしてるってこと」

信じまいと思おうとしても動悸が治まらず、意に反して涙が頬を伝う。

「同じ美容室の先輩ってことや。残念ながら、勝ち目はないで」

ネコが獲物をなぶるように、三田は情報を小出しにして、蘭の精神を追いつめていく。

「ええこと教えといたるわ。男はな、オンナが好きなんや。おまえでは掘っても惚れんってとこや」

ただうつむいて泣いている蘭に対し、三田は病的な興奮を覚えたようだった。

「今日、俺に襲われるかもしれんと思ったやろ？　誰が男なんかに手ぇ出すかっ。おまえを見とったら、腹立ってくんねん。純情なフリして、オカマのくせにちゃっかり男くわえこんで。俺のことコケにした……」

我慢の限界にきた蘭は三田の顔にコーヒーを引っ掛け、悲鳴を聞くと同時に走り出した。傘も取らずに、信号待ちしていたタクシーに飛び乗った。

「とりあえず神戸方面に走ってください」

「大丈夫ですか？」

蘭が答えずに咽《むせ》び泣いていると、タクシーは静かに走り出した。

雨に濡れる街を見ながら、蘭はセイタに襲われたときのことを思い出していた。あれから一年ほどで家を飛び出し、以来、女として一人で生きてきた。自分の意志を貫いて歩んできたのに、少しも強くなっていない。相変わらず、こうしてタクシーで泣いている。

「この辺ですけど……」

運転手の声で、蘭は目を覚ました。よく効いた暖房のおかげで眠っていたようだ。見覚えのある通りを走っていたので、アパートまでの道のりを説明した。

タクシーから降りると、蘭は濡れるのも構わず錆びた階段を上がった。ドアの前で息を整えてからチャイムを鳴らした。安っぽい音が響く。さらに二度押してみたが、中から反応はなかった。蘭はドアに背を預けてしゃがみ込んだ。廊下全体に庇《ひさし》があるので雨は凌《しの》げるが、吹き付ける冷気には対処の仕様がなかった。

髪が濡れ足元が冷えているのに、頭の中がぼんやりとしている。目的地に着き、これ以上進めない所まで来ると、衝動が収まってきた。買い物カゴをぶらさげて座り込む自分がひどく滑稽に思えた。

午後三時を回っていた。分厚い雲の向こうにある冬の陽は、既に傾いている。雨が庇を打つ音を耳にしていると、また泣けてきた。カゴの中から携帯電話を取り出したものの、連絡する心情にはなれず、ただ膝を抱えた。

遅々として進む時間に圧倒されながら、蘭は何もできずにいた。濡れた毛先から雨滴が落ちる。体の末端にある冷えが、血管を通って体の中心に向かっているような感覚に陥った。震えながら唇を噛んだ。蘭は待つことが、これほど苦しいとは思わなかった。

冷たい雨が止まないまま、空は黄昏《たそがれ》を飛ばして灯りをもみ消した。かじかんだ手で首の後ろを押さえると、熱を吸い取ってくれるようで心地よかった。高い熱があるとは分かったが、投げやりな気持ちで笑みさえ浮かぶ。

六時を回って、ようやくアパートの前に人影が見えた。二階の手すりを持って階下を見下ろした蘭は、その歩き方で健二だと分かった。階段の途中で蘭の存在に気付いた彼は、傘を畳むと慌ててドアの前まで駆けてきた。

「どうしたん？　めっちゃ濡れてるやん」

頬に触れようとした手を嫌い、蘭は顔を背けた。

「唇、真っ青やで。とにかく中に入ろう」

健二が腕を取ると、蘭はその手を振り払った。

「聞きたいことがあるねん」

「だから、中で聞くって」

蘭は強く首を振った。立っているのがやっとの状態だったが、今はこの冷え切った空気が必要だった。温かい部屋に入ってしまうと、いざというときの決心が鈍ると思った。

「健ちゃん、彼女いるよね？　同じ美容室の人」

健二の顔が一瞬にして強張るのを見て、蘭は全てを悟った。何も言葉をかけられず、ただ濡れているのがつらかった。

「……ごめん」

やっと絞り出すような声を聞くと、蘭は嗚咽を漏らした。色を失った唇がわなないて止まらない。

「言い訳に聞こえるかもしれんけど、今、別れ話をしてて……」

「今日も会ってたん？」

健二が頷くのを見て、蘭は自分の体がさらに冷えていくのが分かった。怒りを通り越して、胸に悲しみが宿った。

「彼女いる、って言うのが怖かってん。蘭のことが好き……」

「もういい。大丈夫やから」

健二が階段を下りようとする蘭の肩を抱いた。

「こんな雨の中、帰るんか？　無理やって」

抱き締めようとした健二の腕を蘭は力いっぱい撥ねのけた。

「友だちのままやったらよかった」

つかまれていた手の力が緩んだ。

蘭は目を伏せたまま脇をすり抜け、一人で階段を下りた。背中に視線を感じながら、強い雨を浴びた。

5

タバコのヤニで黄ばんだ天井に、薄茶色のシミが広がっている。

何も模《かたど》ることなく、ただだらしなく伸びたその汚れを見るうちに、鉛のような体がさらに重くなっていくような気がした。

第一部の公演で踊り終え、蘭は三階事務所の応接コーナーで横になっていた。ソファー隣のテーブルに置いてある体温計は三十八度を示している。熱い息を吐く度に、具合が悪くなっていくようだった。

一時間の休憩をもらったが、既に四十分が過ぎている。本来なら早退させてもらえるところだが、今日に限って事情が違った。お京が無断欠勤したのだ。真面目な性格の彼女は、これまで不義理をしたことなど一度もなかった。それどころか、入店してからずっと皆勤を続けていた。ママが何度連絡しても、携帯電話の電源は切られたままだった。

「悪いけど、今日一日乗り切ってくれる？」

困惑した顔で手を合わせるママに申し訳なく、蘭は力の入らぬ体に鞭打ってステージに立ったのだ。これから三十分ほど常連の席を回り、第二部の舞台に上がる。お京のいない穴を他の五人で埋めなければならない。蘭はいつもより二曲余分に歌うことになっている。

目を閉じると、昨日の残像が甦る。蘭は毛布にくるまり、健二の苦しげな顔を必死に追い払った。

ずぶ濡れの状態では停車してくれる流しがなかなか見つからず、親切な個人タクシーの運転手が、座席に毛布を敷いてくれてようやく帰宅することができた。空腹を覚えなかったので熱い湯につかり、寝る前にせめてもと栄養ドリンクを飲んだ。あとはひたすら眠ったが、昼過ぎに起きたとき、体を起こすのもひと苦労だった。

瞼を開け、再び天井と対峙する。皮肉にも風邪をひいたおかげで、悲しみに集中せずに済んだ。今、少し冷静さを取り戻すと、関係を終えたことにホッとする自分がいる。確かに健二のことを好きになってはいたが、彼との関係に罪悪感も抱いていた。少なくとも耕三には絶対に知られたくなかった。目に見えない友情の和を傷つけたかもしれない、という思いが、常に心の片隅にあったのだ。

慌ただしい足音を聞いて、蘭は反射的に身を起こした。

ママが飛び込むように事務所に入って来た。彼女は蘭に気付くと、形ばかりに「大丈夫？」と聞いてきた。

「何かあったんですか？」

「ちょっとね……。私、今から出るから、邦江の指示に従って何とかお店回してくれる？」

蘭が頷くと、ママはコートを抱えて部屋を出た。

あれほど取り乱した姿は見たことがなかった。恐らくお京のことだろう。お京は手術を二ヵ月後に控えていた。不安な顔は見せず、タイのガイドブックや雑誌を買ってきては、あれこれ旅行プランを練っていた。新年会の席で「とうとう女になります！」とビールジョッキを掲げていたときの笑顔が印象的で、今もよく覚えている。

嫌な予感に無理やり蓋をして、蘭は両腕を突き上げて気怠い体を伸ばした。

結論から言えば、第二部のステージは惨憺たるものだった。後半は声がしわがれ、ラストの一曲は歌えず、時間を短縮して幕を下ろした。まばらな拍手を受けたのは、入店してから初めてかもしれない。蘭は私生活の問題で体調管理ができなかったことを不甲斐なく思った。そんな自分を罰したい気持ちで、閉店まで極力客のお酒に付き合った。最後の客を送り出すと、楽屋の椅子にへたり込んだ。

「蘭、今日はもう引き上げたら？」

声を掛けてくれた邦江に、蘭は首を振った。

「ママから連絡ありました？」

「もうそろそろ着くと思うわ」

楽屋には演者の五人がそろっていた。ひと仕事終えた後の充実感はなく、皆冴えない顔をしている。誰も口にしなかったが、お京に何かしらの災いが降りかかったと察しているようだった。

邦江が言った通り、それから十分もしないうちにママが楽屋に入ってきた。赤くなった目元を見て、蘭は胸が締め付けられた。

「みんなの頑張りで……」

ママが言葉を詰まらせると、邦江が一歩前へ出た。

「お京はどこにいるんですか？」

ママは気持ちを静めるように頷くと「病院」とだけ答えた。

「入院してるってことですか？　意識はあるんですか？」

「大丈夫、命に別状はないから」

それを聞いて、メンバーの間に安堵の息が漏れた。

「交通事故ですか？」

ママは邦江に向けて首を横に振った後、メンバー一人ひとりに視線をやった。

「これから言うことは絶対口外せんといて。約束を破った人は店を辞めてもらうから」

ただならぬ口調に、蘭の体が固まった。呼吸を整えるように間を置いたママは、疲れた声で言った。

「知り合いの男に襲われたの」

第六章

1

「なぁ、どう思うん？」

粘り気のある男の声が、ヘッドフォンを通して両耳にまとわりつく。電話を受けてから、同じ台詞《せりふ》を聞くのは四度目だ。

「お客様、大変申し訳ありませんが……」

「いやっ、どうやって聞いてるんや！　おまえ、悔しないんか！」

男の怒鳴り声が鼓膜を震わせると、全身にギュッと力が入る。鼓動が早まり、手のひらが汗ばむ。何度経験しても慣れることはない。

白水蘭は広いフロアを見渡して、リーダーを探した。パソコンを乗せるデスクが横一列に連なり、三列で約二百人のオペレーターがいる。

兵庫県姫路市の郊外にある家電量販店のコールセンター。人件費の関係か、トラブルに対処するリーダーは、フロアに二人しかいない。いずれも他のオペレーターに掛かりっきりで、手を挙げる蘭に気付かない。

「おい、聞いてんのか？」

一日に二、三度はこの手の粘着質な客に捕まる。いや、一切家電の話をしない男はもはや客ですらない。蘭は手を挙げたまま、パソコンに向き直った。

「何で日本が負けなあかんねん。アメリカにやられるんならまだしも、な。オーストラリアに負けるんは辛抱ならんぞ、おいっ」

男は最初からオリンピックの話を続けた。昨日、野球でオーストラリアに負け、日本の金メダルの可能性が潰《つい》えたらしい。男はその鬱憤を晴らすために、まるで関係のないコールセンターに電話しているのだ。

「銅メダルなんかいらんのじゃ！　金や金、野球は金しかあかんのじゃ！」

「お客様、申し訳ございませんが……」

「どう思うか言うだけでええんじゃ。悔しいって言うたら済む話やろ？　おまえそれでも日本人か？　国とマニュアルどっちが大事やねん！」

マイクに拾われないように息を吐いた。両耳に密着したヘッドフォンでは、すぐ隣にいるように聞こえる。挙げていた右腕が痺れてきた。

「もうええわっ。おまえんとこで絶対買わんからなっ。一生許さんから、そのつもりで」

一方的に切られた。

ホッとするのと同時に、腹立たしさが込み上げる。電話を切った瞬間に消滅する関係。感情をぶつける相手はいない。ごく自然に男の不幸を願っている自分に気付き、蘭は軽く首を振った。また一つ、心の底に澱《おり》が溜まった。

天井に埋め込まれたクーラーが、手加減をせずに冷風を送り続ける。ひざ掛けの届かない足首から下が特に冷える。人を涼ませるというより、機械を冷やしているようにしか思えない。

これほど数字で雁字《がんじ》搦《がら》めになった職場はあるだろうか、と蘭はときどき考える。一件当たりの処理時間は三分以内を基本とし、一つ応対するごとに三十秒の離席時間を得る。しかし、その離席時間はトイレのために蓄積しておかねばならない。正式な休憩時間外にトイレに行くとなると、リーダーがいい顔をしないからだ。

合わせた手の中に温かい息を吹きかけ、小さなリセットボタンを押す。ざわめきの中をすり抜けるように、新たな電話が鳴った。


悩むほどのこともない小雨だ。

平屋のプレハブのようなコールセンターを出た蘭は、バッグを庇にして駐輪場に向かった。暗い中でも難なく自分の自転車を見つけると、前輪の鍵をあけて片足のスタンドを宙に上げた。姫路市の近郊に越してから、中古で買ったママチャリだ。前かごにバッグを入れて、ひったくり防止のネットをかける。

同僚の女子たちは、まだ建物の中で雑談している。たまに飲みに行くことはあるが、つるむというほどではなかった。酒の肴はもちろん、客の悪口だ。それぞれがクレーマーのモノマネをするだけでかなり盛り上がる。勢いづいてくると、今度はリーダーの陰口である。リーダーの一人、すぐヒスを起こす方は子持ちの契約社員だ。旦那に逃げられただの、中学生の息子が本屋で万引きしただの、噂話に花を咲かせてストレスを吐き出すのだった。

実際、こうでもしないとやっていられない仕事だ。離職率が高く、稼いだ分が精神科の治療費に消えていくという笑えない話もある。蘭は勤め始めてまだ二ヵ月だが、次々と人が入れ替わるので、付き合いが難しい。

小雨のおかげでさほど暑さを感じずに済んだ。片側二車線の道は両脇が田んぼで、秋に向けて緑の稲が伸びていた。快調に走る自転車のライトのモーター音と重なって、寂しげな虫の音が聞こえる。あまり外灯がない地域なので、蘭は急いでペダルを漕いだ。

十分ほどしてハイツに着いた。二階建ての一階。田舎なので家賃が安く部屋も広い。ダイニングとリビング、それに六畳の洋室と四畳半の和室。一人暮らしには十分だ。ずっと住むのは嫌だが、次の目標が見つかるまでの間だけと考えれば、不満はない。

シャワーを浴びて新しいTシャツを着る。幾分気持ちがすっきりした。リビングの窓を開けると雨が止んでいたので、そのままにしてソファーに座る。小さなブラウン管テレビをつけた。陸上のトラックと右上のテロップを見て、オリンピックの録画放送だと気付いた。今日の野球の男を思い出したので、チャンネルを変えた。バラエティー番組を流しながら、パラパラと女性誌をめくる。誰の目も気にせずにいると、心が休まっていく。

バッグの中で携帯電話が震えた。茜からだ。

「よう、田舎はどうよ？」

相変わらずの張りのある声が聞こえた。

「来週誕生日やろ？　お祝いせな」

一人で過ごすことになると思っていたので、蘭は心が弾んだ。やはり、持つべきものは友だ。

「二十五歳になるんやんな？　ヴァンサンカンや」

「何それ？」

「昔、そんなドラマなかった？」

「あぁ、主役誰やったっけ?」

たわいない会話が孤独を埋めていく。

二年前の一月「セカンド・サイト」を辞めた後、蘭は茜の家に居候させてもらった。翌年の夏に茜が友人たちと経営していたアパレル会社が倒産してからは、彼女の家を出て、大阪市内の建築事務所で契約職員として働いた。人柄のいい社長には事情を理解してもらったが、他の社員には内緒だった。

一人の女として生きたい。そう思って社会に溶け込もうとしたが、男の社員から言い寄られ、同い年の女子社員からエステや温泉に誘われるたびに、言い訳をつくってはその場を凌いだ。しかし、自分のついた嘘に身を縛られ、日に日に罪悪感が大きくなっていった。

息苦しくなって建築事務所を辞め、時給の良さと人付き合いのことを考えて、コールセンターを選んだ。引っ越してからの二ヵ月、確かに退屈を感じるときもあるが、知り合いと顔を合わせなくてもいいという気楽さに勝るものはなかった。

「何か欲しいもんある?」

「最近物欲ないんよね」

「何老人みたいなこと言うてんの」

「とにかく、会っておもいっきり喋りたい」

それから互いの仕事の愚痴を言い合った後、電話を切った。茜と話すと、いつも蘭の心はほんわかとする。人との接触を避けて生きる今、親友の存在だけが社会との接点だった。

蘭はテレビの電源を切ると、すぐ前に敷いてあるラグの上に座った。脚の短いガラステーブルに両腕を乗せ、ノートパソコンを引き寄せる。茜の家に居候している間にパソコンの便利さを知り、再び一人暮らしする際に買ったものだ。

考えても仕方ないことだが、もし小学生のときにパソコンがあれば、どんなに救われていただろうと蘭は思う。何も情報がないまま、周囲と自らの違いだけを痛感する日々はつらかった。

しかし今の自分は、あれだけ知りたがっていた世界を避けて生きている。最近増え始めたタレントのブログや関西で評判のレストラン、安くてそれなりに効果がありそうな化粧品。いわゆる〝世の女子〟が好むページばかりをチェックしている。

久しぶりに茜と話したからか、蘭は前から気になっていたワードを検索サイトに打ち込んだ。

性同一性障害特例法――。

日本中がオリンピックに向けて盛り上がっていた七月に、施行された法律だ。話題になっていることは知っていたが、蘭はあえて目にしないようにしてきた。自分は普通の女の子だと肩肘を張りたい気持ちがある一方、舞台に立っていたときのように、もう一度「性同一性障害者」として身をさらすことが怖くもあった。認めたくないから蓋をしてきたのだ。

長ったらしい法律の正式名称の下に、味気なく条項が書いてある。テレビで言っていた通り、特定の要件を満たせば、戸籍を別の性に変えられるようになったということだ。蘭は検索結果の画面をスクロールし、特例法を解説しているサイトを見つけた。

そこで強姦罪について、戸籍変更後は被害者にも加害者にもなり得るという旨の説明文を読み、胸が苦しくなった。つまり、元は男性だった人でも、戸籍が変わった後に被害に遭えば強姦罪が成立する、ということだ。パソコンの画面を睨みつけるようにしていた蘭は、胸中で「当たり前だ」とつぶやいた。

二年前の一月二十二日。やるせない日常の延長にあったその日は、後に振り返れば人生の岐路だった。「セカンド・サイト」の楽屋でママから事情を打ち明けられたとき、誰一人として言葉を発せなかった。

お京を襲った男は、高校の同級生だった。健二と同じく、店のホームページを見て彼女に気付いたのだ。男は事件の二ヵ月前に来店し、それからつきまとい始めたという。蘭が健二に別れを告げた日の夜、お京は営業も兼ねてこの同級生に会っていた。

カラオケボックスで酒を飲んでいると急に眠たくなり、意識のないうちに下着を脱がされていた。朦朧とした状態で抵抗すると顔面を二発殴られ、痛みと恐怖で体が動かなくなった。その後の行為については、具体的に聞いていない。

蘭がショックを受けたのは、ママから強姦罪が成立しないと言われたときだ。たとえ手術を受けた後でも、戸籍が男である以上、強制わいせつや強制わいせつ致傷扱いになるということだった。蘭は腹が立って仕方なかった。遠回りをして自分の居場所を見つけ、人一倍働いて金を溜め、命を賭けて手術をしても、法律のもとでは門前払いなのだ。

結局、いくら努力をして女性器を手に入れても「物」としてしか見てくれないのだ。どうあがこうと男の体を持って生まれた以上、女にはなれない。

理不尽に鼻を折られ、屈辱的に直腸を傷つけられても、お京は警察に被害届を出さずに示談を選んだ。いくばくかの金銭と引き換えにしたのは、ショーの舞台に立ち続ける未来だった。

蘭はパソコンから目を離し、ボックスからティッシュを二、三枚抜き取った。目元に当てた後、鼻をかんだ。

事件後、一度も会えないまま、お京は店を去った。その年の新年会で「とうとう女になります！」と言って、ビールジョッキを掲げていた彼女の笑顔が忘れられない。

タイのガイドブックを見ながら「一緒に行こう」と笑い合っていたのだ。その友人が何の前触れもなく、自分の人生から消えてしまった。

蘭は思いついて「セカンド・サイト」のホームページにアクセスした。リニューアルして見やすくなったページの「キャスト」のタグをクリックした。ママ、邦江さん、水平、ローヤル、コニタン――。みんな当時の写真のままで残っている。当然ながらお京と自分が所属していたという形跡はなく、代わりに三人の若い演者の写真が載っていた。うち一人、目鼻立ちがはっきりとした「ミナミ」の顔に見覚えがあった。

彼女が店に来たのは、お京の事件があって四日後のことだ。ママに連れられて挨拶に来たミナミを他のメンバーは複雑な面持ちで眺めていた。お京の代役としてヘルプで参加するものとばかり思っていたが、正式なメンバーになるというのだ。ミナミに恨みはないが、蘭は不快だった。まだお京が苦しんでいるうちに、まるで部品を取り替えるように新しい演者を採用する。それこそ「物」として扱われているとしか思えなかった。

健二との別れもあって心が不安定だったこともある。蘭が辞めると告げたときのママの顔は、今でも忘れられない。沈痛な表情の中で、目だけが別人のように怒りを宿していた。

罪悪感が込み上げてきて、蘭はホームページを閉じた。あれほど世話になっておきながら、一時的な感情を抑えられずに店を辞めた。二年経った今でも、ママの顔を夢に見ることがある。

お京のことがあったのに、まだホームページにキャストの顔写真を載せている――。

蘭は後ろめたさを筋違いな怒りに転化させようとしたが、バカバカしくなって止めた。

バッグから手帳を取り出して、挟んであった写真を見た。デビューのとき、お京と二人でＷｉｎｋの曲を歌ったときのものだ。黒いドレスで胸元と袖口だけ、美しいピンクのラインが入っている。無表情で歌っていたはずが、二人とも白い歯を見せている。

ついでに手帳を開いて予定を確認した。明後日は、近くの産婦人科で女性ホルモンの注射を打つ。二週間に一度、蘭は自分の現実を思い知らされる。いくら店を辞め、遠くに住んでも、この写真のときのようにホルモンを打ち続けなければならない。

蘭は立ち上がってキッチンへ向かった。むしゃくしゃするときは、料理をするに限る。パスタを茹《ゆ》でようと、大鍋をガスコンロの上に置いたとき、インターホンが鳴った。リビングにある置時計を見る。

午後八時五分。

ほとんど知人のいない田舎町で、こんな遅くに訪ねて来る人などいないはずだ。

もう一度インターホンが鳴った。

足がすくみそうになった。蘭は恐る恐るドアに寄り、スコープに目を近づけた。魚眼の視界の中で髪の長い女が立っている。女ということにひとまず安堵し、蘭はチェーンをしたまま鍵を回した。

片目分のドアを開けると、女が一歩後ずさった。

「白水……君？」

愛嬌のある細い目を見て、すぐに分かった。

木下愛子だった。

2

互いに視線を合わせられず、沈黙が続いた。

隣の部屋で時を刻む置時計の秒針が、やけに大きく聞こえる。同じリズムを刻んでいるはずなのに、時間が経つごとに急かされるようで落ち着かない。

ダイニングの小さなテーブルを間に挟み、蘭と愛子は無言のまま座っていた。ホットコーヒーを淹《い》れるまでは何とか間を持たせられたが、こうして向かい合うと何を言っていいのか分からない。

何年ぶりだろうか。

蘭はまだ「翔太郎」だった高校生の日々を思い起こした。一年生の夏、真壁君が実家の店まで来たのだ。彼の恋人の舞と中学からの同級生の愛子、そして蘭。四人で遊びに行こうと誘ってくれたのだった。普通の男になれるかもしれないと期待して入った男子校。だが、本音を打ち明けられる友人ができず、無理をして私学に入れてくれた両親への負い目もあり、息苦しい毎日を送っていた。そんな最中《さなか》、真壁君と出かけられることになって、蘭はすごく幸せだったのを覚えている。

映画を観てからゲームセンターへ行き、そう、確か愛子と二人でモグラたたきをしていたとき、背中に視線を感じたのだ。真壁君と舞が自分たちへ向け、意味ありげに目を細めているのを見て、蘭はその日の意味を悟った。愛子の背を押すためのダブルデート――。

それからだ。愛子と一緒にいるのがつらくなったのは。四人でプリクラ機に入り、無理におどけて変顔をつくった。愛子と二人で撮影するとき、愛子の生え際に産毛がたくさんあるのを見て、嫉妬に近い感情を抱いたのだ。

「木下、おまえのことが好きなんやって」

初恋の、そしてずっと想い続けている人から、聞きたくない言葉を耳にした。あの日見た、真壁君の細長い指は美しかった。何を言われても彼を想ってしまう自分が、切なかった。

「ほんと、夜遅くにごめんね。道に迷っちゃって」

静寂の中で突然愛子の声がして、蘭は我に返った。

「あっ、うんうん、全然」

蘭が両耳の上に髪をかき上げると、愛子が口元に手を当ててクスッと笑った。

「まるっきり女の子やね」

少し場が和み、蘭はコーヒーを口に含んでひと息ついた。

「びっくりしたでしょ？」

「正直言って、人生で一番驚いたかも」

二人して笑った。それも当然だと蘭は思う。

高校二年の五月、カラオケボックスで彼女の口づけを拒んだ。今でも苦い記憶としてある。奥手な愛子が、部屋の照明を消して自分の手を握るに至るまで、どれほど勇気を振り絞っただろう。それなのに、別れ際、彼女は必死に笑顔をつくろうとしてくれた。心の底にある気持ちを口にできない自分を嫌悪した。

「謝りたくて」

愛子の口から意外な言葉が漏れた。

「謝りたい？」

「うん。高校生のときね、私、自分の気持ちを押し付けてばっかりで、白……相手のことを考えてへんかったなぁと思って」

蘭はうつむいてしまった愛子を見て、胸が苦しくなった。

「そんなん、謝るんはこっちやわ。真剣な想いやって分かってたのに、騙したみたいな形になったから。あれから、謝りに行こうと思ったけど、どうしても行けなくて。逃げてしまって……。本当、ごめんなさいっ」

蘭が頭を下げると、愛子は「顔上げてよ」と言って両手を振り、今度は自ら「ごめんなさい」と謝った。互いに顔を上げて視線が合うと、恥ずかしくなって笑った。心のわだかまりがすっと流れていった。

「でも、わざわざそれを言いに来てくれたん？」

「うん……ちょっとね」

何か理由がありそうなので、蘭は台所へ向かって二杯目のコーヒーを準備した。薬《や》缶《かん》に水を入れてコンロにかける。結局、パスタを食べ損ねた。

「今、どこに住んでんの？」

コーヒーができるまで、当たり障りのない会話を続けることにした。

「西宮やねん」

「そうなん。ここに来るまで時間かかったやろ……って、よくここが分かったね」

「お姉さんに聞いて」

恵と愛子に接点などあっただろうか、と記憶から絞り出そうとしたものの、何一つ浮かばなかった。

「姫路、初めて来たわ。白……ねぇ、何て呼べばいい？　白水君っていうのもちょっと変やし」

「あぁ、今は蘭っていう名前やねん」

照れながら言うと、愛子は柔らかく「蘭」と呼んだ。胸がじんわりと温かくなった。

「じゃあ、愛子って呼んでいい？」

「もちろん。で、蘭はあれからどうしてたん？」

「激動の人生やったわ」

おどけて言った蘭はコーヒーを差し出すと、愛子の対面《トイメン》に座った。高校のときに父と喧嘩して家出をしたことから、現在に至るまでをかいつまんで説明したが、健二と付き合ったことは伏せた。愛子の知り合いでもあるので、勝手に話すのは気が引けた。

「へぇ。いろんなこと乗り越えて来たんやね。でも、コールセンターって大変そう」

「うん、お薦めせえへんわ。今日もオリンピックの野球で、何で日本が負けたんやって、ネチネチ言われて大変やった」

「笑ったらあかんけど、いかにもクレーマーって感じやね」

「愛子は何してんの？」

「ビールの営業。毎日クタクタ」

「全然お酒っていうイメージないわ」

愛子は関西の有名私立大学を卒業した後、東京に本社を置く飲料メーカーに就職したという。着実にキャリアを積み上げている姿は頼もしかった。女子の先輩の方が怖いだとか、小心者のセクハラ上司がうっとうしいだとか、どの話にもオチがあって面白く、蘭は愛子の新たな一面を知ることができた。

「じゃあ、そろそろ言おっかな」

ひとしきり盛り上がると、愛子はあらたまって膝をそろえた。

「何、そんな重大な話？」

「うん」

「まさか結婚するとか？」

蘭が鎌をかけると、愛子がぎこちなく頷いた。

「えっ、ほんまに？　おめでとう！」

「いや、私がじゃないねん」

「うん？　どういうこと？」

愛子は言いにくそうに、上目遣いで蘭を見た。少し嫌な予感がした。

「真壁君が結婚するねん。来年の春、式挙げるって」

「えっ……」

無意識のうちに声が出た。心音がどんどん大きくなっていく。何も考えられないまま血の気が引き、気分が悪くなった。

「大丈夫？」

愛子がそばに来て肩を抱いてくれた。気丈に振る舞いたかったが、乱れた脈が治まらず、胸が苦しかった。

「ごめん……」

「ちょっと、ソファーに横になろ」

愛子に支えられて移動し、ソファーの上で仰向けになった。情けない気持ちよりも、吐き気に襲われてどうしようもなかった。

「すぐ水持って来るからっ」

胸の奥にしまっておいた真壁君の笑顔が、堰《せき》を切ったように浮かんでくる。昔住んでいた街の情景とともに想いが溢れ、たまらなくなって涙が流れる。愛子がそばに立っていることは分かったが、気遣う余裕はなかった。とても祝福する気になれず、ただひたすら悲しかった。

隣に座った愛子に、優しく頭を撫でられた。

「式……行きたくない」

駄々をこねるように言うと、みじめになってさらに泣けてきた。自分が普通の女の子なら、と今さらのように思う。スタートラインにも立てない不甲斐なさ。真壁君と家庭を持つ女のことを想像すると、やりきれなかった。

「やっぱり行かれへんわ……私」

女になりたいという夢に向かって突っ走ってはみたものの、理想と現実との差は埋まらず、中途半端な身を潜めて生きている。こんな憐れな姿など見せられるはずがなかった。

「とりあえず、水飲んで」

愛子からグラスを受け取った蘭は、唇を濡らす程度で返した。泣き止まねばと思っても、涙が溢れてくる。

愛子が撫で続けてくれたおかげで、しばらくすると混乱の状態から脱した。

「ごめんね。おめでたいことやのに」

乱れた呼吸のまま謝った。ゆっくりと頷いた愛子は、テレビ台の方を見ていた。彼女の視線の先は、台の中にあるビデオラックに向けられていた。

「あの、ビデオって」

愛子が気付いたのは、アニメ映画だった。中学生の少女が、バイオリン職人を目指す少年に恋をする物語。ダブルデートのときに選んだ作品だ。真壁君と一緒に観た最初で最後の映画。蘭にとっては大切な思い出だった。

「愛子、今日泊まっていってくれる？」

「もちろん。もう電車ないもん」

友だちの胸を借りて頭を預けた蘭は、わななく唇を必死に噛み締めた。

3

色鮮やかな芝生を踏みしめたとき、やや荒っぽい三月の海風に当たった。

庭の所々にある台には、まぶしいほど真っ白なテーブルクロスがかけられ、その上にウエルカムドリンクや小さくカットされたケーキが並んでいる。着飾った女子や初々しいスーツ姿の男たちが、それぞれにグループをつくって談笑していた。晴天の下、冷たい風の影響か景色が透き通って見える。

芝生を歩いて庭を横切り、白い屋敷に向かった。ロビーの出入り口は、壁を取り払ったような造りで開放的だ。フローリングの上にソファーや小さなテーブルがあり、その全てに人が座っていた。

幸い受付に知り合いがいなかったので、気を遣う必要はなかった。祝儀袋を渡して記帳を済ませると、トイレに入って鏡の前で身なりを整えた。跳ねた横髪を直しているとき、昨日みた夢が頭に浮かんだ。

場所も分からない露天風呂に一人で入っていると、前の職場の女性二人が浴場に入って来た。隠れようとしたときには遅く、二人に怪訝な顔をされる。いつの間にか小学四年生のときに担任だった三森先生も加わっていて、三人に体を見せるようしつこく迫られる。のぼせていても浴槽から出ることができず、笑い声が聞こえる中、意識が遠のいていく。

覚えているのはここまでだ。嫌な夢だった。紅を引き直した蘭は再び庭へ戻った。

「あっ、蘭！」

声のした方を向くと、愛子が大きく手を振っていた。周囲に数人の男女がいる。耕三と舞はすぐにピンときた、細身の男は誰か分からなかった。

「えっ、マジで翔ちゃんかいや……」

耕三が目を丸くしていた。短髪で体格がいいため、スーツが窮屈そうだ。健二を除いて、小中学校の同級生には家出をして以来会っていない。男だった親友が、女の格好をして目の前にいるのだ。驚くのも無理はない。

「噂には聞いてたけど……。めっちゃ別嬪《べっぴん》やん」

「ありがとう耕ちゃん。また横に大きなったな」

細身の男がしげしげと顔を覗き込んできた。

「ほんまに白水？」

「誰？」

同級生だろうと察しをつけ、無遠慮に聞いた。

「えっ、忘れたん？　木村やん」

「嘘っ！」

あのメガネの木村だ。小学生のときに市民プールで保毛尾田保毛男似のおっさんの偵察に行かされ、中学バスケでは人が変わったように活躍していたあの木村だ。丸坊主のイメージしかなかったが、長めの髪は茶色になっていた。メガネもしていない。案外きれいな顔をしている。

「めっちゃ変わったなぁ」

「いや、白水に言われたないわ」

蘭のとぼけた発言に場が沸いた。

「でも、あの翔ちゃんがなぁ」

「耕三、もう白水蘭やで」

後ろから聞き覚えのある声がした。振り返って顔を見たとき、蘭は息が詰まった。

「おうっ、健二やんけ！」

耕三が懐かしそうに歩み寄ったが、他のメンバーはそれほどの反応を示さなかった。素行が悪かった健二とは、あまり接点がなかったからかもしれない。

健二と目が合った刹那、蘭は視線に柔らかさを感じた。

「久しぶり」

蘭が明るく声をかけると、健二は弾けるような笑みを見せた。もし再会したらうまく話せるか、と気掛かりだったが、杞憂《きゆう》に終わった。もう付き合うことはないが、嫌いになったわけではない。

「でも何でおまえが蘭っていう名前知ってんねん？」

「おまえ知らんのか？　ちょっと前までテレビとか雑誌とか出ててんぞ」

ハッとした蘭を横目に、健二は冷静に切り返した。

「うわぁ、有名人やな。でも、呼び方変えるんは難しいなぁ」

「あかん。ちゃんと蘭って呼ばな。ほら、練習してみ」

舞が割って入ると、耕三は渋々といった様子で蘭に向き合った。

「犬が吠えてるみたいやろ」

木村がツッコむと笑いが起こった。

蘭は皆に受け入れてもらえたのが嬉しくてならなかった。コールセンターの仕事で引っ越して九ヵ月。田舎町で孤独に耐える生活にも、そろそろ疲れてきた。

「おっ、みんなおそろいで」

声を耳にした瞬間、電流が走ったように蘭の背筋が伸びた。

明るいグレーの燕尾服を着た真壁君が、芝生の上を歩いて近づいてきた。足を運ぶたびに長い前髪が揺れる。長身の上、体が引き締まっているので、正装が様になる。笑って立っている姿があまりに美しく、瞬く間に蘭の思考は止まってしまった。

「新郎がうろうろしてたら値打ち下がるで」

「でも、控室って堅苦しいから嫌や」

耕三と一言二言交わすと、真壁君は舞に気付いて「ありがとう」と言って頬を緩めた。舞の方も「おめでとう!」と陽気な声で答えた。愛子の話では、二人は別々の大学に進んでから半年ほどで別れたという。しかし、見る限り良好な関係が続いているようだ。

「真壁君、この娘《こ》誰やと思う?」

唐突に愛子が蘭を突き出した。心の準備ができていなかったので、微笑むこともできなかった。

真壁君が目の前にいる。鼓動が早まるのを自覚すると、余計に緊張した。上目遣いで顔を見る。彼は首をかしげてきょとんとしている。

あのころのままだ。大人になってはいたが、間違いなく真壁君だった。彼のバイクに乗って、展望台まで夜景を観に行ってから九年が経つが、本人を前にすると時の中を駆けてすぐに思い出の場所へとたどり着ける。

「ひょっとして……」

真壁君の顔にみるみる笑みが広がっていく。

「白水？」

覚えていてくれたことが嬉しくて大きく頷いた。

「マジで！」

さらに一歩分の距離を詰め、真壁君は蘭の両肩に手を置いた。息がかかるほどの距離で目が合う。文化祭でのファーストキスを思い出した。ときめきが甦る。

「ほんまや、白水や……」

肩にあった手が離れた。ほんの少し気落ちした。

「聞きたいことが山のようにあるんやけど」

た。

「うん……。そうやと思う」

やっと声が出た。蘭は額に感じた汗を拭いたかったが、うまく身動きできなかった。

「それは俺らも一緒やで」

耕三が入って来て、やっと緊張が解けた。この展開に記憶をくすぐられた蘭は、すぐに市民プールのことだと気付いた。真壁君に水泳を教えてもらっているとき、耕三が保毛尾田保毛男を見つけて声をかけてきて、二人きりのレッスンが終わったのだ。編集でもしたように昔の映像が次々と浮かんでくる。

「さて、幸運にも花婿をつかまえてんから、記念撮影といこか」

木村の音頭で集合写真を撮ることになった。それぞれのカメラで撮るため結構時間がかかる。カメラが一巡すると、式の時間が迫っていた。

「そろそろ行くわ。後ほど教会で」

踵を返そうとした真壁君の腕に、愛子が手を伸ばした。

「せっかくやから、蘭とツーショット撮ったら？」

「蘭？」

「そう。今は蘭ちゃん」

蘭は嬉しさよりも時間のことが気になった。花婿が遅刻などしたらシャレにならない。迷惑をかけたくない一心で大きく頭を振った。

「真壁君、時間ないから……」

「よしっ、蘭、こっちに来て」

冗談めかしてだが、真壁君から名前を呼ばれて心が弾んだ。

コートを脱いでカメラとともに愛子に預けた。ゆったりとしたドレープを重ねた青いバルーンドレス。この日のため、茜に頼んで安く譲ってもらったものだ。

真壁君の隣に立つ。理由は分からないが、ほのかに甘い香りがした。

「幸せか？」

二人でカメラを見ているとき、真壁君が誰にも聞こえないような声で尋ねてきた。その優しさに満ちた声に泣きそうになったが、蘭は「うん」とだけ返してレンズに最高の笑みを向けた。

芝生の上を去って行く真壁君の後ろ姿を見て、蘭は祝福の言葉をかけ忘れたことに気付いた。


朝を思わせるような白い世界だった。

吹き抜けの披露宴会場には、透き通った海に浮かぶ島のように円卓が設置されていた。高砂席を真ん中に南側の壁一面がガラスドアになっているので、会場は陽の光を贅沢に採り込んでいる。そのほかの壁や床、天井、テーブルクロスなど主だった所は全て白で統一されているため、銀世界のような明るさがある。教会での式が終わり、二時を回っていたが、午後の気怠さはまるで感じられなかった。

会場はさほど大きくないものの、テーブルの上にある色鮮やかな紫のフラワーボールやハート形のシャンデリアなど、目を引くものが多い垢抜けた空間だった。

蘭は、先ほど庭にいた同級生と同じテーブルについた。座席表を見ると新郎側の出席者が多く、全体的に男の比率が高い。収容人数としては限界に近いだろうが、面積が小さいので八十人にも満たない。

椅子の位置を整えてから、白い皿の上にあるメッセージカードを手に取った。

白水蘭様。

その宛名を見て、胸がジーンとした。先ほど愛子から聞いて、急いで取り替えてくれたのだ。真壁君の心遣いに、蘭はまた目が潤んだ。

大きく息を吐いてから、カードを開く。

――俺は白水が幸せなら嬉しい。今日はありがとう！――

潤んでいた目から涙が流れた。幸い誰にも見られていなかったので、さっと手で拭いてカードをバッグの中にしまった。

「いい式やったけど、面白かったねぇ」

「嫁さんガチガチやったなぁ」

右隣の木村と愛子の声が聞こえた。ちなみに左隣が耕三と健二、向かいに舞が座っている。

「でも、いい人そうやね」

蘭に話し掛けられた木村は、笑って頷いた。

教会の扉が開いて父親と腕を組んで現れた新婦を見たとき、蘭は意外に思った。勝手にモデルのような女性を想像していたが、どちらかと言えば地味な面立ちで、笑顔もぎこちない。自分と比べてもどうしようもないというのに、蘭は少しホッとしたのだった。

新郎の薬指になかなかリングをはめられず、誓約書にサインするときもこけそうになった。結構なおっちょこちょいだ。しかし、新婦の〝活躍〟のおかげで、厳《おごそ》かというよりほのぼのとした式になり、誓いのキスを見ても不思議と胸が痛まなかった。フラワーシャワーのときに見せた彼女の笑顔は幸せを絵に描いたようで、蘭の心にも陽が射すようだった。

司会の女性に促され、出入り口の扉に目を向ける。聴いたことがある洋楽が大音量で鳴り響き、扉が両開きになった。新郎新婦の入場だ。またつまずきはしないかと冷や冷やしたが、新婦はほがらかに会釈しながら高砂席に向かった。

　彼女はこれから、真壁君と家庭を持つのだ。二人で歩く姿を繰り返し見ているうちに「結婚」という実感が湧いてきた。

　司会者から開宴の辞があった後、主役二人のプロフィール紹介が始まった。真壁君は関西の医療系私立大学を卒業し「はり師・きゅう師」の国家試験に合格。現在はスポーツトレーナーとして、フィットネスジムに籍を置き、個人的にバスケットボールチームの選手やオーケストラの楽団員などの顧客を得ているという。新郎側の出席者に若い人が目立つのは、真壁君の仕事が影響しているのだろう。意思を持って進学し、大好きなスポーツ関係の職に就いた彼に、蘭は頼もしさを感じた。

　新婦の経歴に特別なものはなかった。地元の県職員の父と専業主婦の母、三つ下の妹を持ち、趣味は姉妹そろってピアノ。事務職員を経て看護学校に通っているとき、友人を介して真壁君と知り合った。出会いもまた平凡だった。強いて挙げるなら、二つ年上だったことに驚いたぐらいだ。

　真壁君が所属するフィットネスジムの先輩と、新婦が一昨年まで勤めていた病院の看護師長が祝辞を述べ、ケーキ入刀に移った。蘭もケーキに群がる出席者の一人となって、恒例の「特大ファーストバイト」をカメラに収めた。

「それでは、乾杯に移りたいと思います。ご発声は新郎、拓海さんの小学生時代からのご友人、木村信胤《のぶたね》さんにお願いいたします」

硬い表情に不自然な笑みを貼り付けた木村が、席を立ってスタンドマイクの方へ向かった。

「木村って、信胤っていうんや」

「知らんかったな」

耕三と健二の会話に、他のメンバーも頷いた。知り合って二十年近く経つというのに、蘭は全く気にしたことがなかった。

新郎新婦と両家のテーブルへ、あらためてお祝いの言葉をかけると、木村は真壁君との出会いから話し始めた。相当練ったのだろう。エピソードが変わるたびに会場が沸く。

「忘れられないのが、中学生のころです。先ほども話しましたが、僕らが入っていたバスケ部は弱小で、県大会すら夢の舞台でした。ところが、中学三年の総体で、僕らは何を間違えたのか準決勝まで駒を進めました。あと一つ勝てば、その夢の舞台です」

あのときも愛子と舞と一緒だった。空のペットボトルを力いっぱい叩き合わせ、声が嗄《か》れるほど声援を送った。後半残り五分を切った時点で、九点差を追う展開。そこから真壁君が連続して３Ｐ《スリーポイント》シュートを決めたのだ。クールな表情のまま、左腕のリストバンドで顎の汗を拭った彼は、最高にかっこよかった。

「劣勢でしたが、残り二十三秒で何とか追いつきました。でも、試合終了間際に得点を許して県大会への夢は絶たれました。そこまで勝ち進めたのは、真壁の得点力のおかげです」

当時を思い出したのか、木村は言葉に詰まった。

「最後に得点を挙げたのは、真壁がマークをしていた選手でした。彼はその直前に転倒して脚に痛みが残ってたんです。試合が終わった後、真壁はさばさばした様子で帰っていきましたが、実はその夜、彼は後輩の二年生部員十一人の家を一軒、一軒回って、それぞれの長所と短所をまとめたメモを配ってたんです。みんな真壁に感謝してるのに、こいつ一人だけは自分のせいで負けたと思ってる。だから、後輩に夢を託したんです。翌年、後輩たちは地区大会で準優勝し、霧島中学校悲願の県大会出場を果たしました」

大きな拍手が起こる中で、蘭は小学校の運動会のとき、リレーで転倒したことを思い出していた。その夜、真壁君は手作りの銀メダルを持って、訪ねて来てくれた。あのメダルはもちろん、今でも大切な宝物だ。

ハンカチを持っていないのか、木村は目元を荒々しく手で拭った。

「後輩からそれを聞いた僕は、何があっても真壁と親友でいようと心に決めました。もう僕が結婚したいぐらいです」

出席者の涙を誘った後、巧みに笑いを取った木村は、花嫁の名を呼んで「よろしくお願いします」と頭を下げた。

「それでは、新郎新婦の末永いお幸せと、ご両家並びにご臨席の皆様方のご多幸、そして、私に彼女ができることをお祈りしまして、ご唱和をお願いします。乾杯！」

その後歓談を経て、新婦がお色直しに立ち、真壁君も友人たちからひと通りの冷やかしを受け終えると、席を立った。

室内が暗くなり、今度は聞いたことのない洋楽が大きな音で流れた。新郎新婦が再入場し、歓声に迎えられてキャンドルサービスが始まった。会場の至る所でフラッシュが光る。薄い黄色の、ひだまりのようなイメージのドレスが、新婦の雰囲気によく合っていた。今日、彼女は間違いなく主役だった。蘭の中でこれまで考えたこともなかった結婚への憧れが募った。

「パッとせんかったなぁ」

耕三が不満げに言ったのは、キャンドルサービスの後の余興のことだ。真壁君の大学時代の友人と花嫁の看護学校時代の友人は、それぞれ歌を披露するだけで、メリハリも新鮮味もなかった。

再び歓談を挟み、宴《うたげ》はいよいよクライマックスを迎えた。

花束を持った新郎新婦が、出入り口横の壁を背にして並ぶ、両家の親の前に立つ。

新郎側は、小柄な母親しかいなかった。中学校の卒業式で見たとき以来だ。また少し小さくなった印象はあるが、端正な顔立ちは昔のままだった。

花束贈呈の後、花嫁が手紙を朗読して感謝を述べ、続いて両家を代表して新婦の父がこれまでの謝意を伝え、これからの支援を出席者にお願いした。地元の県職員という父親の謝辞は、面白みはないものの、誠実さが伝わる話しぶりだった。

長かった披露宴も、残すは新郎の挨拶のみだ。スタンドマイクの前に立った真壁君は、会場を見渡して一礼した後、一度唇を嚙み締めた。

「昨年の秋、父が亡くなりました。消防士で、体が大きくて、休みの日は疲れてても一緒に遊んでくれるような人でした。三年ほど前です。父が五十一歳のとき、同じ物を繰り返し買うようになって、物忘れが多くなりました。仕事にも影響したんでしょう。暗い顔の日が増えていきました。さすがにおかしいってことになって、病院で検査をしたら、若年性の認知症やと分かったんです」

会場がざわついた。蘭のテーブルで落ち着いて耳を傾けていたのは、木村だけだった。

「さらに一年前には腸に癌が見つかって、もう手の施しようがありませんでした。そのころには、家族のことを思い出せる時間が限られてきてて、母によると、意識がはっきりしているときは『情けない』と言って泣いてたそうです。病院からは『認知症なので抗癌剤治療ができない』と言われたので、何もしてやれませんでした。認知症だと、癌の痛みを感じにくいっていう話を聞きましたが、父はとても苦しそうで、見てられませんでした」

真壁君の母親が堪えきれなくなって、ハンカチで目元を押さえた。会場からすすり泣く声が聞こえ、蘭の視界もにじんだ。

「今隣にいる妻は、勤め先の病院を辞めて介護してくれました。最後は、僕や母よりも、彼女を見ると笑顔を見せるようになったぐらいです」

真壁君は言葉を区切ると、気持ちを落ち着けるように咳払いをした。

「父はよく『忖度《そんたく》』という言葉を使ってました。相手の気持ちを推《お》し量《はか》るという意味です。その言葉通り、父は気遣いの人でした。その彼が、子どもみたいに不機嫌になって、誰彼構わず怒りをぶつける姿を見るのは、息子としてつらかったです。でも、妻は最期まで一切弱音を吐かず、父の世話を続けてくれました。彼女には感謝してもしきれません」

真壁君の強い気持ちに触れ、蘭は式のときに、一瞬でも自分と花嫁を比較したことを悔やんだ。

「幸せにします」

挨拶を終え、新郎が頭を下げると、会場に割れんばかりの拍手が鳴り響いた。蘭も後悔の気持ちを打ち消したくて、痛くなるほど手を打った。

披露宴が終わると、蘭は耕三たちの誘いを断って、一人で海沿いを歩いた。船着き場近くのベンチに座り、波を模ったというホテルの外観を何も考えずに眺める。神戸の海を見るのは久しぶりだった。

真壁君夫婦の絆の強さを目の当たりにし、打ちひしがれる気持ちは確かにある。しかし、蘭は式と披露宴に来てよかったと思った。真壁君と会って、たくさんの思い出を呼び戻すことができた。彼と過ごした日々の記憶は、いつまでも瑞々しいままだ。

海に向かって、きちんと言えなかった「おめでとう」を口にしてみる。自然と涙が溢れた。

純白のウエディングドレスのように、人間の心が一色に染まることなどほとんどない。例えば健二に対しても「好き」という想い以外に、人に知られたくないとか、遊ばれるのは嫌だとか、いつも余計な感情が混ざり合っていた。でも、真壁君への想いは常に「好き」の一色だ。偽りのない心境で真っ直ぐ人を愛した。

それが本当の自分。

穏やかに波を作る海と、ポートタワーの向こうに見える六甲山地の稜線を見ているうちに、蘭の心は次第に固まっていった。

女になろう。

4

包み紙にくるまれた小さなチョコレートを受け取った。

蘭はそれを手にしたまま、小さく息を吐いた。

「大丈夫やって。明日夢が叶うねんで」

対面に座っている茜にくしゃくしゃと髪を触られ、蘭はぎこちなく笑った。

名古屋市内のビジネスホテル。息が詰まりそうなシングルルームで、蘭は山吹色のベッドカバーの上に腰掛けていた。

「大阪に帰ってきたら、アソコ見せてや」

「いやや。恥ずかしいわ」

「何言うてんの。うちらの出会いを思い出してみぃ」

高校三年になる年の春休み、父に無理やり連れて行かれたファッションヘルスで出会ったのだ。十七歳だった。

「あのときは茜が自分で見せてんで」

「その割には、あんたベッドの上に寝転がって真剣に見てたやないの」

「うちらって、ほんま変な出会い方したよね」

「そうや。それが今度は逆になるねん。うちもベッドに寝転がってじぃっと見たろ」

「いいよ。おしっこかけるから」

「構へんよ。おしっこまみれの体で抱きついたるから」

バカバカしくなって、二人で笑った。いい歳をして、こんなくだらない会話ができるのは茜とだけだ。

「よしっ、明日も早いからそろそろ行くわ」

茜が腰を上げるのを見て、蘭は急に寂しさを覚えた。

「そんな顔せんといてや。帰られへんやん」

「ごめん、ごめん。来てくれてありがとう。だいぶ緊張が解れた」

「もうあかん、と思ったら電話しいや」

茜をエレベーターまで送り、部屋に戻った。

蘭はベッドの上に膝を立て、ピンクの遮光カーテンと白いレースのカーテンを一緒に引いた。窓を開ける。目の前に高いビルがあり、右奥には幹線道路が見える。侘しい都会の夜。窓とカーテンを閉めると、チェックインのときに借りた加湿器のことを思い出した。

加湿器の大きな水槽を持って、バスルームを開ける。もちろん、洗面所とトイレが一緒になった三点ユニット。それぞれ半歩で移動できる狭さだ。洗面台が浅く、蛇口が引っ掛かって水槽が中に入らない。仕方なくシャワーを使うと、水が跳ねてブラウスを濡らした。

きっと何でもないことなのに、蘭は気落ちしてしまった。加湿器をつけてベッドの上に寝転がる。元気をもらいたくて一枚の写真を眺めた。結婚式で撮った真壁君とのツーショット。二人ともきれいな笑顔だった。

あの結婚式の後に手術を決意して二年と二ヵ月。ようやくここまでたどり着いた。コールセンターの仕事を続けながらの病院探しは、簡単ではなかった。国内では大学病院の枠が狭く、四年待ちという人も珍しくない。ブログをチェックすると、円高の影響もあってタイで手術する人が多いという。しかし、技術の差が大きいとの話を聞き、気が進まなかった。国内のクリニックも、腕に定評のある医師は紹介がないと難しいということも分かった。

病院探しとともに重要だったのが、費用面だ。女性ホルモンの投与以外は、食費と光熱費をはじめ極力出費を抑えた。同僚ともすっかり飲みに行かなくなったが、元々入れ替わりが激しい職場なので問題はなかった。客のクレームを捌《さば》くコツもつかんだ。

昨年の夏、ネットで名古屋市内のクリニックを見つけた。段階を踏んで丁寧に診てもらえそうだったので、電話して相談に行ったのだ。

最初は精神科医の診断だった。自分で書いた生活史を提出して、それをもとに話をしていく。蘭は四歳のときにドレスを着て、写真を撮ってもらって嬉しかったことや七五三の衣装、ランドセルの色、そして初恋のことなどを訴えた。ここでは「自らの性への違和感」と「反対の性への同一感」を確めるとともに、鬱や統合失調症の恐れがないかも確認するということだ。半年で計八回、最後は別の精神科医の診断も受け、やっと次の段階へ進んだ。

蘭はベッドに座ったまま、両手を突き上げて大きく伸びた。そして深く切った爪を見て、マニキュアが落ちているかを確かめた。体を温めるため、狭いバスに湯を張った。これから手術に備えて剃毛し、へその掃除をする。

バスタブの縁に腰掛け、カミソリを滑らせる。これも今日で見納めだと思うと、気持ちが昂ってきた。蘭は朗らかな表情の執刀医を思い浮かべた。

長い時間をかけた精神科医の診断が終わると、今度はクリニックで身体、染色体、ホルモン値の検査を受けた。これは患者の体が男であるかを確認するものだ。ここで引っ掛かると手術を受けられない可能性がある。ずっと女になりたいと思っていた蘭だが、このときばかりはXYの染色体であってほしいと願った。検査は当然の結果に落ち着き「心が女で、体が男」と証明されたのだった。

このとき、同時に執刀医から手術についての説明があった。彼は蘭にノートパソコンの画面を見せ、慣れた様子で写真や図形をスライドさせていった。医師から提案されたのは反転法——膣になる空間をつくり、靴下を裏返すようにペニスの皮膚を中に入れるもの——だ。蘭のように長年ホルモン療法を続けていると、陰茎が縮小し、皮膚が足りなくなる恐れもある。医師は他に、腸の一部を移植するS字結腸法も教えてくれたが、これはまだ症例数が少ないので、あまりお薦めできないと言われた。

亀頭の一部を陰核にし、全身麻酔を使用することも確認した。そのほか、異常出血や直腸孔、皮膚組織の壊死《えし》といった合併症、術後のダイレーションによる膣の拡張ケア、抜糸、運動制限などの説明もあった。

「軽い気持ちでは受けられないけど、大丈夫？」

眉間に皺でも寄せていたのだろう。確かに大変な手術ということは理解できたが、それでも蘭の意志は固かった。迷いなく同意書にサインした。

そして、最終関門の性別変更判定会議。クリニックで月に一度開かれるものだが、蘭のケースを審議したのは今年二月だった。担当の精神科医が作成した意見書をもとに、大学病院の教授や弁護士、別の精神科医らが話し合い、ようやく患者として認められたのだ。

八時になった。風呂から上がった蘭は、脛辺りまで長さのあるホテルのガウンを着て、茜が座っていたデスクの椅子に座った。コップに水を入れ、液体の下剤をポタポタと垂らした。容器は小さいが、一本全て飲まなければならない。もともと便秘の体質でもないので不安が募る。ほとんど無味で、少しだけ薬くさい感じがした。マイペースで飲もう。蘭は気分を紛らわそうとテレビをつけた。朝は五時に起きて、さらに別の下剤を飲む。医者から「相当まずいよぉ」と脅されたこの薬を一時間のうちに二リットル飲みきらなくてはならない。万が一、腸を傷つけたときのため、中を空にしておく必要があるからだ。

全国放送の番組ばかりで、名古屋に来たという実感が湧かない。特に毎週欠かさず見ているものもないので、蘭はすぐに退屈を感じた。クリニックには一泊するだけで、術後一週間はこのホテルで過ごすことになる。窮屈で乾燥した部屋は気が滅入る。築年数は経っていても、自分のアパートに戻りたかった。

手術が決定してからの三ヵ月の間に、蘭はコールセンターを辞め、再び大阪市内に戻った。仕事先ではアルバイトから契約社員となり、リーダーを任されるまでになったが、責任が重くなった分、業務もつらくなった。送別会すら開かれない職場を退社するのに躊躇はなく、引っ越し業者のトラックから見た清《すが》しい空の色はよく覚えている。

不動産屋は茜の紹介で、入居の初期費用をほぼゼロに抑えられたのが大きかった。これまで住んだアパートの中で最も古く、駅から遠い物件だが、目減りしていくだろう貯金のことを考えると、文句はない。とりあえず、今は近所のトンカツ屋でアルバイトをしているが、術後早々、職探しに奔走することになりそうだ。それでも、蘭の胸は希望に満ちていた。

ペットボトルの水を口に含んだ。九時以降は絶飲食である。テレビの音が煩わしくなり、電源を切った。聞こえるのは加湿器が吐き出す蒸気の音のみで、蘭は一層の静けさを感じた。

病院からもらったチェックリストを手にした。【手術前日まで】の項目には全てチェックが入っている。【手術当日】の欄に記載されているのは、朝五時からの下剤服用と来院だけ。何をしても落ち着かないので、消灯してベッドに入った。

しばらく目を閉じていたが、睡魔は訪れそうになかった。窓の外から車の走行音が聞こえる。視覚を遮断したからか、聴覚が冴えてきた。隣の部屋の咳や廊下から届くドアの開閉音もやけに気になる。

何度か寝返りを打った後、蘭はトイレに行った。便座が冷たく、冬でもないのに身震いする。早く時が過ぎてほしい、と切に願った。手術は怖いが、この生殺しのような状態が堪《たま》らなかった。

ベッドに戻ってからスタンドの灯りを点け、もう一度真壁君との写真を見た。電話して声が聞けたなら、どれほど勇気づけられるか。でも、それはできない。

独りだった。暗い中、知り合いもいない街で、人生の大きな節目を迎えようとしている。自分が普通の女の子として生まれていれば、決して抱くことがなかった不安と孤独の中に埋もれ、心が押し潰されそうだった。

長い夜の入り口で、眠るために閉じた瞼が濡れた。

5

まだ気持ち悪い。

キャリーバッグを引きながら、蘭は込み上げる吐き気に顔を顰《しか》めた。晴れ渡った空とは対照的なすっきりしない朝。全てはあの二リットルの下剤のせいだ。

朝五時に起きて飲み始めたものの、結局パックを空にするのに七時までかかった。覚悟していたので、まずいのは何とか我慢できたが、量の多さに蘭は心が折れそうになった。薬のせいで朝方から何度もトイレに駆け込み、始まる前から疲れていた。

クリニックの入るビルが近づくにつれ、緊張感が増していく。地上八階、規則正しく連なる縦長の窓ガラスが、朝の陽光を跳ね返している。ホテルから五分とかからないため、早めに着いてしまった。前に立つと自動ドアが開いたので、そのまま中へ入った。

「おはようございます」

カウンターの向こうで、制服を着た受付の女性が立ち上がった。このクリニックに通い始めてから何度も会っているので、笑顔を向けられるとホッとする。他の患者はいないようだ。

「体調はいかがですか？」

「あっ、大丈夫です」

「よかった。では、お荷物を置いていただくので、病室まで案内しますね」

院内はさほどの大きさではない。女性に続いてグレーのカーペットの上を進む。考え事をする間もなく、前を行く足が止まった。

「じゃあ、あっちのベッドでお願いします」

室内には四つのベッドがあり、それぞれを仕切るカーテンがついている。

「荷物を置き終えたら、書類を持って診察室まで来てくださいね」

女性が去るのを待って、蘭は左手奥のベッドに腰を下ろした。何か温かい物を飲みたかったが、それは叶わない。ベッド脇にある細長いロッカーにキャリーバッグを押し込むと、書類の入ったバッグを肩に引っ掛けた。

診察室に入ると、白衣を着た執刀医がにこやかに椅子を勧めた。

「昨日はよく眠れた？」

「いえ……緊張しちゃって」

「そうでしょうねぇ。下剤はちゃんと飲めた？」

「一応飲みました。時間はかかりましたけど」

「朝のやつ、つらかったでしょ？」

「大変でした」

「飲みきれない人もいるんだよね」

「えっ？」

先に言ってほしかった。医師は年齢不詳の顔に笑みを浮かべて、手を差し出した。

握手だと思った蘭が手を出すと、おもいきり笑われた。

「握手しても構わないけど、その前に書類くれる？」

「あっ、ごめんなさいっ」

手術の承諾書と親のサインが入った同意書を手渡した。サインは姉を通して母からもらったのだ。

同意書にある母の達筆な字が目に入り、蘭は胸が締め付けられた。同封されていた一筆箋には、一切両親のことについて触れられていなかった。母はどんな気持ちで書類にサインをしたのだろうか。悲しませたと思うと堪らなくなって、蘭は強引に考えを断ち切った。

医師はざっと目を通して、不備がないことを確認すると、手術説明書を出すように言った。

「この前も話したけど、ちゃんと読んできた？」

蘭は頷いてから、あらためてA４用紙二枚の説明書に目を走らせた。大量出血や臓器の損傷、可能性のある後遺症など、手術中や術後のリスクについて書かれている。

「自己輸血の件もＯＫね？」

「はい」

施術の際に出血を伴うので、術後に自己輸血という形で一定量を体内に戻す。既に採血済みで、輸血療法の同意書も提出してあった。

「それとこれ、感染症の検査結果ね。全部問題なかったから」

B型肝炎やＨＩＶなどに関する検査だ。大丈夫だと思っていても、ひとまず安堵した。

「それじゃ、病室で着替えてくれるかな？　緊張してる？」

「かなりしてます」

「僕が手術室に入るのは麻酔がかかってからだけど、心配ないからね。寝てる間に終わるから」

病室に戻ると手術に備え、水色の薄いガウンに着替えた。もちろん、下着はつけない。続いて蘭は、下肢マッサージ用の弾性ストッキングをはいた。白いハイソックスみたいなものだが、エアマッサージ器と接続するための突起がついている。全身麻酔で足が動かせないことから、血栓予防の必須アイテムなのだそうだ。着ているものを替えるだけで、身が引き締まる。

「気分はどうですか？」

中年の男性がふらりと病室に入って来た。蘭が要領を得ない様子で会釈すると、男性は「麻酔科医です」と言って名乗った。

「全身麻酔は初めてですか？」

蘭が十三《じゅうそう》の整形外科で受けた睾丸摘出手術の話をすると、医師は頷いてから今日の手順や常用の薬があるかなどを確認した。ひと通り説明が終わると、今度は女性看護師が点滴をぶら下げるガートル台を押して入ってきた。

「今からお水入れますねぇ」

施術前に生理食塩水を入れるのは、絶飲食による脱水の予防のほか、あらかじめ針を刺しておいて投薬ルートを確保するという意味合いがあるらしい。十三のオペは簡単なものだったので、初めて知ることばかりだった。処置が済むと、女性は一日病室を出た。

手術開始の十時まで五分を切った。ベッドの上で脚を投げ出して座っていた蘭は、忙しなく鳴る左胸に手を当てた。昨日、ホテルで独り苛《さいな》まれていた不安と孤独が、さらに膨れ上がっていく。蘭はバッグから写真を取り出した。

真壁君——。

彼の優しそうな笑みを見ていると、段々と落ち着いてきた。

「白水さん、そろそろ行きましょうか」

先ほどの看護師が病室に入って来た。蘭は頷いて、ベッドから下りた。使い捨ての円形キャップをかぶって、髪を中に押し込んだ。

行ってくるね——。

心の中で語りかけた蘭は、写真をバッグにしまった。ガラガラとガートル台を押して、病室奥の扉の前に立つ。この向こうが手術室だ。蘭は大きく深呼吸した。

「では、行きますね」

看護師がゆっくりと白い扉をスライドさせた。

広い室内の真ん中にベッドがあった。その周りを二人の看護師がきびきびと跳ねるように動いていた。ベッドの枕側——オペ室の奥に大小の機械装置が五、六台設置してあり、それぞれから太いホースや細いコードが伸びている。蘭はその仰々しさに気圧され、大きな手術なんだと実感した。

向かって右側に胸高の棚があり、数多くのタオルが並んでいる。左手に色分けされた大きなゴミ箱が二つ、そばには車椅子が折り畳んで置かれていた。ベッドの近くには銀枠の台が二つあって、緑色のシートで覆われていた。おそらく、メスなどの器具が入っているのだろう。奥のモニター付き装置の前に座って、麻酔科医が何やらチェックしていた。

冷房が効いているのか、室内は寒かった。しかし、体の震えは低い室温のせいだけではない。恐怖心が最高潮に達した。

「はぁい、ではベッドに仰向けになってください」

看護師の誘導で、ベッドに上がった。上半身には沈み込むような柔らかいクッションがあるものの、太ももから下は冷たく硬い感触だった。蘭は白いシーツがかけられた低反発の枕に頭を預けた。

真上の天井には二本のレールが走っていて、足側にはドラマでよく見る大きな照明器具が浮かんでいる。確か無影灯と言ったはずだ。一度ネットで調べたことがある。

「酸素を計るクリップを指につけますよぉ」

別の看護師は言うや否や、グレーのクリップで左手の薬指を挟んだ。

「緊張してる?」

枕元に立った麻酔科医が笑いかけてくれた。乱れた呼吸を整えられないまま、蘭は微かに頷いた。

「ちょっと、前開けますねぇ」

左側にいる看護師がガウンの襟元を開け、ペタペタと線のついた電極を上半身に貼っていく。おそらく心電図だ。同時に右側の看護師が、蘭の腕に幅のあるベルトを巻いた。血圧測定器だと分かった。

周囲は慣れた手つきで淡々と作業を進めていく。安心感はあるものの、もはや自分のペースというものがなかった。されるがまま、身を任せるしかない。

ピンクの長いタオルを全身にかけられた。ガウンの両袖がマジックテープになっていて、看護師が素早く外してノースリーブにする。

「膝を立てて、気持ち腰を浮かしてください」

言われた通りにすると、一人の看護師が「せぇのっ」と声をかけ、一瞬にしてガウンが引き抜かれた。ピンクのタオルの下は、素っ裸になった。ひんやりとして、少し落ち着かなかった。

「じゃあ、横向いてえび形になってくれる？」

麻酔科医に言われるがまま、蘭は右側面を下にして背を丸めた。

「消毒していきますね。ちょっと冷たいよぉ」

腰に何か液体を塗られた。確かに冷たい。

「おもいっきり丸くなって。おへそ見る感じ」

蘭は限界まで体を丸めた。

「この姿勢で頑張って」

後ろが見えないので器具を扱う音だけが聞こえる。気掛かりだが、振り返ることはできない。

「注射しますねぇ」

針が入り、腰にチクッと痛みが走った。

「嫌な感じかもしれないけど、頑張って」

液体が入ってくる。圧迫されるような、痛みとはまた別の不快感に襲われる。耳元で発泡スチロールがすれる音を聞かされているような、どうしようもない気持ち悪さ。やけに長く感じた。

「力抜いて楽にして」

小さなピアノ音が耳に届いた。観たことがある邦画のテーマ曲だ。蘭はこの瞬間まで、室内に音楽が鳴っていたことに気付かなかった。よほど緊張していたのだ、と思うと、ほんの少し余裕ができた。

「押さえますね」と言われて次の針が刺さる。また液体が入って来た。

「ピリッとした感覚があったら教えてくださいね」

上から看護師の声が聞こえ、蘭は少しだけ首を動かした。事前に説明があった硬膜外麻酔の作業だろう。

体が寒いのに、全身に嫌な汗をかいている。特にむき出しになっているお尻が冷える。ピアノの音に合わさって「ピッピッ」という無機質な機械音が響く。

「背中拭いていきますよぉ。テープで固定します」

腰にテープの感触がした後「お尻にもシール貼るからね」という看護師の声がした。肩が凝ったのが分かるぐらい体が固まっていた。

「では、上向いて寝てくれるかな？」

医師の指示通り仰向けになる。天井に埋め込み型の丸いスピーカーが見え、そこから音楽が流れていた。

「全身麻酔かける準備しますね」

三人の看護師が機敏に動いていく。ベッドは四肢が分離できるような仕組みで、まず、両腕をタオルとマジックテープで縛られ、次に両脚はクッションのような柔らかい物に乗せてから固定された。

もう完全に身動きできない。

「ベッド上げます」

モーターが作動するような音がして、少し天井が近くなった。医師が枕元に立った。

「じゃあ、これから麻酔をかけていきます。今度目が覚めたら、もう終わってるからね。楽にして」

返事をする間もなく、二本の白い半透明のホースがついた酸素マスクを口元に当てられた。

「少ししみるかもしれないけど、大丈夫?」

ゴムと何かが混ざったようなにおいをかぎながら、蘭はしっかりと頷いた。

いよいよ女になるんだ——。

十三で睾丸を摘出したときのことを思い出した。あのとき、意識がなくなる前、真壁君の唇を感じたのだ。ほんの少し烏龍茶の味が甦った。

「ぼうっとしていきますよぉ」

遠くで誰かの声がした。

真壁君……。

息苦しさを覚えたのも束の間、白濁した中に浮かんでいた彼の顔が、闇に消えた。

陰鬱な曇り空へ続く階段があった。

何に支えられているわけでもない、宙に浮いた階段。目的を持たないまま、蘭は一段一段上って行く。段差の間には大きなすき間があって、輪郭のはっきりしない下界が見える。

落ちたら死ぬ。

それだけは分かっていた。ひどく寒い。上るのを止めたいのに、得体の知れぬ強迫観念に背を押されて体を動かし続ける。嫌々片足を上げたとき、突風が吹いた。足を踏み外すと、段差のすき間に吸い込まれて落下した。

おもいきり息を吸い込んだ自分の声で目が覚めた。

早鐘を鳴らすような鼓動を聞き、蘭は白い天井を睨んだ。夢だと分かって吐息を漏らしても、苦しいままだ。そこでようやく酸素マスクをしていることに気付いた。

終わったんだ。

生きていることに安堵し、手術は成功したのだろうかと、他人事《ひとごと》のように思った。気持ち悪いので酸素マスクを外したかったが、勝手に取っていいのか分からなかったので、そのままにした。

喉の渇きを覚えた。だが、水を飲むことはできない。それどころか座ることも寝返りを打つことすら許されない。段々と意識がはっきりしてきた。

「よかった。目ぇ覚めたんやね」

懐かしい声がした。近づいてくる足音の方に目をやると、母の小さな顔が見えた。

「お母さん……」

自分とよく似た母の大きな二重瞼の目が細まって、口元が緩んだ。蘭は無意識のうちに、マスクを外していた。

「ほんまよかった。手術、成功やって」

母がベッド脇の椅子に座った。昨日から抱いていた不安と孤独が、スーっと薄らいでいく。心の底が温かくなり、全身の力が抜けた。

十年ぶりの再会。ひと目見ただけで、長い隔たりの歳月などなかったかのように、安心感が芽生えた。それでも、目尻に刻まれた皺や丸くなった顎のラインを目にすると、母も年をとったと痛感する。

「太った?」

「あんた、感動の再会なんやから、もっとマシなこと言われへんの?」

「だって、顔が丸なってんねんもん」

「あんたの変わりように比べたらマシや」

「よく言われる」

二人で声を合わせて笑った。昨日まで一緒に生活していたように思える。

「痛いとこない?」

「痛みは大丈夫。変な感じはするけど、ちょっと寒いかな」

母が足元のバッグからカーディガンを取り出し、布団の間に入れてくれた。ふわっと実家のにおいが漂った。

「何か欲しいもんない？」

「何にもいらん。今日は食べられへんし」

「いつからご飯食べれんの？」

「明日の朝から。サンドウィッチやって」

「もっと温《あった》かいもんにしたらええのに。味噌汁でも飲みいな」

母がよく出してくれた白ネギとアゲの味噌汁を思い出し、蘭は無性に飲みたくなった。

「作ってくれんの？」

「買ってくるねん」

「何や、インスタントかいな」

「それにしても、ようさん管通されて」

手術前に針を入れた点滴ルートや硬膜外麻酔のチューブ、尿管カテーテル、心電図のモニターなど体中から管や線が出ている。どうせ身動きがとれないので、特に不便はなかったが、見る者からすれば痛々しいのだろう。

母の手が触れたので、力の入らない手で握り返した。

「明日退院やろ？　おしっこは大丈夫なん？」

「しばらくはカテーテルついてるから」

「ホテルでも、この管つけてんの？」

「おしっこのやつだけ。あとは明日とれるから」

「痛み止めもくれるんやね？」

「もう質問攻めやな。大丈夫。ちゃんとお薬もらうから」

「内服の薬で効くか心配やんか」

「そんなことより、お母さんはいつまでいてくれんの？」

「今日、帰らなあかんねん」

蘭は寂しさを覚えたが、母のバツの悪そうな顔から事情をくみ取った。

「お父さんに内緒で来たん？」

母は口元を引き締めて頷くと「手術のことは言うてないから」と漏らした。心が重たくなった。

「気ぃ遣わしてごめんね。でも、お母さんに久しぶりに会えてよかった」

「あんた、全然連絡してけぇへんから。こっちから電話しても出ぇへんし」

「ごめんなさい。もっとしっかりしてから帰りたかってん。ちゃんと女になってから」

愛おしそうな母の指が、蘭の頬のラインをなぞった。

「今日は報告があって来たんやけどね」

あらたまった口調に、蘭は後ろ向きな予感がした。

「何？　悪いニュース？」

「おめでたいこと。お姉ちゃんが結婚するねん」

「えっ、ほんま？　聞いてないで！」

「恵が手術が終わってからにしてって言うから」

姉は今年三十歳だ。旅行会社に勤務し、世界中を飛び回ってきた。今は東京本社で、念願だったツアープランナーとして働いている。

「彼氏がいることも知らんかった。相手、どんな人？」

「同じ会社の先輩やって」

「まだ会ってないの？」

「今度、うちに連れて来ることになってるんやけど」

「お姉ちゃんのことやから、外国人でも見つけてくるんかと思ってた」

「そんなん、ただでさえ無口なお父さんが余計しゃべらんようなるわ」

「そっか……。お父さんは反対してないんでしょ？」

「『やっと片付いた』って喜んでる」

それからしばらく沈黙のときが流れた。父の話題になるとどうしても身構えてしまう。ふくらはぎのエアマッサージ器が、息を吐くようにプシューと音を立てる。

「結婚式のことやったら、私のことは気にせんでええよ」

「そういうわけにはいかんでしょ。家同士の話でもあるんよ」

「でも、結局は本人同士の話やん。私がおらんでも式は挙げられるし、個人的にお祝いもするし」

母はこれ以上言っても無駄だと思ったのか、口を閉ざしてしまった。蘭は自責の念に駆られたが、まだ父に会う勇気がなかった。

「あんた、一回家に帰ってきたら？」

このままではダメだと分かっていても、蘭はすぐに首を振っていた。

「お姉ちゃんの結婚前に、また悲惨なことになったら嫌やもん」

返事の代わりにため息をついた母の顔に、暗い影が差した。何か理由《わけ》があるような、そんな憂いのある表情だった。

「どうしたん？」

「ちょっとね……。あんた、これ、久しぶりやろ？」

母は膝の上に置いていた紙袋から、水飴の瓶と割り箸を取り出した。瓶を見ただけで舌先に米の甘みを感じる。小指の先でもいいから、絡めて舐めたくなった。

「こんなん出されたら、すぐに食べたなるやん」

「明日の楽しみに取っとき」

「お店も十年見てないわ」

蘭の言葉を聞いた母が、頼りなく笑った。小さく頷いた後、切なそうに揺れる瞳を娘に向ける。蘭はそこに告白の間合いを感じ取った。

再び鳴ったエアマッサージ器の音が消えた後、母は静かに口を開いた。

「店、閉めることにしてん」

第七章

1

柔らかい夜の風に、まだ春の名残があった。味気ない都会の真ん中とはいえ、外の空気は心地いい。三つあるテラス席は、日暮れの余韻が消えないうちに全て埋まっている。

コーヒーカップをソーサーに置いた後、白水蘭は目の乾きを覚えた。ハンドバッグから目薬を取り出し、左右の目に一滴ずつ落とす。再び吹いた微風に潤いを掠め取られそうになったものの、瞳がひんやりしてさわやかだった。蘭は道路沿いから、店内のカウンターに視線をやった。

もう十三年になる。

自立しなければと気負い、ただ生活のためだけに働いていたあの日。勤め先のスナックの客だった三田に絡まれているとき、助けてくれたのがチーコママだった。ママが「セカンド・サイト」に誘ってくれたおかげで、女として生きる第一歩を踏み出せたのだ。

プロ意識の高いチーコママは厳しかったが、充実した日々だった。ステージのこともそうだが、さまざまな職種のお客さんと話すうちに、自らの世間知らずを痛感した。店にいた三年半は蘭にとって大学生活に等しく、ママは一番の恩人に違いない。お京の件で彼女のやり方に疑問を抱いたのは事実だ。しかし、店の事情を聴くことなく、抗議するような形で店を離れたのは考えが浅かった。時が経つほどに罪悪感が募り、ママに連絡する気持ちが鈍った。手術をしたことすら告げていない。

三人の若い女たちが、おしゃべりしながら店の中へ入っていく。少し堅めの服装なので、仕事帰りの一杯かもしれない。人の顔が記号化しやすい都会では、彼女たちと今の自分にはもはや、違いなどないに等しい。

蘭は通りを歩く人たちに視線を移し、カップに口をつけた。

術後、尿道のカテーテルが外れて初めて用を足したとき、胸がじんとした。壊れたシャワーのように不規則に尿が飛んだのには驚いたものの、やはり嬉しかった。当然、いいことばかりではない。膣の穴が縮小しないよう、ダイレーターという棒状の器具を挿入するのだが、これがかなり痛かった。しかも、段階的に器具を太くしていかなければならず、何度か心が折れそうになったこともある。

ホテルを引き払うと、必要書類を揃えて家庭裁判所に戸籍の変更を申請した。新しい「氏名」と「性別」が認められた後、健康保険証の再交付や銀行口座の名義変更などの手続きを着々と進めた。慌ただしい日々だったが、病院の窓口で変な顔をされなくなり、「シラミズラン」と印字された銀行のキャッシュカードを手に入れ、一歩一歩女になっていくことが実感できた。

そして今、子どものころから夢みていた〝完全な女〟になって、四年が経とうとしている。

再び目の乾きを感じたので目薬を注《さ》した。上を向いて瞼を閉じる。昨日、突然かかってきたママからの電話。穏やかな声にひとまず安堵したが、こうして会う時間が近づくと不安になる。不義理をして、長い間きちんと謝りもしていないのだ。

目元にハンカチを当てて、滴《しずく》を拭った。

「気持ちのいい夜やね」

不意に近くで声がして、慌ててハンカチを下ろした。チーコママの笑みが見えた。

蘭が立ち上がってお辞儀すると、ママは困ったような顔で手を振った。

「そんなん止めてよ。会社のお局様みたいやんか」

ママは落ち着いたグレーのパンツスーツ姿で、相変わらずきちんと化粧をしていた。しかし、蘭には少し小さくなったように思えた。もちろん白髪などは目につかないが、老けた印象を受ける。それは地味な服装や首の皺など、個々の部位というより、全体的な雰囲気に原因があった。

「すごくきれいになった」

目を細めて自分を見るママを前に、硬い気持ちが和らいだ。

互いの生ビールが届けられると、軽くグラスを合わせた。蘭は両手を膝頭の上に置いて頭を下げた。ママはまた困惑の表情を浮かべ、少し笑った。

「こっちも蘭ちゃんを傷つけてしまったと思って、ずっと気になってたんやけど、なかなかタイミングが合わなくてね」

近況を尋ねられたので、蘭は元いた建築事務所で働いていることを話した。

「社長さんがいい人で。前に私がいたときに同僚の女子社員が二人いたんですけど、体のことを隠してたから……」

「あぁ、段々息苦しくなるよね」

ママは嘘を重ねなければならなかった当時の状況を敏感に察したようだった。頭の回転の早さは当時のままだ。

「その二人も寿退社したみたいで、今はのんびりと働いてます」

「それはよかった」

契約社員だったが、贅沢をしなければ何とか暮らしていける。彼氏も好きな人もいないのは寂しい反面、服や化粧品に気を遣わなくていいので気楽だった。

一昨年の夏、三十路《みそじ》を一人で迎えるのが嫌で、バーで知り合った男と付き合った。選んだのは顔がタイプに近かったというだけだ。五つ年上の割にはつまらない見栄を張る人で、話も幼稚くさかった。好きでもない男といても疲れるだけだと思い、誕生日の翌月に別れを告げた。

そんな彼のことよりも、蘭は実家のことが気掛かりだった。店は手術の二ヵ月後に閉めたらしい。母や姉からしきりに顔を見せるように言われたが、父に会うのが怖かった。体も戸籍も女になったというのに、父にだけは認めてもらえる気がしない。今は伯父の店で働いているようだが、暮らし向きは楽ではないだろう。仕送りしたい気はあるものの、自分の将来のことを考えると判断が鈍ってしまう。

しばらく間《ま》が空いたので、蘭はもう一度謝ってから手術をしたことや戸籍を変えたことを話した。ママは微笑を浮かべ、頷いただけだった。蘭はその様子が少し引っ掛かった。

ママは気付いているのかもしれない。

普通の女の子として生きる。自分にはそれが果てしなく高い山だった。だが、実際に頂まで登ってみると、絶景を楽しめるのは一瞬で、後はどうしていいのか分からなくなった。女になるための手段はいくらでも語れるのに、一人の人間としての未来図は白紙の状態が続いている。毎朝姿見に映る自分は、夢を叶えても実家に仕送りもできない弱い存在だった。

しかし、この燃え尽きたような虚無感を認めるわけにはいかなかった。

「今日はお願いがあって、来てもらったの」

二杯目のビールが届いてすぐ、ママは改まった様子で言った。蘭も居住まいを正す。

「ずっと前、お互いもっと若かったとき、この店で『セカンド・サイト』に誘ったの、覚えてる？」

「はい。あっちのカウンターでした」

蘭が指差すと、ママが微笑んで頷いた。

「あのとき勤めてたスナックのお客さんに絡まれてるとこを、ママに助けてもらって」

「そうやったねぇ。もう名前忘れたけど『セカンド・サイト』にも一回来たよね？　私が客席に通してしもて」

その翌日、家の近くまで来た三田が、蘭を弄ぶように健二の二股のことを言ってきたのだ。一月の冷たい雨は、鮮明な記憶のままだ。お京が襲われたと聞いたのは、次の日だった。

「あのカウンターでしたのと同じ《おんな》ような話やねんけど」

「同じような？」

「蘭ちゃんにね、店をやってほしいの」

要領を得ず、蘭は首を捻《ひね》った。

「店に戻るってことですか？」

「そう。経営者としてね」

「えっ、経営者？」

ママは驚いた蘭の顔が面白かったらしく、クスクスと笑った。

「ちょっと、冗談言わんといてくださいよ。びっくりしたわ」

「冗談とちゃうよ。私は本気で言うてんのよ」

「それって、私がママになるってことでしょ？　あり得へんわ」

「何でよ？」

「私なんかに務まるわけないじゃないですか！　売上げの勘定もできひんわ」

「電卓あげるから」

「そんな問題じゃないですっ」

蘭は憤然としてビールグラスを空けた。

「もう一杯飲む？」

「いいです。ママ、むちゃくちゃやわ」

「誰だって最初は素人よ。私もそうやった。何も大学で勉強せんでも商売はできます」

「引き受けませんけど、とりあえず、質問させてください。ママは何でそんなことを言い出したんですか？」

「蘭ちゃんに店を譲る理由ってこと？　まず、私じゃもう店の立て直しができひんってこと」

「立て直し……」

「正直言って、蘭ちゃんたちがいなくなってから、店の売り上げが下がり続けてるの」

　蘭は何も言えず、目を伏せた。

「当時のメンバーで残ってるのは邦江ちゃんと厨房の田所ちゃんだけ。ショーの質は落ちて、若い子が全然入ってこないの。仮に入ってきてもすぐに辞める」

「何で辞めちゃうんですか……？」

「今の蘭ちゃんみたいに、普通の女の子として生きられるからよ。ひと昔前にここで話してたときとは状況が全然違うから」

　ママの言わんとしていることはよく分かった。戸籍の性別が変えられるようになり、手術に関しても外国や大学病院以外の選択肢がある。

「でも……ママはどうするんですか？」

「友だちが新地でワインバー開くから、そこを手伝おうと思って」

「そんな簡単に割り切れるんですか？」

「結構前から考えてたから。どっちにしろ、このまま私が続けてもあかんようになるのは目に見えてるわ。ここで新しい風を入れなあかんの」

「それで、何で私なんかが分かりません」

「そら、華があるからよ。これは持って生まれたもんやからどうしようもない。次に真面目なとこ。練習に取り組んでた姿勢もそうやけど、蘭ちゃんが店を辞めた理由もそこにあるでしょ？」

引け目があるので、蘭は曖昧に頷くことしかできなかった。

「最後は蘭ちゃんが商売人の子どもやから。親の姿を見てるうちに、お金に対してシビアになるからね」

蘭は実家の店が潰れたことを言おうか迷ったが、今の話には直接関係ないので黙っておくことにした。

「私が見たところ、あなた以外におらへんわ」

「でも、あんな大阪の都会で家賃めちゃめちゃ高いでしょ？」

ママの手応えをつかんだような表情を見て、蘭は余計なことを口にしたと気付いた。

「そういう感覚が大事なんよ。でも、心配せんといて。土地も建物も私のもんやから」

「えっ、ほんまに？」

「そうよ。借金返したんはつい最近やけど」

長い間世話になっておきながら、そんな基本的なことも知らなかった。

「だいぶ無理して返したからね。これ以上赤が続いたら、破産するわ。もちろん、売上げから家賃をもらうけど、そんなにプレッシャーを感じる必要もないわけ」

だが、商売となると家賃だけの話ではない。仕入れから人件費まで、考えないといけないことが山ほどあるのだ。小さいころから親の苦労を見てきただけに、簡単に承諾することはできない。

「心配せんでもいきなり任せたりせえへんよ。年末までかけて引き継ぎするから」

人の心を読む力は健在で、会ったときに感じた「老けた」との印象が薄れてきた。

蘭は思い出した。「セカンド・サイト」が千里眼を意味することを。

懐かしいカウンターを見て言った。

「考えさせてください」

2

頭上にある蛍光灯のなまった光。

視界の果てまで続くアーケードから届く弱々しい照明は、人影のない夜の寂寥を浮き彫りにする。モップ掛けでもしたのか、タイルの床が微《かす》かに濡れている。コンクリートを打つ硬いヒールの音が、営業を終えた店々のシャッターやアーケードに跳ね返って響く。

商店街から外れ、蘭は車両一方通行の標識に逆らうようにして細い道路を進んだ。ジャケットを腕に引っ掛け、ブラウス一枚だったが、首筋に汗が流れていた。曇天の蒸し暑い一日で、気温も二十八度近くまで上がったらしい。テレビのニュースを見て、これから迎える梅雨《つゆ》を思いうんざりした。

靴音を立てないように気を付けながら、慎重に足を運ぶ。住宅や商店が密集し、下町風情は残していたが、知らない家が随分と増えた。生まれ育った街なのに、何だかよそ者みたいで落ち着かない。目的地が見えたところで、蘭は歩みを止めた。

分かっていたことなのに、目の当たりにすると息が詰まりそうになる。記憶にある「雪乃阿免」は跡形もなく、更地《さらち》になっていた。白壁も黒い瓦もケヤキの看板も、頭の中では鮮明に再現できるのに、今は見上げてもくすんだ色の空があるだけだ。でも、目を閉じれば紫の暖簾が浮かび、心地いい香の匂いが甦る。

学校が終わり、ランドセルを背負ったまま店の中に駆け込むと、木枠のショーケースの向こうに母がいて、黄金色の水飴を割り箸に絡めて渡してくれる。優しい米の甘み。奥の作業場にいる父は大抵ランニングシャツを着て、首にタオルをかけていた。「ただいま」と声をかけると、ひょいっと右手を挙げる。たまには学校から直接遊びに行きたかったが、店に帰ってきて両親に挨拶するのが白水家のルールだった。

まとわりつくような熱気の余韻に刺激されたのか、脳裡でジーというアブラゼミの鳴き声が再生される。高校一年の夏休み。クーラーをつけずにショーケースの奥にある椅子に座って、止まらない汗をタオルで拭っていた。誰もいない店で孤独を感じていたとき、真壁君が来てくれたのだ。お香の匂いをほめてくれ、おいしそうに水飴を舐めながら遊びに誘ってもらった。その一つひとつが嬉しかった。男子校に入って息苦しい日々を過ごしていたので、なおさら心が弾んだのかもしれない。

その後、愛子と自分をくっつけるためのダブルデートだったと知ったときは、悲しみに打ちひしがれたが、今では甘酸っぱく思える。十六年前の夏、自分と真壁君は確かにここにいたのだ。時計の針を巻き戻して、そっと高校生だった二人を見てみたい。

感傷に区切りをつけ、目元を拭った蘭は、くるりと方向転換した。古い建物は当時のままだが「秋本デンキ」の看板はない。五、六年前になるだろうか。親が店を畳むことを耕三が年賀状で知らせてくれた。自分の知っている街は少しずつ欠けていき、不義理を責めるように過ぎ去った歳月を突き付ける。

跡継ぎがいれば、もう少しがんばれたのかな。

詮《せん》ないことだとは思いつつ、蘭は自責の念に駆られた。昨年還暦を迎えた父は今、どんな気持ちで義兄の店を手伝っているのだろうか。自らの店を守ることができず、息子は家を出たまま帰ってこない。休むことが嫌いで、暑くても寒くてもずっと作業場にいるような人だった。

無機質な更地を見て、蘭は自らの不甲斐なさに苛立った。経済的にも決して楽ではないはずだ。でも、今の自分に何ができるだろうか。

変わるしかない。

再び商店街へ向けて歩き始める。もうヒールの音を忍ばせる必要はなかった。

闇に吸い込まれそうな螺旋階段が地下へと続く。

両脇にあるろうそく形の電球が所々切れていて、足元まで届く光が頼りない。階段に敷かれている赤い絨毯は擦り切れて黒ずみ、柔らかく沈み込むような感覚が失せていた。一歩ずつ、地下へ潜るごとに気持ちが重たくなっていく。

配置はさほど変わらないのに、広いロビーは閑散として見えた。階段からほど近い場所にレジがあり、その奥はクロークルーム。向こうにあるソファーセットは、遠くからでもくたびれているのが分かる。テーブルの上で、自身を照明の色に染めていたシャンパングラスはなくなっていた。

先日、生まれ育った商店街で覚えた寂寥が甦る。ここも既に、十八歳のときに別世界だと、ときめいた場所ではない。

蘭はロビーを横切り、ソファーセットの隣にあるパネルの前に立った。写真がなくなっていた。かつてはここに、自分を含む演者の顔写真が飾ってあったのだ。自らのお気に入りの一枚がパネルに掲げられたとき、メンバーとして認められたようで誇らしかった。それが今は、随分前に終わったディナーショーの告知ポスターが貼ってあるのみ。日付の過ぎたポスターを放置するなど、昔なら考えられないことだった。

蘭は出所の知れない苛立ちに戸惑った。

「どう？　久しぶりの古巣の感想は？」

振り返ると、黒いロングドレスのママが微笑んでいた。蘭は初めて店を訪れたとき、こうして後ろから声を掛けられたことを思い出した。しかし、寂れてしまった印象が強すぎてあのころの情景も浮かんでこない。

「くたびれちゃったでしょう？」

表情に出ていたのか、こちらの心中を見透かされたようで、蘭は返事に困った。

「写真、なくなったんですね？」

「入れ替わりが激しいからね。ほとんどヘルプの日もあるし」

何も答えられない蘭が小さく頷くと、ママは「もうすぐ始まるから」と、くるりと体の向きを変えた。華奢な背中について、入り口と反対側にある階段を上がる。

一階に出ると、蘭はママとともに、右手にあるずっしりとした二重扉を押して店の中へ入った。開演前なので、舞台には紫の幕がかかっていた。薄暗いのでよく分からないが、中は前と変わりがないように思えた。客席は前半分が団体用で、後ろ半分は長テーブルの固定椅子。テーブルに差す赤い照明も当時のままだ。蘭の胸に、ようやく懐かしさが込み上げてきた。

「これが現状」

冷めた声を出したママの横顔を見た。蘭は現実に引き戻されるような思いで、再び客席に視線を移した。団体客が一組と、若いカップルと三人組の女性客が、離れて座っている。百五十ある席の大半が空いていた。

「金曜の夜でこんな状態やねんから」

ため息混じりのママの様子に、蘭は切なさで胸が塞ぎそうになった。自分が舞台に立っていたころは、金曜、土曜と言えば、補助席を出すことも珍しくなかった。

「今はね、もう一部構成やの」

「ワンステージってことですか？」

「そう。七時半からの一回。それが終わると、ずっとお客さんの話し相手」

先ほどパネルの前で感じた苛立ちが、再び蘭の神経を刺激した。

「さっ、そろそろ始まるで」

ママと一緒に、一番後ろの席に腰を下ろした。厨房のアルバイトの学生が、撮影禁止のお願いに回ることもなくなった。思い出と照らし合わせたとき、重ならない部分があまりに多く、その欠けた一つひとつの事柄が、蘭を不安にさせた。

誰の曲か分からない洋楽の音量が次第に大きくなり、照明が徐々に絞られていく。開演が近づく感覚を体が覚えていて、自然と肩に力が入る。

曲が変わった瞬間、幕が上がった。小刻みなドラムの音が聞こえるが、生演奏ではない。舞台では、セーラー服姿の二人が並んでリズムを取っていた。衣装を違和感なく着こなしているが、華があるわけでもなかった。

〝奇面〟の高校生五人組が活躍するコメディー・アニメのオープニング曲だ。セーラー服の二人は、揃って声が低く小さいため、歌詞が聞き取りにくかった。お世辞にもうまいとは言えない。

まばらな拍手から惰性で続いていた手拍子は、一番のサビが終わるとすぐに止んだ。客の中で舞台を見ていたのは、女性三人組のうち一人だけで、後はグラスや箸を片手に雑談していた。

次の曲で背の高い演者が一人増え、ケルト音楽を背景にしてタップダンスが始まった。まず、最初の二人がステップを覚えていないのが丸分かりで、背の高い一人も重心がフラついていて、床を打つ回数が明らかに足りていなかった。もはや誰もステージを観ていない。かと言って、演者に焦った様子はなく、淡々と拙《つたな》いタップを踏み続ける。

邦江が歌謡曲を歌う間はほんのちょっと持ち直すものの、九〇年代のJポップメドレーや簡単なギター演奏など付け焼刃の内容で、退屈で仕方なかった。笑いはなく、せっかくの舞台装置も使わずじまい。演出家の手が入っていないことは素人でも分かる。外観や設備と違って、ステージは生き物だ。生きているからこそ腐るのだ。

蘭は最初に「セカンド・サイト」で観た質の高いショーを思い返していた。七色の噴水に呼吸の合ったダンス、ワイヤーアクション、演者の歌唱力。打ちのめされたように感動し、この世界で生きていこうと誓ったのだ。

ひたむきさの欠片《かけら》も伝わってこないステージに、蘭は苛立ちの原因が、過去に培ったプライドであることに気付いた。

「どうやった、蘭ちゃん？」

幕が下りてから、ママが気持ちのこもらぬ声で尋ねてきた。バーで再会したときの老けた印象を再び感じた。「ちょっと……」と言ったきり、言葉にならなかった。

蘭は疲れた店内を見回した。ただ自活するだけで精いっぱいだった自分を育ててくれた場所。恩返しと言えばおこがましいが、それでもこのまま放っておくことなどできなかった。

あのころのステージを取り戻したい。

何事もなかったように飲み食いする客を見ているうちに、体が熱くなっていく。

「ママ、ビール持ってきて」

3

ホームページにあった通り、古くさい構えだ。

立てつけの悪そうなガラス戸の上に、堅苦しい看板が掛かっていた。職種にあった厳めしい字体で店名が書かれているものの、歳月により薄れたであろう墨字が、やや威厳を損ねている。

見た目を裏切らず、なかなか滑らない戸のガラスが震え、ガタガタという忙しない音が、昼間からひっそりとしている住宅街に響いた。

中はムッとするような空気が漂い、暖房をつけていることが分かった。十一月も中旬に入り、朝方が冷えるようになったが、換気が必要なぐらい部屋を暖めるのは少々やりすぎな気がした。

入ってすぐ右手には囲いの中にびっしりと詰まった竹の棒、柄《つか》はないが、その形から竹刀《しない》だと想像がつく。左手には二段式の陳列棚があって、ビニールに入った白や紺の道着を置いている。壁面には剣道の防具が並んでいた。狭い店内は商品が密集し、暗めの照明も相まって息苦しい。

「蘭？」

声のした方を見ると、奥に掛かった暖簾の前に小太りの〝男〟がいた。それでも痩せたと思えることが、蘭にはおかしかった。

ローヤルが両手いっぱいにスポーツ用サポーターを抱えて、満面の笑みを浮かべる。

「お久しぶりです」

「ちょっと、何でぇ、懐かしいやないのぉ」

今や見た目は完全におっさんだが、言葉だけはおばちゃんのようだった。ローヤルはサポーターをカウンターに置くと、入り口近くまで小走りでやって来て、蘭と手を取り合った。

「お茶淹れるから、座っといて」

蘭は言われた通り、カウンター前にある粗末な丸椅子に腰掛け、暖簾の奥へ消えるローヤルの背中を見送った。

「セカンド・サイト」に戻って五ヵ月が過ぎた。経営業務の引き継ぎを受ける傍《かたわ》ら、ママから依頼されたのがショーの立て直しだった。以前演出を担当していた鳥居は、彼が主宰する劇団の東京進出を機に疎遠になったという。蘭はすぐさま関西の企画会社に所属する演出家を見つけ、現在ギャラ交渉をしている。

ショーが終わった後に来店し、演者を口説く客が多いことに蘭は驚いた。そんな客を上手にあしらい、ドリンク・バックの手当を競う若いメンバーを見ていると切なくなる。

「でも、ようここが分かったね？」

カウンターを挟んでローヤルが座った。蘭はあらためておじさんっぽくなったと思った。微かにシップのにおいがする。

「チーコママが執念で見つけてくれて」

ローヤルは五年前に店を辞め、ここ二年ほどはママとも音信不通だったという。古い顧客からたどって、昨日、やっとこの武具店で働いていることが分かったのだ。

「すっかり美人になって。手術したん？」

蘭は「セカンド・サイト」を辞めてからのことを簡潔に話した。今、ママになるべく奮闘していることを知ると、ローヤルは目を丸くした。

「蘭がママ？　あんた、大丈夫なん？」

「大丈夫やないですよ。そやから、今日はここに来たんです」

「どういう意味よ？」

おじさんの顔が分かりやすく不審の気持ちを表す。

「単刀直入に言います。店に帰ってきてほしいんです」

「ちょっと……」

大きな体でのけ反るローヤルを見て、蘭は噴き出してしまった。自然な動きがコミカルに見えるのは才能だ、と感心した。

「あのね……。私が何であの店を去ったか、理由は聞いているでしょ？」

「ええ。舞台のことですよね？」

「そう。蘭がいなくなってからも、何とかがんばってきたけど、いつもお客さんに見せられるギリギリのステージやった。分かる？　いくら面白くしても、華がないんよ。水平ちゃんとコニタンが辞めてからは、ママもやる気なくしちゃってボロボロ。普通のホステスの役回りなら、私ほど向いてないのもおらんのちゃう？」

いている。

ローヤルは何度もママと喧嘩して、最後は腕を振り解くようにして店を去ったと聞

「当時、息子も小六やったし、中学に入ったら、さすがに親の職業気にするでしょ？だから、ちょうどよかったんよ」

「今は……」

「高校二年生」

微笑を浮かべたローヤルを見て、蘭は一度だけ会ったことがある茂樹君を思い出した。睾丸を摘出した日だ。確か漫画の絵が入ったチョコレートをもらった。あの子どもがもう高校生なのだ。

「でも、武具店で働いてるとは思いませんでした」

「嫁の父親の紹介でね。これでも中学のときは剣道習ってたから」

「一人でやってるんですか？」

「まぁ、雇われ店長みたいなもんやけど、やっと慣れてきたって感じかな？　このご時世やから、仕事があるだけありがたいわ」

「でも、私は姉さんに戻ってきてほしい」

ローヤルはあきれ顔で、カウンターの上にあるサポーターを仕分けし始めた。

「あんた、人の話聞いとった？　やっと人並みの生活を送れるようになったの。あん

たには分からんやろ？」

「私も最初、ママから話があったときは、からかってはるわって腹が立った」

「そうや。あんただって仕事あったやろ？」

「でもね、今は店に戻ってよかったと思ってる」

「それはあんたが若いからや」

蘭はカウンターに手を伸ばして、ローヤルの丸い手を握った。

「すごくセンスのある演出家を見つけてん。あとは姉さんが帰ってくるだけ」

熱が入ってくると、敬語で話すことも忘れ、蘭は真摯な眼差しを向けた。

「そんなこと急に言われても……」

「姉さんが嫌になったのは、舞台人としての居場所がなくなったからでしょ？　その場所は私が責任を持ってつくります」

ローヤルはほんの少し呆然とした顔を見せ、すぐに笑い始めた。

「冗談で言うてるんとちゃうよ」

「分かってるって。ただ、ちょっと嬉しなってしもて」

ローヤルは照れた顔をして、手首用の小さなサポーターをおもちゃにし始めた。

「一つ教えてほしいんやけどさ、蘭は手術もして戸籍も変えたわけやろ？　つまり、普通の女の子として暮らせるわけやん。現に建築事務所やったっけ？　そこでＯＬとして過ごしてたんやから。それが何でわざわざ自分の過去をさらけ出すようなことするんの？」

ローヤルの言っている意味はよく分かる。蘭も当初はいわゆる「普通の女性」として生活するはずだった。

「店を辞めてから初めて『セカンド・サイト』のステージを観たとき、心底悲しくなってね、それであらためて思ったの。私は他に選択肢がなかったから舞台に立ってたんじゃない。かわいい衣装を着て、一生懸命練習した歌を歌って、お客さんに認めてもらう」

そこまで言うと蘭は思いを整理するように言葉を区切り、唇を湿らせた。

「女になることが私の人生の前半なら、後半は人として何を残すのかを考えなあかんと思って」

蘭が話し終えた後、ローヤルは黙ったまましばらく目を閉じていた。そして、近くにあったメモに数字を走り書きした。

「今の私の月給。当然、これ以上稼がしてくれるんやろね？」

蘭は嬉しくなって、ローヤルに抱き着いて言った。

「ちょっと、無理かも」

4

昼過ぎから降り始めた雨は、日が暮れると激しさを増した。

風はなかったが、足元が濡れる分、体が冷える夜だった。アーケードから出る前に、蘭は立ち止まって夜空を見上げた。オレンジ色の街灯に照らされることで、雨脚の強さがはっきりと分かる。拒絶されているようで気が滅入る。蘭は圧迫感を覚えながら、きれいに巻きつけている傘のバンドのボタンを外した。先端の石突《いしづき》から落ちた滴が、蘭のストッキングに染み込んでいく。

怖かった。

いつかこの日が来ることを望んでいたのに、一日、一日先延ばしにしてきたのは自分だ。家を出たときは、もう父の顔を見ることもないと思っていたが、今はその存在が下ろすことができない重荷になっている。

何て声をかけたらいいのか。

心が乱れそうになったので、蘭はおもいきって一歩を踏み出した。次の瞬間には、雨が傘をたたく音を聞いた。釣られるようにして心拍が乱れる。早歩きが小走りになって、第一声の言葉が見つからないまま家の前に着いた。

茶色い外壁の二階建て。

門がなく、直接ドアに触れられるのが、いかにも下町の家らしい。去年の五月に前を通ったときは気付かなかったが、ドア上の庇の先端が朽ちて随分とみすぼらしく見える。

姉に電話しようかどうか迷ったが、両手がふさがっていることもあって、直接インターホンを鳴らすことにした。

冷たい風を感じ、蘭はバッグを持つ手でコートの襟元を重ね合わせた。その場で二、三度足踏みする。

呼吸を整えてから、インターホンのボタンを押した。

騒がしい足音がして、外向きに勢いよくドアが開いた。

「あら、おかえり」

姉の恵が口をもごもごとさせながら笑っていた。もちろん、何を食べているかまでは分からないが、家族にしか見せない表情にホッとする。

「何時に来るか分かれへんかったから。ご飯食べた？」

今日は朝にパンをかじっただけで、その後は何も口にしていない。この夜のことを考えれば、何も食べる気がしなかった。

蘭が首を振ると、恵は「すき焼きやねん」と言って少し得意そうな顔をした。蘭の好物を用意してくれていたのが分かる。

姉と会うのも久しぶりだ。蘭が結婚式に出席できなかったので、式後ほどなく、旦那さんがわざわざ会いに来てくれたのだ。母も含めて四人でご飯を食べた。手術を受けた年で、あれから五年が過ぎている。

「颯太《そうた》は？」

姉が昨年末に産んだ男の子だ。ようやく授かった子で、かわいくてならないらしい。そしてこの颯太の誕生こそが、今回蘭に帰省のきっかけを与えてくれたのだ。甥っ子が見たくてたまらない蘭に対し、電話口の恵が出した条件は「実家まで見に来ること」だった。

「おっぱい飲んだとこやから、寝てるわ」

「まだ夜泣きひどいの？」

「二時間持ったらええ方。実家やなかったら、気ぃ狂ってるわ。さぁ、寒いから入って」

サンダルが二足あるのみで、きちんと掃除された玄関は店で使っていた香の匂いがした。記憶にある実家の香り、そのままだ。それだけのことで蘭の胸はいっぱいになる。

ずんずんと進む姉の背を追って廊下を歩く。リビングへ続くドアを開ける。ソファーにテレビ、カーペット。あのころとまるで変わりがなかった。同じ姿を保ち続ける部屋に驚きと安堵を覚えたのは、変化し続けた自らの人生とあまりに対照的だったからかもしれない。

　奥にあるダイニングのテーブルの椅子に父と母が並んで腰掛けていた。顔を上げた母の顔に笑みが広がる。ほんの短い距離なのに迎えに来て、バッグと紙袋を持ってくれた。

「お肉たくさんあるから、座り。ビールもあるで」

　母と姉が座るのを待ってから、腰を下ろした。父の斜向《はす》かいだ。蘭に声をかけないばかりか、一瞥もくれない。サイズの合っていないセーターのせいで、ひと回り小さくなったように見える。何より白髪が増えたことに驚いた。

「お母さん、早速肉入れよ」

　姉に言われた母が張りきった様子で、菜箸を持った。すき焼きの鍋はいい具合に煮立っていたが、白菜がまだ硬そうだった。自分の到着を待っていたのかもしれない、と思うと蘭は少し気が楽になった。

「仕事の方はどう？」

　姉が生卵にゴボウを浸しながら聞く。父の前であまり仕事の話をしたくなかったので、蘭は曖昧に首を振った。

「まだ再建中やから」

「仕送り、ありがとうね」

蘭は母に軽く頷いて箸を持った。先月、ママとして独り立ちすると、ご祝儀で馴染みのお客さんが数多く駆けつけてくれた。その余力があるうちに立て直しの道筋をつけなければ、仕送りどころではなくなる。まだ道半ばではあるが、店の経営はＯＬのときには感じられなかった充実があった。だが、父の前では仕事の話同様、お金の話題も避けたかった。

「颯太はどこにおんの？」

「二階の私の部屋」

事もなげに言う姉に、蘭は驚いた。

「一人っきりってこと？　大丈夫なん？」

「大丈夫よ。あれがあるから」

恵がダイニングの隅にある、プラスチック製のクマの人形を指差した。

「何あれ？」

「ベビーモニター。泣き声が聞こえるようになってんの」

それから恵は最近の赤ちゃん用品の充実ぶりについて話したが、すぐに夜泣きの愚痴をこぼし始めた。

「あんたらも全然寝ぇへんかってんで。ねぇ?」

母が父に話を振ると、ビールのコップを片手に持った父が「まぁ、毎日寝不足やったな」とぼそりと漏らした。たった一言ではあったが、それで場の雰囲気が随分和んだ。

蘭はこうして家族で食卓を囲めたことが嬉しく、目が潤みそうになった。父の手の甲に浮き出た血管を見て、あらためて過ぎ去った歳月を思う。これから昔話が始まろうとしたそのとき、モニターから赤子の大きな泣き声が聞こえた。

「また起きよった!」

恵が天を仰いだ。しかし、寝かし付けの責任がない蘭は、甥っ子との対面に心が弾んだ。二人で階段を上がり、洋室のドアを開けた。颯太は小さな布団の真ん中で、ほぼ絶叫という感じで泣いていた。

「すごい声やね」

「これ、毎晩二時間おきやで」

姉がおっぱいをやりながら「何回か気絶しそうになったわ」と言って、つらそうに、しかし幸せそうに笑った。

「三十五歳にはきついね」

「まだ四や」

蘭のことなど眼中になく、全力でおっぱいを飲む颯太が愛らしくて仕方なかった。

「こんな小さいんやねぇ」

「ドラマやと、生まれたばっかりでもこの子の倍ぐらいあるやろ？　子ども産んで初めて分かったわ」

再び寝入った颯太をしばらく眺めた。頬ずりしたくなるほどかわいい。少しでも自分と同じ血が流れていると思うと、こんなに愛おしくなるとは想像もつかなかった。父も母もこうして疲れた体で自分をあやし、寝顔を見つめていたのだろう。

一階に下りると、既に父の姿がなかった。寂しく思うと同時に、どっと疲れが出て脱力しそうになる。

母が鍋に残った具材を手際よく皿に移し、姉が冷蔵庫からケーキを出してきた。蘭はあらゆる物の配置が変わらないのを感じながら、紅茶の用意をした。

「これ、お父さんに渡しといて」

蘭がテーブルの上にあった紙袋を指差すと、恵が「バレンタイン？」と聞いてきた。昔はこのテーブルで、姉のチョコ作りを手伝わされたものだ。蘭はショートケーキのビニールをはがしながら「うん」とだけ返した。

女三人になると、小声で父の話になった。

「お父さん、痩せたね」

そう言った後、蘭は表の庇を連想した。

「そう？　ピンピンしてるで。今日は緊張してたからちゃう？」

甘い物を食べて気兼ねなく話すうちに、蘭はとても安らいだ気持ちになっていた。肩肘を張って生きてきた十五年間のコリが解れていくようだった。去年、実家近くを歩いていたときに覚えた疎外感が薄れていく。

颯太がまた泣いたのをしおに、女子会は散会になった。この雰囲気に包まれていたくて、蘭は泊まっていくことにした。

颯太はおっぱいを飲んでいる途中で寝てしまった。

「さて、これからが魔の時間や」

目の下にクマを作った姉にエールを送った後、蘭は自室に入った。

帰ってきた——。

しんとした和室を眺めるうちに、込み上げてくるものがあった。この部屋も当時のままで、こまめに掃除していたことが分かる。机の上にあるピンクの物が目に入った。

女物のパジャマだった。

親の気遣いが心に沁み、パジャマを抱き締めた。娘として、受け入れてくれたのだ。

軽いノックの後、スッと襖が開いた。

母が水飴の瓶と割り箸を持って入ってきた。

「これ……」

と言うと、母の顔が歪んで涙声になった。

「お父さんが食べさせてやれって……」

その刹那、蘭の白い頬にも涙の筋が走った。

帰ってきた――。

再びそう思うと、堪えきれなくなって母のもとまで駆け寄った。

「ごめんなさい……」

声にならない言葉とともに、蘭は母の肩に顔を埋めた。

5

腹の脂肪が揺れるたび、客席から大きな笑い声が起こる。

グルグルと腕を回していたローヤルが、勢いよく舞台下手《しもて》を指差す。元三塁コーチャーの駐車場警備員という設定で、この後、救急車にひかれてそのまま病院に搬送されるという展開だ。野球のユニホームを着ているのだが、腹だけは出して標識代わり

れだけ会場を沸かせられるのは、プロの芸人も顔負けだろう。ただ車を誘導する動作のみで、これだけ会場を沸かせられるのは、プロの芸人も顔負けだろう。

「セカンド・サイト」復活の主軸となるのは若い力だが、どうしてもローヤルの才能は捨てておけなかった。

一階の最後方に立っていた蘭は、半分ほど埋まっている客席の反応を見て自信を深めた。

店に戻って一年、一人で切り盛りして半年になる。演出家と契約し舞台に力を入れる傍ら、途切れがちだった営業活動を地道に続けた結果、来客数も売上も順調に回復している。

元いたやる気のない演者をクビにしたとき、多少のいざこざはあったが、蘭は品のない脅し文句にも屈せず、強気に押し切った。その変わりようには邦江とローヤルも驚いていたが、経営者としては彼女らの給料を捻出しなければならない。責任ある立場に就いたことで、嫌なことから率先してこなしていく癖がついた。

一方で、以前より完成度の高い舞台を見ていると、無性にステージに上がりたくなるときもある。もう一度きちんと歌を学んで、おもいきり声を出してみたい。ブランクがあるからこそ、今は一回の公演の重みが理解できる。

一瞬、目の前が暗くなった。立ちくらみだと分かった蘭は後ろの壁に手をついてしばらく目を閉じた。最近は慢性疲労のような状態で、睡眠を取っても体が怠い。

今日はステージを十時開演にした。一日二公演に向けた準備の一環である。

ローヤルが救急車にひかれた。終幕が近づき、店もあと一時間ちょっとで閉める。

今日は早めに切り上げようと、蘭が短く息を吐いたとき、後ろから肩を叩かれた。アルバイトのウエイターだ。

「ママにお客様が来られてます」

「私に？」

蘭は意外に思い、小首をかしげた。これまで個人的に会いに来た人などいない。

二重扉を開けて外に出ると、階段を下りてロビーに出た。顔写真が並ぶパネルの前に女が立っていた。後ろ姿ですぐに誰か分かった。

「茜っ」

呼ばれた女はくるっと軽快に振り返って、パネルを指し示した。

「これ、蘭の写真がないよ」

「今は舞台に出てへんから」

茜は黄色いTシャツにジーパンで、バッグも持っていなかった。近くのコンビニにでも行くような気軽な様子だった。

「何かあった？」

蘭は妙にさっぱりした茜の表情が気になった。

「ちょっとね。今、忙しいよね？」

「うん……。あと一時間で閉店やから、それまで待ってもらえる？」

茜は少し思案顔を見せた後、笑って「また今度にするわ」と言った。竹を割ったような性格の彼女にしては不可解な行動だった。

「五分だけちょうだい」

蘭はそう言うや否や階段を上がって、先ほどのウエイターを捕まえた。そして、邦江へ早退する旨を言づけた。彼女ならお客さんにうまい言い訳を見繕《みつくろ》ってくれるだろう。

「悪かったなぁ」

蘭は一旦事務所に寄ってバッグを手にすると、急いでロビーへ戻った。

柄にもなく気を遣う茜の背を押して店を出た。この一年は忙しくて電話すら疎かになっている。蘭は久々に親友と話せることが嬉しかった。

蘭がバーへ行くかカフェにするか迷っている間に、茜がタクシーを停めてしまった。

「どっか当てがあんの？」

「見ときたいとこがあんねん」

言い方が気になったが、車を停めてしまった以上、ついていくしかなかった。先に乗った茜が行き先を告げると、蘭は驚いて隣を見た。蘭の実家がある街だ。「高速を使ってもいいですか」と訊いた運転手に、茜が小声で「どうぞ」と答えた。それでも三十分はかかるだろう。

何か変わりがあったに違いないが、茜が語り始めるまで待つことにした。きつめの冷房が効く車内から、まだ眠る気配のない街を眺めた。途切れることのない夜の光に、蘭は訳もなくもの悲しさを覚えた。

「何か切ないなぁ」

茜がポツリと漏らした。蘭が問い掛ける顔を向けると、彼女は「こんなに明るくて、人がおるのに」と続けた。似たようなことを考えていたのだと思うと、おかしかった。

「何がおもろいん?」

「同じこと考えてたから」

「そっか。うちらずっと一緒やったもんな」

飲み歩くサラリーマンたちはほとんどが半袖のカッターシャツで、上着を肩に引っ掛けている人もいる。こちらは仕事帰りではないだろうが、ノースリーブの女性もちらほら見かける。梅雨の晴れ間だった今日、気温は午後になって三十度を超えた。

う。

「お父さん、調子どう？」

元々肝臓の数値が高かった父が先月、検査入院した。母によると父は「二、三日酒抜いたら、それでしまいやのに」と退院の時間までブツブツ不平を漏らしていたとい

「文句言うてるぐらいやから大丈夫やって、お母さんが笑ってた」

「確かに。ほんまにしんどかったら、呻《うめ》いてるわな」

今年二月、父と会ったことを話すと、茜は泣いて喜んでくれた。家出して居候させてもらってから、ずっと仲直りするよう言われてきたので、報告できたことが嬉しかった。思えば彼女とは、父が引き合わせてくれたようなものだ。

タクシーが料金所を抜けて阪神高速に入った。車を持たない蘭は、前に夜の高速を走ったのがいつだったか、思い出せなかった。連なる外灯が狐色に輝き、静かな車内に幻想的な光が届く。

「実家に帰ることにした」

静寂を破ったその言葉に、蘭はとっさに反応できなかった。意味は分かるが、実感が伴わない。

「一時的に帰るってことじゃなく？」

「うん。大阪のアパートを引き払うってこと」

いくつもの問いが浮かび、混乱しそうになった蘭は、一旦茜から視線を外して流れる景色に目をやった。

「いつ帰るの?」

茜は叱られている子どものようにうつむいて答えた。

「明日」

「はぁっ?」

怒気をはらんだ蘭の声を聞いて、茜が苦笑いする。

「だって、言われへんかってんもん」

「何でよ?」

「お見合いした相手を気に入ってしもて……」

「お見合い? あんた、いつお見合いなんかしたんよ?」

「四月……かな」

「二ヵ月も前やん! 何で言うてくれへんかったんよ!」

「だって、私がお見合いって、笑うやろ? 格好悪くてよう言わんわ」

「格好いいとか、悪いとかの問題とちゃうやん。そら、茜がお見合いって聞くと違和感はあるけど、笑ったりはせえへんよ。相手のことを気に入ったんなら、いいことやん。私が言うてるんは、茜が明日いなくなるってこと」

蘭は自分で話しながら、本音は別のところにあると分かっていた。驚きとも怒りとも言える、しかしそれぞれ少し的が外れていて、はっきりとした感情の輪郭が描けずにいた。

「だって、今日決めてんもん。だから真っ先に蘭に言いに来たんやんか」

「でも、明日帰るってことは引っ越しの手配とかしてるってことでしょ？　荷造りなんか一日でできひんでしょ」

「自分でもよう説明せんけど、いろんなもん段ボールに入れながらも迷ってたんよ。まだ引き返せるって、今なら間に合うって」

「それで、何で決心したんよ？」

「段ボールに物入れようと思っても、ほとんど捨ててもいいようなもんばっかりで、虚しなったんよ。私、大阪に出て来てから何をしとったんやろかって」

それはあくまできっかけだ、と思ったが、蘭は反論せず聞こえるようにため息をついた。

「先方には伝えたん？」

「まだ。帰ってから言う」

「どんな人なんよ？」

茜はタクシーの低い天井を見上げて首をかしげた。

「ルックスとか全然やねんけど、しゃべってるとホッとするというか……。ＪＡバンクに勤めてて、とにかく、私とまるっきり逆やねん」

ＪＡバンクと言われても、蘭にはピンとこなかったが、堅そうな職業だということは何となく想像できた。

「デートはしたの？」

「三回……いや、四回か」

月並みに映画やテーマパーク、居酒屋といったコースだった。話を聞けば聞くほど、これまでの茜の生活とはかけ離れている印象を受ける。友人たちとつくったアパレル会社が倒産した後は、洋服やアクセサリーの雑貨店を転々とし、夜は相変わらず飲み歩いていたイメージがある。

高速を下りたタクシーが、地元の街へ近づいていく。茜が目的地を告げたのを聞き、蘭は彼女がどこへ行こうとしているのか察しがついた。商店街からほど近い繁華街――。

茜が出すと言って聞かなかったので、支払いを任せた。周辺は居酒屋チェーンと数軒のバーの電飾看板が灯るのみで、ほとんどの店がシャッターを下ろしていた。

二人は特に申し合わせることもなく、三階建ての小さなビルの前まで来ると歩みを止めた。茜が働いていた風俗店は看板が外され、今は資材置き場のようになっている。

「潰れたんや」

先ほどタクシーの中で描き切れなかった感情が疼き始めた。

近い将来、結婚するにしても茜は過去を秘められる。全てを打ち明けることは必ずしも正義ではない。しかし、自分は隠し通せない過去を持っている。戸籍、打ち続けなければならない女性ホルモン、子どものこともある。常に相手の理解が前提となるのだ。

理不尽な茜への嫉妬。

「自分では考えてるつもりでも、やっぱり好き勝手に生きてきたから」

呆然とビルを見上げる茜が漏らしたそれはまさしく、蘭が彼女に抱いていた、決して口にできない思いだった。らしくないか細い声音を耳にしても、気遣う言葉を口にできない。

「うちらここで出会ってんな」

狭い白壁の部屋で見た、張りのある若い乳房が甦った。自らの性を告白した初めての友だちであり、悲しみや不安を共有してくれた理解者でもあった。

「青春が終わってしもた」

冗談めかした声だったが、それが茜の偽りのない心だと分かった。未来がどう変わろうと、茜なくして自分の青春はなかった。乳房を思い出したからか、颯太におっぱいをやっていた姉の姿が浮かぶ。自らの感情の捻れに嫌気が差すと同時に、蘭は親友がいなくなってしまうことで、一つの区切りを痛感した。

何か話せない事情があるのかもしれない。

蘭は隣で佇む茜を盗み見た。恐らくお互いもう少し若ければ、不安や苛立ちを分かち合えた。年齢を重ねるうちに、なぜか近しい人へ頼ることが苦手になっていく。だからせめて、茜は決心が揺らぐ前に、会いに来たのではないか。

茜の肩に腕を回すと、やがて手の甲に冷たい感触が被さった。服の中に熱がこもるような蒸し暑い夜だというのに、重ねられた茜のその指先は温もりを失くしていた。

6

悪寒が走った。

体の芯から冷える寒気とは対照的に、頭はぼんやりとしている。風邪かと思うと気力が萎えそうになった。これから年末の忘年会、年明けの新年会と書き入れ時を迎えるだけに、休むわけにはいかない。春以降のディナーショーの売り込みもある。「セカンド・サイト」は未だ浮沈の境界を漂っている。

「ママの一日はどんな感じなんですか？」

耳に入ってきた言葉を理解するのに、少し時間がかかった。蘭は取材のカメラを意識して笑顔をつくった。

「出勤は三時ごろですかね。すぐに予約の状況を見て、席割します」

「席割？」

「ええ。お客様に『どの席で観ていただくか』ということを考えるんです。例えば、接待か否か、一見さんかどうか」

「面白いですね」

「ええ。直接お店に来られるお客様の場合は、カップルの方々なら親密度を見て、この後の展開なんかも想像したりして……」

前のソファーに座る同年代と思しき女性ライターが声を上げて笑った。

「イチャイチャしそうな気配を察知したら、周りに人がいない席に案内するんですね？」

「そうですね。全く人がいない、というのは難しいですけど、居心地のいい空間づくりのために、できる限りのことはしてますね」

蘭は相手の発言を否定せず、さりげなく「人がいない」という負の情報を打ち消した。席割で顔や名前を覚え、地道に常連客を増やしていくことは、チーコママから教わった。「ママの仕事には重役出勤がない」という台詞は、耳にタコができるほど聞いた。実際、遅く来ていたのでは、とてもこなしきれないスケジュールだ。

夕方四時から一斉に掃除が始まり、終わり次第、ホール、舞台スタッフ、演者の順に賄いを食べていく。開店十五分前の〝朝礼〟では、当日の予約状況や月間の売上目標を発表し、全員で数字を意識する。その後、日替わりで誰かが挨拶することで、場の雰囲気を和ませるのだ。

秋から公演を二部制に戻した。開演の一時間前に営業を始めるのは、演者と観客のコミュニケーションの時間をつくるためで、いわゆる「前説」の効果がある。第二部の公演が終わると、蘭も積極的に客席を回る。閉店後は、売上げを計算し、火の元や電気の確認をし、オフの時間帯に対応するため電話転送を設定し、戸締りをする。終電に間に合うことはまずない。

「人気の陰に、そういう細やかな気遣いがあるってことですね?」

ライターのお世辞に、蘭はにっこりと笑った。

「そう言ってもらえるとありがたいんですけど、もっと頑張らないと。経営者としてはまだまだですね」

媒体は関西エリアを対象にした若者向けの情報誌だ。店の運営が気になる読者層ではないだろうと思う一方「異色の美人ママ」として取り上げられる予定なので、謙虚に答えた。

実際、収支は差し引きゼロ。確かに売上げは上がっているが、演者や演出家、舞台を動かすスタッフなどを大幅に増員したので、人件費が嵩《かさ》む。加えて増えた衣装の倉庫代や予約獲得のためホームページの更新を外注にするなど想定外の経費も発生し、決して楽観できない状況にある。

それでも、舞台を中心にして商いが大きくなっていることに、蘭は手応えを感じていた。

全身写真の撮影を最後に取材が終わった。四十五分という限られた時間の中で、自らの半生と店のアピールをうまくできたと思う。掲載後の反響によっては、先ほどのライターに贈り物でもしようかと考えながら、蘭は店の外まで彼女たちを見送った。

ひと息つくと、再び寒気がした。やはり、少し熱があるようだ。

誰もいないロビーで、蘭は両手で頬を軽くたたいた。今、倒れるわけにはいかない。ママになって一年。ここからが正念場だった。それに、今日は久しぶりにチーコママがやって来る。それまでに片付けなければならないことが山のようにあった。

蘭は階段を使って三階の事務所へ向かった。

部屋に入ると、デスクの上にあるチラシの束をドサッと前に置いてチェックを始めた。ブランデー製造会社とのコラボ企画だ。ブランデーに関しては、店での品揃えをタイアップ先の会社の商品に限定することを条件に、若干の現物支給とイベントのチラシ代を出してもらう。チラシには次回来店時にドリンク代を値引きするクーポンを付けて、リピーターを増やす工夫もしている。

チラシの確認を終えた蘭は、制作会社に勤める知人に演者のテレビ出演を打診するメールを送り、業界で密かに注目されている、すすきののダンサーをスカウトするべく、店の情報を調べた。接触できる機会が得られれば、札幌まで出張しなければならない。

売上を上げるには方法は二つしかない。客数を増やすことと客単価を上げること。これもママから教わったことだ。まず客数を増やし、次に来てもらった人にどうお金を遣ってもらうか。考えればキリがない。

取材を受ける前に淹れた冷めたコーヒーを口に含んで、蘭は熱っぽい額を押さえた。母のいる実家のふとんで寝られたら――。少し弱気の虫が顔を覗かせた。

今年の二月以降、だいたい二ヵ月に一度の割合で実家に帰っている。もっと間隔を縮めたいという思いはあるが、たまに訪れる休みの日は大抵、昼過ぎまで寝てしまい、そのまま溜まった用事を済ませて終わってしまう。前回、実家に寄ったのは九月だった。もう三ヵ月になる。

父との間にほとんど会話らしいものはないが、蘭はそこに柔らかな雰囲気を感じ取っていた。だが、長く隔たりがあった事実は変えられない。早急なことはせず、わだかまりが解けていくのを待つことにした。それよりも、父の顔色が気になった。五月の検査入院後、禁酒を続けているそうだが、どことなく覇気がないような気がする。

父も六十二歳だが、今の六十代は若い人が多い。何の気掛かりもなく過ごしてもらうには、自分が頑張らなければならない。風邪をうつしてしまっては迷惑だと考えた蘭は、母にメールでも打とうと、ポールハンガーに掛けてあったハンドバッグを手に取った。バッグの中で緑色のランプが点滅していた。スマートフォンのロックを解除する。

着信が七件。

姉から五件、母からは二件。父のことを考えていたばかりなので、嫌な予感に血の気が引く。さらに、姉からの留守電のメッセージが四件もあることに不安が増した。三時間前から断続的に着信がある。

脈が乱れ、自然とスマートフォンを持つ手が震えた。

「久しぶり！　元気やったぁ？」

開けっ放しにしていた事務所の出入り口に、チーコママが立っていた。笑顔で大きな紙袋を掲げている。

「ママ……」

まだ何も明らかになっていないのに心がかき乱され、挨拶の言葉も出なかった。ただごとではない様子の蘭の顔を見て、ママが表情を引き締めた。

「蘭ちゃん、どうしたん？　何か心配ごと？」

蘭はスマートフォンを突き出すようにして、電話をしていいか尋ねた。ママが頷くと、蘭は着信履歴から姉の番号をタップした。

曖昧な恐れを必死に呑み込んで、呼び出し音に耳を傾けた。一定のリズムで鳴る音が重なるたびに、呼吸がしづらくなっていく。

「もしもし」

小さく、しかし張り詰めたような姉の声がした。

「お姉ちゃん、ごめん！　仕事で気付くの遅くなってん。何かあったん」

「………………」

「もしもし、お姉ちゃん？」

スマホの向こうから息を呑む気配が伝わってきた。何か言ってほしくて、蘭は問い掛けを繰り返した。洟《はな》をすする恵が質問に答えず「お母さんに代わるね」と告げた。

怪訝な顔をしたママが近づいてきたが、とても応対する気になれなかった。

「もしもし……翔……蘭ちゃん？」

母の涙声を聞いて、蘭は胸の内が重くなった。再び悪寒が走り、腕に鳥肌が立った。

「うん……」

子どもの声を聞いて胸がつまったのか、母が泣いた。蘭は宙に浮かされたままの状態に焦燥を覚えたが、急かすことはできなかった。

「お父さんが、亡くなりました」

姉の様子から察するところはあったものの、やはりそれは覚悟とはほど遠かった。堪える間もなく両目から涙が溢れ、頭痛のときのようにこめかみの血管が強く脈打っているのが分かる。

「蘭ちゃん……」

ママの手が肩に触れた瞬間、蘭は耐えられなくなって両手で顔を覆った。

「嘘やぁ……」

裏返りそうな声で咽び泣いた蘭は、ママに倒れかかった。

涙が流れるほどに後悔に胸を抉《えぐ》られ、自らを罰するようにきつく唇を噛んだ。

一階にある六畳の和室は、父の部屋だった。

真ん中のふとんの中に父はいる。白い布をかけられているのがかわいそうに思えたが、顔を見るとまた泣いてしまいそうだった。

弱い照明の和室に一人、ポツンと座る。母と姉は葬儀会社の社員と通夜と告別式の打ち合わせをしている。この後、生前父と付き合いのあった人たちに連絡しなければならない。こういうときこそ母を支えないと、と思うがどうしても気力が湧かない。

箪笥と仏壇と小さな本棚。整然とした室内を見回すうちに、父が死を予期していたことを知った。少しずつ、余計な物を始末していったに違いない。

本棚には司馬遼太郎や藤沢周平、池波正太郎の本が並んでいる。そう言えば、父は時代小説が好きだった。ＮＨＫの大河ドラマもよく観ていた。

回復の見込みがなかった肝硬変。病気のことを黙っていた母や姉に恨みはないが、気付けなかった自分が腹立たしい。

その棚に一本のビデオテープがあった。予感に突き動かされ、蘭は考える間もなくテープを手にし、ケースから引き抜く。

テープの真ん中に貼ってあるシールに、バラエティー番組のタイトルが書かれている。間違いない。蘭が家を出るきっかけになった、あの海の家のものだ。

「私が出かけてるときに、こそっと見てたみたい」

開いていた襖の向こうに母が立っていた。泣き腫らした赤い目を見て、蘭は胸を締め付けられた。今にも擦り切れそうなテープが、母の言葉を裏付けていた。

家出をしてから自立するだけで精いっぱいだった。女になりたくて、そのわずかな光を求めて懸命に足掻いてきた。その間、どれくらい父のことを思っただろうか。勘当した子どもの、目にしたくはないはずの姿を父はどのような気持ちで見ていたのか。

現実を受け入れがたくなり、蘭は衝動的に父の顔にかかっていた白い布を取った。半開きになって動かぬ口から、何か言葉が発せられそうで近づいてはみたが、当然、何も起きない。ふとんの中からドライアイスの冷気が伝わってきて、現実を突き付けられる。

母の視線を感じていたが、顔を上げることができなかった。おいしそうに焼き鳥を食べる父の笑顔が浮かんだ。

「春になったら一緒に花見に行きたいって……」

声を詰まらせた母を見て、蘭は父の言葉を思い出した。

桜は始まりの花や――。

インターホンの音が静寂を裂いた。

「兄さんのところかもしれんわ」

母が伯父一家の到着を告げ、その場を離れた。白い布を顔にかけ直しても、虚しさは募る一方だった。

「蘭ちゃん、荒井《あらい》さんって方が訪ねてきはったよ」

「荒井さん？」

「きれいな女の人」

少し考えた後、蘭はチーコママのことだと思い当たった。訳が分からないまま、和室を出て玄関へ向かった。ドアを開けると、黒いコートを着たママが立っていた。

「ママ……」

「この度はご愁傷様でした」

神妙な様子で頭を下げるママに何と返せばいいか分からず、蘭は丁寧にお辞儀した。

「蘭ちゃんに話があってね」

「私に？」

こんなときにわざわざ訪ねて来る意図が読めず、蘭は少し身構えた。

「少し出られる？」

蘭は一旦中に戻ってコートを取り、母と姉にチーコママのことを話してから家を出た。

自ら誘っておいて、ママは何も語らないまま歩き続けた。その足取りから、特に目的地があるようではなかった。最寄駅の近くまで来ると、ママはおもむろに歩みを止めた。

「あそこに座ろっか?」

駅の北側はタイルで舗装された広場で、歩道橋の役割を果たす二階部分は面積が広く、空中庭園にもなっている。広場から庭園へ続く階段は幅広の扇形をしていて、コロシアムの客席のような趣がある。

二人して段差に腰を下ろすと、ママはコートの内ポケットから白い封筒を取り出した。

「これ……、お父さんから預かってたの」

「お父さん? 私のですか?」

蘭は困惑したまま、ママが差し出した封筒を受け取った。宛名には「蘭へ」とある。それは確かに父の筆跡で、自分のことを娘として呼び掛ける父の声が聞こえてきそうだった。涙が出そうになる一方で、曖昧な状況に心が落ち着かない。

「何で私がそのお手紙を持っているか、でしょ?」

先回りをして訊くママに、蘭は封筒から目を離して頷いた。視線が交わった瞬間、ママの唇が小刻みに震え始めた。見る見るうちに目が潤む。こんなママの表情を見るのは初めてだった。蘭は戸惑いを隠して、優しく細い肩を抱いた。

「ごめんね……」

ママはそう言って、蘭の手を痛いほど強く握り締めた。その激しさに驚きつつも、静かに相手の言葉を待つことにした。

ママは洟をすすった後、ハンカチで目元を拭った。乱れた息を整えると、蘭の顔を見上げて告げた。

「昔ね、お父さんとお付き合いしてたの」

頭の中で言葉が形になるまで、二呼吸ほどの間が必要だった。

衝撃のあまり、全身が固まる。前触れもなく殴り付けられたようで、思考が弾け飛んだ。

「それって……」

「貴信さんと恋人やったの」

貴信さんと聞いて、ようやく話に実感が伴った。蘭は早鐘を打つ心臓を押さえて、長く息を吐いた。自分の知らない父の過去。頼んでもいないのに、扉が開けられようとしている。

「聞いてくれる？」

問われても、他に選択肢などない。今になってという苛立ちはあったが、蘭はその感情を表に出さずに頷いた。

「蘭ちゃんが生まれる……、七年ぐらい前かな？ お花見の場所取りで隣り合わせてね。当時、貴信さんはクリーニング店で働いてて、地元の商工会で一番下っ端で、私

ばない。

も勤めてた店の新入りやったから」

生まれる七年前と言われても、ピンとこなかった。父やママの年齢もとっさに浮かばない。

「『ロードショー』っていう洋画の雑誌が創刊されたばっかりでね。私がそれを読んでたら、声を掛けられて」

「父から話し掛けたんですか？」

「うん。お互い洋画が好きで、すごく盛り上がってん」

洋画が好きなど聞いたことがなかった。それに、あの口下手な父が女の人に声を掛けたのが意外だった。

「お花見から二ヵ月ちょっと後かな？　彼の誕生日に告白されて、付き合うようになったんよ」

「父が……」

「お互い初めての恋人やってね」

「その、父は知ってたんですか？　ママが私と同じやって」

「もちろん。貴信さんの隣でお花見してたの、全員店の人間やもん」

蘭はショックを受け、前髪を上げて額を押さえた。ママと付き合っていたにもかかわらず、なぜ自分に対してあれほど怒りを露わにしたのか。

「付き合って一年で同棲を始めて、ずっと一緒におって。貴信さんが非番の日は、アパートから店まで自転車で送り迎えしてくれたり、映画観に行ったり、市場で買いもんしたり。毎日が本当に楽しくて、でも、お互い心の片隅に引っ掛かってたんよね。いつ、彼のご両親に打ち明けるかって」

「打ち明けるって言うても、当時、結婚はできひんかったでしょ？」

「そう。結局、何の考えもなかったんよ」

ママは自らを突き放すように言って、寂しそうに笑った。

「大人のつもりやったけど、考えが浅かった。三年交際して貴信さんが二十五で、私が二十二。彼の実家の奈良まで挨拶に行ってね、初めてやのに彼のご両親と打ち解けて話すことができて、これならいけるかもしれんって思ったの。それで、貴信さんが私の体のことを話し始めたら……」

蘭は父方の祖父母に会ったことがない。二人とも生まれる前に亡くなっていたからだ。父からは昔話一つ聞いたことがなかった。その祖父母は、ママの体のことを聞いた瞬間、態度を豹変させたという。

「反対されるのも当たり前の時代やったんよ。私らが楽観的すぎただけ。将来のことを聞かれて何も答えられへんかってんから。貴信さんとご両親が喧嘩別れみたいになってしまってね。それから二ヵ月ぐらいして、私、手術受けたんよ」

「適合手術ってこと？」

「そう。何をしたら認めてもらえるか、もう分かれへんかってね。命懸けの手術やったから、気持ちが伝わるかもしれんと思って」

父の反対を押し切って、ママは体を変えた。蘭は薄暗いバーのカウンターに立つちひろを思い出した。ママと親友だったという彼女は、こんな背景があったことを話してくれなかった。

「初めの挨拶から半年してね、もう一回奈良に行ったの。そのときに貴信さんのお母さんがね、『自分の孫は女の子に違いない』って、手編みのセーターとか靴下とかを並べ始めて……。それを見せられたら、手術したって言えなくなって……」

蘭には耐えるように目をつむるママの気持ちが痛いほど分かった。完全な〝女〟を目指す者にとって、それは世代を超えて立ちはだかる壁であった。

「その日から気が抜けてしまって。貴信さんは頑張ろうって言ってくれたけど、彼が自分の親を罵るのを聞くたびに自分の存在が嫌になっていってね」

距離を置こうとするママを父は必死に説得したという。

「身を引くっていうよりは、結局、逃げ出したかったんよ。好きでいてほしいのに、あきらめてもらおうとして、何していいか分からんからタバコ吸い始めたりしてね。その煙をね、貴信さんが悲しそうに見るのが耐えられへんかった」

二人の関係は、ママが家を出たことで終わった。

その後、父は見合いをして白水家の婿養子になった。どのような経過を辿《たど》ったのか、それはママにも分からない。だが姓を変え、実家との交流を絶ったことに、父の感情が透けて見える。

会話を交わす機会は少なかったが、蘭は頑固な父の性格をよく理解しているつもりだ。父は毎日、判で押したように作業場へこもり、何を思っていたのか。仕事中に自らの過去や出て行った子どものことを考えたのだろうか。

聞かせてほしい。

そう思っても、もう叶わないことに悲しみが込み上げる。どうしようもないことは知っているはずなのに、胸の内で駄々をこねる自分がいる。

ママは雲のない夜空を見て、洟をすすった。

「蘭ちゃんが家出をした次の年かな？　貴信さんが私の店を調べてね、電話してきたの」

「お父さんから？」

「そう。子どもの面倒みてくれって」

スナックで働いていたときにストーカーから守ってくれ、「セカンド・サイト」にスカウトしてもらった。そして、いつも家族のことを心配してくれた。その〝偶然〟

や思いやりの奥にあった父の影。

ずっと見守られていた——。

嬉しさと悔しさに血が沸き立ち、また悲しみとして胸を満たす。几帳面な字で「蘭へ」と書かれた封筒を握り締めた。不甲斐なさに力が抜ける。結局、自分は最後まで子どもだったのだ。

蘭は手紙を胸に抱いた。

子どもへの愛情。父が残したものは蘭にとって、この上なく幸福で、残酷な現実だった。

7

暖房をつけようと手に取ったリモコンを机に置いた。コートを脱ぎ、マフラーを外した蘭は、それらをポールハンガーにかけた。机の奥にある窓を開けると、晴れ間が見えた。明け方、氷点下を記録していた名残か、風は鋭く冷たい。大きく伸びてから椅子に腰を下ろす。

年が明けて最初の土曜日。今日は蘭が「セカンド・サイト」に戻って来てから初めて、予約で満席となった。

静かな事務所で首を回して骨を鳴らす。父が亡くなって半月が過ぎた。告別式を無事終え、母を中心にほぼ全ての手続き関係も済ませた。年末、過労から母が寝込んでしまったが、蘭が付きっきりで看病した結果、正月三日に姉が旦那と颯太を連れて里帰りするころには完全に復調していた。時折笑みを見せるようになった颯太の存在が、今や家族の灯りになっている。しかし、姉一家は今晩帰京する。一人暮らしの母のことを思うと、蘭は実家での生活を真剣に考え始めた。

アパートで一人、ベッドの中にいると眠れぬ夜がある。父のことを思い出すとき、必ず悔悟の念が蘭を苦しめる。暗い天井を見ながら、涙を流すしかない時間は確かにつらいが、その苦しみから逃げるわけにはいかなかった。

軽いノックの音がして、ゆっくりとドアが開いた。両腕いっぱいに衣装を抱えたローヤルが顔を覗かせた。

「ママ、ごめんやけど、隣からドレス持ってきて」

昔から知っているメンバーからママと呼ばれることに、ようやく慣れてきた。表面上はママでも、頼みごとをするのに遠慮する人間はいない。

「どこに持って行けばいいの?」

「舞台。頼んだでぇ」

一月半ばから第一部のレビューの内容を一新する。正月など関係なく、開店前のリハーサルに追われる日々だ。一日の練習はだいたい四時間ほどで、一曲に何日もかけて緻密に仕上げていく。蘭が見込んだ演出家は、練習の後に公演が二度あることなど考えてもくれないようだ。もうすぐ通し稽古前の「固め」に入る。

隣にある衣装部屋のドアを開けた。ミシンにアイロン、裸のトルソー。奥は一面引き出しになっていて「スパン布地」「ナイロン」「ファー類」「サテン」「黒布」など生地ごとに分類されている。

中央の台に、黒いドレスが一着置いてあった。目星をつけた蘭が近づくと、衣装に見覚えがあった。スカートが短く、胸元と袖口にピンクのラインが入っている。隣にはレースの手袋と黒いハット、それにパニエ……。

Winkだ。

それは蘭がデビューのときに着たドレスだった。その上にメモがあり「これを着て舞台へ！」とある。予想のつかない展開だったが、何か企みがありそうだ。蘭は久しぶりに胸が弾んだ。

ホールの二重扉を開けた。いつもの騒々しさが一切なかった。舞台には誰一人演者がおらず、リハーサルのときには客席にいるはずの演出家や振付師、音響、衣装担当もいない。

閑散とした状態に蘭が呆然としていると、いつの間にか背後に迫っていたローヤルに両肩を押された。

「ちょっと、どういうこと？」

「いいから、いいから」

されるがまま、舞台下手まで押し流された。ローヤルに言われて、舞台袖にあるメイク台で身なりを整える。

「じゃ、後はよろしく」

「えっ、説明してよ」

ローヤルはニヤリとして上手の袖を指差した。

そこには蘭と同じ黒いドレスを身にまとい、髪に大きなリボンをつけた女が立っていた。

お京――。

スモークマシンから煙が吐き出された。その甘い香りを感じたとき、一瞬のうちに時計の針が戻っていった。

「レディース・アンド・ジェントルメン……アンド・チン取るメン」

マイクを通してローヤルの低い声がホールに響いた。

「不景気を吹っ飛ばせ！　ということで、オープニングはバブル世代ドンピシャのＷｉｎｋメドレー！　本日デビューの期待の新人、蘭ちゃんがさっちんに挑戦します。

ハットの女の子にご注目ください。それでは、Ｗｉｎｋで『愛が止まらない』！」

天井近くのスピーカーから大音量の前奏が流れ始めた。自然と体が動いて、スタンドマイクへ向かう。視線が合ったとき、お京の瞳が潤んでいるのを見て、蘭は目頭が熱くなった。

二人してマイクの前に立つ。強いライトに照らされ、懐かしい熱を感じた。仄暗い客席にいつの間にか演者やスタッフたちが集まっていて、立ったまま大きな歓声を上げている。

三階のＤＪブースを見上げた。数多くのボタンが並ぶ舞台操作用の黒い盤、むき出しの配線と蛍光灯、ワイヤーアクションのための着地台。忘れていたステージからの眺めが新鮮に思えた。

涙で掠れたお京の声が、哀調を帯びた旋律に乗る。蘭は体を揺らしながら背を向けるように半回転した。もう十年以上踊っていないのに、厳しく鍛えられたおかげで不安はなかった。歌詞が進むにつれ、お京の声が安定してきた。彼女がボイストレーニングを続けていたのが分かる。そのことが嬉しくて、蘭は手袋で目元を拭った。

帰って来てくれたんだ――。

曲がサビを迎えた。とても現役時代のようにはいかなかったが、お腹に力を入れて歌うと、思ったより声が伸びた。言葉を交わしていないのに、お京を近くに感じる。

彼女との再会にふさわしいのは、舞台の上しかなかった。蘭はこの機会を用意してくれた店のみんなに感謝した。

甘い香りのする煙、美しく音が響く高い天井、そして夏の陽射しのように強烈なスポットライト。最高に気持ちよくなって、歌いながら目を閉じた。瞼に光を感じたとき「蘭へ」と書かれた父の手紙が浮かんだ。

便箋にあったのは、ほとんどが自分へ向けた愛情の言葉だった。もちろん、ママから聞いた話も記されていた。しかし、当時の気持ちも蘭のことを認めなかった理由も、言い訳を嫌うように書かれていなかった。

――二人の娘の父でよかった。申し訳ない――

手紙の結びの言葉からは、親であったことの幸せが感じられた。蘭にはそれだけで十分だった。

父と自分の間に横たわっていた因果に、理屈を探しても詮のないことだ。蘭は父の遺言を何度も読み返し、感謝や心苦しさ、悔恨、さまざまな感情の間を彷徨《さまよ》った。そして「人を想うこと」の重みに気付かされた。

楽曲がラストパートに入り、蘭はさらに強いスポットライトを感じた。あのときと同じように、左右に一度ずつ回る。お京との呼吸は完璧に合っている。長い空白の期間は却って、彼女と過ごした日々の密度の濃さを浮き彫りにした。

ステージの中央でお京と両手を合わせ、客席を見る。音が止み、入れ替わるように拍手が起こった。仲間たちが飛び跳ねて、二人の復活を祝ってくれた。

ステージの上で深々と一礼し、蘭は勢いよく顔を上げた。

自分にもずっと、想い続けている人がいる。

エピローグ

春が明るいのは、街に色が増えるから。

昔より小さく感じる校庭の土を踏んで、一歩一歩前へ進む。校舎の西側にある七本の桜。今年は例年より開花が早く、新年度が始まる前から満開の状態だった。

四年生の始業式の日、教室から花の塊を見下ろし、ピンク色のアイスクリームに思えて口の中が甘くなったのを覚えている。

「真壁君」

出席を取る三森先生の声を聞いて振り返ったとき、少年の彼が座っていた。目と耳にかかった長い髪、意志の強そうな二重瞼の目にほっそりとした顎のライン。一目惚れの光景は、写真のような鮮明さで記憶の中に収まっている。

あれから二十四年。この春、干支《えと》が二回りし、三森先生が教頭として桜花小学校に帰ってくる。これから、休日出勤しているという先生のもとへ挨拶に行くつもりだ。

でも、その前に——。

蘭は西側へ移動し、花壇まで来た。彩り豊かに息づく花々を見て驚いた。囲いのレンガが新しくなっていたものの、咲いている花は当時と同じだった。赤と白のチューリップ、ピンクと紫のアネモネ、色づく前のスイートピー。でも、あの秘密のボックスはなくなっていた。

「エンペラー、おらんようになったな」

いい歳になっても、その声を聞いただけで背筋が伸びる。振り向くと、真壁君の笑顔があった。出会ったときの面影を残し、細い体からは若さが感じられる。これでも二児の父なのだ。肩にかかった大きなカバンには、息子たちのおもちゃでも入っているのかもしれない。自然と笑みがこぼれる。

「急に呼び出してごめんね」

「いや、たまにはオフの日も子どもと嫁さんから解放されたいからな」

そよ風が吹いて、蘭の白いワンピースの裾を揺らした。三月が終わって間もないというのに、汗ばむ陽気だ。

「すっかり、スカートが板についたな」

真壁君が花壇の前にしゃがんだ。蘭は礼を言って、その隣に並んで膝を曲げる。

「ここにね、園芸用具とか入れるボックスがあったの覚えてる？」

「うん。花の種も入れてたな」

「四年生のバレンタインのとき、ここに手作りチョコが入ってたことは?」

真壁君は一度うつむいてから、蘭の方を見て笑った。

「覚えてるよ」

「あれ、私のチョコやってん」

「知ってたよ」

「え?」

「『ありがとう。一番おいしかったです　真壁拓海』やろ?」

今も大切に取ってある白いカード。

「あの桜の木、ホワイトデーの日、あそこに隠れてたんや」

「えっ、嘘っ?」

ホワイトデーのお返しが嬉しくて、泣きそうになったところを見られていたのだ。

恥ずかしさで顔が火照る。そして、蘭は一つの事実に気付いて胸がいっぱいになった。

真壁君は自分の気持ちを知っていた。

文化祭でキスしたときの唇の感触が鮮やかに甦って、鼓動が早くなった。烏龍茶風味のファーストキス。

立ち上がった蘭が呼吸を整えているのを見て、真壁君が隣に並んだ。すぐに触れられる距離に彼がいる。蘭は緊張で潤んだ瞳を真壁君に向けた。息苦しさに耐えられなくなり、見上げたまま想いを告げた。

「ずっと、好きでした」

解き放たれたように、スーッと体が楽になった。それから何も言えず、ただ涙が頬を流れた。真壁君は穏やかな目で蘭を見て、カバンからフォトフレームを取り出した。

「これ」

写真の中にいたのは、四歳の自分。水色のドレスに白いタイツ、髪に大きなリボンのカチューシャ。スカートの裾を持って首をかしげ、最高の笑顔が弾けている。

「これって、何で……」

「あの写真屋、去年の年末に店閉めてな。俺、どうしてもその写真が欲しくて、譲り受けたんや。額外して、写真の裏見てみ」

手が震えてなかなか写真を取り出せなかった。真壁君が手伝ってくれて、ようやく懐かしい一枚を手にし、言われた通り裏返した。

――白水翔太郎君。四歳――

薄れつつある鉛筆の跡を見て胸が詰まる。

「俺の……初恋の子なんや」

これ以上出ないと思っていた涙が堰を切ったように流れ、蘭は両手で顔を覆ってしゃがみ込んだ。

嬉しくて、嬉しくて堪らなかった。ハンドバッグからハンカチを取り出して涙と鼻水を拭く。意思に反して唇が震え「ありがとう」すら言えない。胸が感謝で満たされていく。

これまで男という仮面を無理に引きはがそうとして、心に血を流して生きてきた。でも、父、母、姉、真壁君、茜、チーコママ、耕三……。頼りないこの体は、優しい人たちによって支えられてきたのだ。

凍てついて、唯一、温もりによってのみ溶ける氷の仮面。決して絶望しない、燃え尽きもしない。恐らく人より少し、背伸びは必要だろう。でも、女として確かに生きていく。

私は女——。

蘭は再び立って、真壁君を見上げた。

「一つだけ、お願いがあるねん」

真壁君は何も言わず、静かに頷いた。

「ギュッてしてほしい」

二人の距離がさらに縮まり、互いにこれ以上進めないところでそれぞれ足を止めた。真壁君が両腕を開いたのを見て、蘭はおもいきり広い胸に飛び込んだ。両肩が強く抱き締められる。たとえようのない男のいい香りがした。

「真壁君……」

感極まって口にできなかった気持ちを心の中で何度も唱える。蘭はまた文化祭の教室を思い出した。

「ファーストキスやってんぞ」

あまりのタイミングの良さに蘭は驚き、笑ってしまった。今、真壁君も同じことを考えていたのだ。

蘭は彼の背中に手を回し、想いの全てをこめて抱きついた。胸に顔を押しつけて真壁君を感じる。

身を預けたまま、視線だけを前へ移した。真っ青な空を背景にして、淡い色の花びらが春風に舞う。出会ったとき、父とチーコママも同じような光景を目にしていたかもしれない。

生涯忘れられないだろう景色を眺めながら、蘭は思った。

桜は、始まりの花。

【取材協力】
六本木金魚
ナグモクリニック名古屋

【参考文献】
『性同一性障害――性転換の朝《あした》』吉永みち子（集英社新書）
『変えてゆく勇気――「性同一性障害」の私から』上川あや（岩波新書）
『性同一性障害と戸籍――性別変更と特例法を考える』針間克己・大島俊之・野宮亜紀・虎井まさ衛・上川あや（緑風出版）
『オカマだけどOLやってます。完全版』能町みね子（文春文庫）
『素晴らしき、この人生』はるな愛（講談社）
『わたし、男子校出身です。』椿姫彩菜（ポプラ社）
『判例タイムズ』一九六九年六月号
その他、新聞・雑誌・インターネット等の記事を参考にしました。

本書は二〇一四年十一月、新潮社より単行本として刊行されました。

|著者| 塩田武士　1979年兵庫県生まれ。関西学院大学卒業後、神戸新聞社に勤務。2010年『盤上のアルファ』で第５回小説現代長編新人賞、'11年、将棋ペンクラブ大賞を受賞。同書は'19年、ＮＨＫでドラマ化された。2012年、神戸新聞社を退社。'16年、『罪の声』で第７回山田風太郎賞を受賞。同書は「週刊文春ミステリーベスト10」第１位、第14回本屋大賞第３位にも選ばれた。'19年、『歪んだ波紋』（講談社）で第40回吉川英治文学新人賞を受賞。ほかの著書に『女神のタクト』『ともにがんばりましょう』『盤上に散る』（以上、講談社文庫）、『崩壊』（光文社文庫）、『雪の香り』（文春文庫）、『拳に聞け！』（双葉文庫）、『騙し絵の牙』（角川文庫）など。

氷《こおり》の仮面《かめん》

塩田武士《しおたたけし》

講談社文庫

定価はカバーに
表示してあります

2020年９月15日第１刷発行

発行者――渡瀬昌彦
発行所――株式会社　講談社
東京都文京区音羽2-12-21　〒112-8001
電話　出版（03）5395-3510
　　　販売（03）5395-5817
　　　業務（03）5395-3615

Printed in Japan

デザイン―菊地信義
本文データ制作―講談社デジタル製作
印刷―――凸版印刷株式会社
製本―――株式会社国宝社

ISBN978-4-06-518407-3

講談社文庫刊行の辞

二十一世紀の到来を目睫に望みながら、われわれはいま、人類史上かつて例を見ない巨大な転換期をむかえようとしている。

世界も、日本も、激動の予兆に対する期待とおののきを内に蔵して、未知の時代に歩み入ろうとしている。このときにあたり、創業の人野間清治の「ナショナル・エデュケイター」への志を現代に甦らせようと意図して、われわれはここに古今の文芸作品はいうまでもなく、ひろく人文・社会・自然の諸科学から東西の名著を網羅する、新しい綜合文庫の発刊を決意した。

激動の転換期はまた断絶の時代である。われわれは戦後二十五年間の出版文化のありかたへの深い反省をこめて、この断絶の時代にあえて人間的な持続を求めようとする。いたずらに浮薄な商業主義のあだ花を追い求めることなく、長期にわたって良書に生命をあたえようとつとめるところにしか、今後の出版文化の真の繁栄はあり得ないと信じるからである。

同時にわれわれはこの綜合文庫の刊行を通じて、人文・社会・自然の諸科学が、結局人間の学にほかならないことを立証しようと願っている。かつて知識とは、「汝自身を知る」ことにつきていた。現代社会の瑣末な情報の氾濫のなかから、力強い知識の源泉を掘り起し、技術文明のただなかに、生きた人間の姿を復活させること。それこそわれわれの切なる希求である。

われわれは権威に盲従せず、俗流に媚びることなく、渾然一体となって日本の「草の根」をかたちづくる若く新しい世代の人々に、心をこめてこの新しい綜合文庫をおくり届けたい。それは知識の泉であるとともに感受性のふるさとであり、もっとも有機的に組織され、社会に開かれた万人のための大学をめざしている。大方の支援と協力を衷心より切望してやまない。

一九七一年七月

野間省一

講談社文庫　目録

真保裕一　天魔ゆく空 (上)(下)
真保裕一　ローカル線で行こう！
真保裕一　遊園地に行こう！
真保裕一　オリンピックへ行こう！
篠田節子　弥　勒
篠田節子　転　生
重松　清　定年ゴジラ
重松　清　半パン・デイズ
重松　清　流星ワゴン
重松　清　ニッポンの単身赴任
重松　清　愛妻日記
重松　清　青春夜明け前
重松　清　カシオペアの丘で (上)(下)
重松　清　永遠《とわ》を旅する者〈ロストオデッセイ　千年の夢〉
重松　清　かあちゃん
重松　清　十字架
重松　清　峠うどん物語 (上)(下)
重松　清　希望ヶ丘の人びと (上)(下)
重松　清　赤ヘル1975

重松　清　なぎさの媚薬 (上)(下)
重松　清　さすらい猫ノアの伝説
柴田よしき　ドント・ストップ・ザ・ダンス
新野剛志　八月のマルクス
新野剛志　美しい家
新野剛志　明日の色
殊能将之　ハサミ男
殊能将之　鏡の中は日曜日
殊能将之　キマイラの新しい城
殊能将之　子どもの王様
首藤瓜於　脳　男
首藤瓜於　事故係生稲昇太の多感
島本理生　シルエット
島本理生　リトル・バイ・リトル
島本理生　生まれる森
島本理生　七緒のために
小路幸也　高く遠く空へ歌ううた
小路幸也　空へ向かう花
小路幸也　スターダストパレード

原案 小路幸也　山田洋次　平松恵美子　家族はつらいよ
原作・脚本 小路幸也　山田洋次　脚本 平松恵美子　家族はつらいよ2
原作・脚本 小路幸也　山田洋次　脚本 平松恵美子　妻よ薔薇のように〈家族はつらいよⅢ〉
島田律子　私はもう逃げない〈自閉症の弟から教えられたこと〉
辛酸なめ子　女　修　行
柴崎友香　ドリーマーズ
柴崎友香　パノララ
清水保俊　機長の決断〈日航機墜落の「真実」〉
翔田　寛　誘　拐　児
白石一文　この胸に深々と突き刺さる矢を抜け (上)(下)
白石一文　神　秘 (上)(下)
小説現代編　石田衣良他著　10分間の官能小説集
小説現代編　勝目梓他著　10分間の官能小説集2
小説現代編　乾くるみ他著　10分間の官能小説集3
朱川湊人　冥《めい》の水底《みなそこ》(上)(下)
柴村仁　夜　宵
柴村仁　プシュケの涙
柴田哲孝　クズリ〈ある殺し屋の伝説〉
塩田武士　盤上のアルファ

講談社文庫　目録

塩田武士　盤上に散る
塩田武士　女神のタクト
塩田武士　ともにがんばりましょう
塩田武士　罪の声
芝村凉也　孤《こ》闘《とう》の寂《せき》〈素浪人半四郎百鬼夜行(六)〉
芝村凉也　邂逅の紅蓮〈素浪人半四郎百鬼夜行(七)〉
芝村凉也　終焉の百鬼行〈素浪人半四郎百鬼夜行(八)〉
芝村凉也　追憶の翰《かん》〈素浪人半四郎百鬼夜行(拾遺)〉
真藤順丈　畦と銃
柴崎竜人　三軒茶屋星座館1〈冬のオリオン〉
柴崎竜人　三軒茶屋星座館2〈夏のキグナス〉
柴崎竜人　三軒茶屋星座館3〈春のカリスト〉
柴崎竜人　三軒茶屋星座館4〈秋のアンドロメダ〉
城平京　虚構推理
周木律　眼球堂の殺人〈～The Book～〉
周木律　双孔堂の殺人〈～Double Torus～〉
周木律　五覚堂の殺人〈～Burning Ship～〉
周木律　伽藍堂の殺人〈～Banach-Tarski Paradox～〉
周木律　教会堂の殺人〈～Game Theory～〉

周木律　鏡面堂の殺人〈～Theory of Relativity～〉
周木律　大聖堂の殺人〈～The Books～〉
下村敦史　闇に香る嘘
下村敦史　生還者
下村敦史　叛《はん》徒《と》
下村敦史　失踪者
下村敦史　緑の窓口〈樹木トラブル解決します〉
九把刀／阿井幸作／泉京鹿 訳　あの頃、君を追いかけた
杉本苑子　孤愁の岸(上)(下)
鈴木光司　神々のプロムナード
鈴木英治　大江戸監察医
杉本章子　お狂言師歌吉うきよ暦
杉本章子　大奥二人道成寺〈お狂言師歌吉うきよ暦〉
杉山文野　ダブルハッピネス
諏訪哲史　アサッテの人
菅野雪虫　天山の巫女《みこ》ソニン(1) 黄金の燕
菅野雪虫　天山の巫女《みこ》ソニン(2) 海の孔雀
菅野雪虫　天山の巫女《みこ》ソニン(3) 朱鳥《あけがらす》の星
菅野雪虫　天山の巫女《みこ》ソニン(4) 夢の白鷺

菅野雪虫　天山の巫女《みこ》ソニン(5) 大地の翼
鈴木大介　ギャングース・ファイル〈家のない少年たち〉
鈴木みき　日帰り登山のススメ〈あした、山へ行こう!〉
瀬戸内寂聴　新寂庵説法 愛なくば
瀬戸内寂聴　人が好き［私の履歴書］
瀬戸内寂聴　白道
瀬戸内寂聴　寂聴相談室人生道しるべ
瀬戸内寂聴　瀬戸内寂聴の源氏物語
瀬戸内寂聴　愛する能力
瀬戸内寂聴　藤壺
瀬戸内寂聴　生きることは愛すること
瀬戸内寂聴　寂聴と読む源氏物語
瀬戸内寂聴　月の輪草子
瀬戸内寂聴　新装版 寂庵説法
瀬戸内寂聴　死に支度
瀬戸内寂聴　新装版 蜜と毒
瀬戸内寂聴　新装版 花《か》怨《えん》
瀬戸内寂聴　新装版 祇《ぎ》園女御《おんにょうご》(上)(下)
瀬戸内寂聴　新装版 かの子撩乱

講談社文庫 目録

瀬戸内寂聴 新装版 京まんだら(上)(下)
瀬戸内寂聴・訳 源氏物語 巻《まき》一《いち》
瀬戸内寂聴・訳 源氏物語 巻《まき》二《に》
瀬戸内寂聴・訳 源氏物語 巻《まき》三《さん》
瀬戸内寂聴・訳 源氏物語 巻《まき》四《し》
瀬戸内寂聴・訳 源氏物語 巻《まき》五《ご》
瀬戸内寂聴・訳 源氏物語 巻《まき》六《ろく》
瀬戸内寂聴・訳 源氏物語 巻《まき》七《しち》
瀬戸内寂聴・訳 源氏物語 巻《まき》八《はち》
瀬戸内寂聴・訳 源氏物語 巻《まき》九《く》
瀬戸内寂聴・訳 源氏物語 巻《まき》十《じゅう》
先崎　学 先崎 学の実況！ 盤外戦
妹尾河童 少年H(上)(下)
瀬尾まいこ 幸福な食卓
関原健夫 がん六回 人生全快
瀬川晶司 泣き虫しょったんの奇跡 完全版〈サラリーマンから将棋のプロへ〉
瀬名秀明 月と太陽
仙川　環《たまき》 幸福の劇薬〈医者探偵・宇賀神晃〉
仙川　環 偽装診療〈医者探偵・宇賀神晃〉

瀬木比呂志 黒い巨塔〈最高裁判所〉
瀬那和章 今日も君は、約束の旅に出る
曽野綾子 新装版 無名碑(上)(下)
三浦朱門 曽野綾子 夫婦のルール
蘇部健一 六枚のとんかつ
蘇部健一 六とん2
蘇部健一 届かぬ想い
曽根圭介 沈底魚
曽根圭介 藁《わら》にもすがる獣たち
曽根圭介 TATSUMAKI〈特命捜査対策室7係〉
田辺聖子 川柳でんでん太鼓
田辺聖子 ひねくれ一茶
田辺聖子 愛の幻滅(上)(下)
田辺聖子 うたかた
田辺聖子 春情蛸の足
田辺聖子 蝶花嬉遊図
田辺聖子 言い寄る
田辺聖子 私的生活
田辺聖子 苺をつぶしながら

田辺聖子 不機嫌な恋人
田辺聖子 女の日時計
谷川俊太郎訳 和田　誠絵 マザー・グース 全四冊
立花　隆 中核VS革マル(上)(下)
立花　隆 日本共産党の研究 全三冊
立花　隆 青春漂流
滝口康彦 粟田口の狂女〈レジェンド歴史時代小説〉
高杉　良 労働貴族
高杉　良 広報室沈黙す(上)(下)
高杉　良 炎の経営者(上)(下)
高杉　良 小説 日本興業銀行 全五冊
高杉　良 社長の器
高杉　良 その人事に異議あり〈女性広報主任のジレンマ〉
高杉　良 人事権！
高杉　良 小説消費者金融〈クレジット社会の罠〉
高杉　良 小説 新巨大証券(上)(下)
高杉　良 局長罷免 小説通産省
高杉　良 首《しゅ》魁《かい》の宴《うたげ》〈政官財腐敗の構図〉
高杉　良 指名解雇

高杉 良 燃ゆるとき
高杉 良 挑戦つきることなし〈小説ヤマト運輸〉
高杉 良 銀行大合併〈短編小説全集(上)〉
高杉 良 エリートの反乱〈短編小説全集(中)〉
高杉 良 金融腐蝕列島(上)(下)
高杉 良 銀行大統合〈小説みずほFG〉
高杉 良 勇気凜々
高杉 良 混沌《こんとん》 新・金融腐蝕列島(上)(下)
高杉 良 乱気流(上)(下)
高杉 良 小説 会社再建
高杉 良 小説 ザ・ゼネコン
高杉 良 新装版 懲戒解雇
高杉 良 新装版 大逆転!〈小説 三菱・第一銀行合併事件〉
高杉 良 新装版 バンダルの塔
高杉 良 新・燃ゆるとき
高杉 良 管理職の本分
高杉 良 破戒者たち〈小説・新銀行崩壊〉
高杉 良 第四権力〈巨大メディアの罪〉
高杉 良 巨大外資銀行

高杉 良 最強の経営者〈アサヒビールを再生させた男〉
高杉 良 リベンジ〈巨大外資銀行〉
高杉 良 新装版 会社蘇生
竹本健治 新装版 匣《はこ》の中の失楽
竹本健治 囲碁殺人事件
竹本健治 将棋殺人事件
竹本健治 トランプ殺人事件
竹本健治 狂い壁 狂い窓
竹本健治 涙《るい》香《こう》迷《めい》宮《きゅう》
竹本健治 新装版 ウロボロスの偽書(上)(下)
竹本健治 ウロボロスの基礎論(上)(下)
竹本健治 ウロボロスの純正音律(上)(下)
高橋源一郎 日本文学盛衰史
高橋克彦 写楽殺人事件
高橋克彦 総門谷
高橋克彦 炎立《ほむら》つ 壱 北の埋み火
高橋克彦 炎立つ 弐 燃える北天
高橋克彦 炎立つ 参 空への炎
高橋克彦 炎立つ 四 冥き稲妻

高橋克彦 炎立つ 伍 光彩楽土〈全五巻〉
高橋克彦 火怨〈北の燿星アテルイ〉(上)(下)
高橋克彦 時宗 壱 乱星
高橋克彦 時宗 弐 連星
高橋克彦 時宗 参 震星
高橋克彦 時宗 四 戦星〈全四巻〉
高橋克彦 天を衝く(1)~(3)
高橋克彦 風の陣 一 立志篇
高橋克彦 風の陣 二 大望篇
高橋克彦 風の陣 三 天命篇
高橋克彦 風の陣 四 風雲篇
高橋克彦 風の陣 五 裂心篇
高樹のぶ子 オライオン飛行
田中芳樹 創竜伝1〈超能力四兄弟《ドラゴン》〉
田中芳樹 創竜伝2〈摩天楼の四兄弟《ドラゴン》〉
田中芳樹 創竜伝3〈逆襲の四兄弟《ドラゴン》〉
田中芳樹 創竜伝4〈四兄弟《ドラゴン》脱出行〉
田中芳樹 創竜伝5〈蜃気楼都市《ミラージュ・シティ》〉
田中芳樹 創竜伝6〈染血《ブラッディ・ドリーム》の夢〉

2020年6月15日現在